ハヤカワ・ミステリ文庫
〈HM⑯-1〉

血塗られた一月

アラン・パークス
吉野弘人訳

早川書房

8960

BLOODY JANUARY
by
Alan Parks

Translated by
Hiroto Yoshino
First published 2023 in Japan by
HAYAKAWA PUBLISHING, INC.
This book is published in Japan by
arrangement with
BLAKE FRIEDMANN LITERARY AGENCY LTD.
through THE ENGLISH AGENCY (JAPAN) LTD.

父さんと母さんへ

「実際、たとえどんなに小さかろうと、どんな都市でもふたつに分かれている。ひとつは貧者の都市、もうひとつは富者の都市であり、これらはたがいに戦争をしている」

——プラトン

「どんな写真にも物語がある、違うかい？」

——ロッド・スチュワート

血塗られた一月

登場人物

ハリー・マッコイ……グラスゴー市警察の部長刑事
ワッティー……同新米刑事。マッコイの相棒
マレー……同警部。マッコイの上司
アラスデア・カウィー……同風紀犯罪課の刑事
バーニー・レイバーン……同イースタン署の刑事
フィリス・ギルロイ……検察医
トミー・マレン……バーリニー刑務所の看守
ハウイー・ネアン……同特別房の囚人
ボビー・ソーン……歌手。ネアンの愛人
ローナ・スカーヴィング……〈マルメゾン〉ウェイトレス見習い
クリスティーン・ネア……ローナの同僚。友人
スティーヴィー・クーパー……マッコイの幼馴染。ギャングのボス
ジェイニー……麻薬(ヤク)中の娼婦。マッコイの愛人
アイリス……クーパーの経営する酒場のオーナー
チャズ……同酒場の用心棒
グレイ・ダンロップ卿……スコットランドビジネス界の重鎮
テディ・ダンロップ……ダンロップ卿の息子
ジミー・ギブス……ダンロップ家の支配人
アンジェラ……ギブスの愛人。マッコイのもと妻
トミー・マローン……ダンロップ家の庭師見習い
マダム・ポロ……パークサーカスの娼館の女主人
エルサ……マダム・ポロの娼館の従業員
ロニー・ネスミス……グラスゴーのクラブのオーナー
イザベル・ガーヴェイ……ロニーの店の従業員

それは警官たちがそのキャリアを刻むことになる事件のひとつとなった。ピーター・マニュエル（一九五六年から一九五八年一月の逮捕までに七名を殺害した罪で有罪判決を受けたスコットランド系アメリカ人のシリアルキラー。ほかにも二名を殺害したと見られている）、バイブル・ジョン（一九六八年から一九六九年までのあいだにスコットランドのグラスゴーで三名の女性を殺害したとみられるシリアルキラー。事件は未解決）、そして〝血塗られた一月〟。だれもその名前の由来は知らない。おそらくピット・ストリート（グラスゴー市警本部があった通り）か、セントラル署の隣のパブでだれかがふと口にしたのだろう。新聞はすぐにこの事件に飛びつき、すぐに大きな見出しがついた。最も有名なものは今も額に入れられて、街じゅうの警察署に掲げられている。

血塗られた一月。あと何人死ぬのか？

〝血塗られた一月〟の担当だった警官は、数年後、若者らに、当時はどんな状況だったかよくわかっていなかったと語った。一週間で六つの遺体。彼らはパブに坐って回想した。今は引退してほかにやることもなく、飲みすぎですっかり太ってしまっていた。彼らは武勇伝を話した。もう少しで逮捕するところだったんだとか、死体のひとつを見つけたんだとか。若者たちは微笑みながらうなずく。片方の耳でテレビから流れるサッカーの結果を聞きながら思う。「そこまでひどくはなかったんだろう」

だが、ほんとうにひどかったのだ。

一九七三年一月一日

1

マッコイは、金属製の床の上をかかとの音を響かせ、階段に向かって廊下を進みながら、曇った息を眼の前に吐いた。バーリニーは何も変わっていなかった。冬は凍てつき、夏はうだるように暑い。ビクトリア朝時代の古い建物はもはや限界だった。現在収容されている囚人の数には明らかに無理があった。ふたり用の監房に三人、ときには四人が収容されていた。刑務所全体が臭いのも不思議ではなかった。大きな扉が開くとすぐに、ごみバケツからあふれるにおいとすえた汗のにおいが喉の奥を刺激し、それらは刑務所を出たあとも衣服にこびりついた。

彼は警官になって数週目に来て以来、何度もここを訪れていた。バーリニーの唯一の利点はほかのところに行かなくてもすべてがここですむということだった。グラスゴーのあらゆる種類の悪党がここに集まっていた。強姦犯や殺人犯、性的異常者に小児性愛者から、妻が死んで間もなく、困惑して生活協同組合でサーモンの缶詰をふたつジャンパーに詰め込んで捕まった老人まで。バーリニーは細かいことにこだわらず、だれでも引き受けた。

彼はバルコニーの手すりから身を乗り出し、ネットと煙草の煙越しに、階下の娯楽室を覗き見た。デニムと白いズック靴を履いた四人たちがいつものようにうろついていた。ふたりの少年——名前は思い出せなかった——が卓球をしていた。ミルトン地区のギャングの下っ端がビリヤードのテーブルのまわりに集まっていた。みな長髪に口ひげ、少年院のタトゥーをしている。ジャック・トムソンがテレビの前に連れてこられると、ギャングのひとりが彼をキューで指し、鼻で笑い始める。そのギャングは、一年前だったら、怖くてトムソンのような男をまともに見ることもできなかっただろう。だが今、哀れなトムソンの頭には、ここからでもわかるくらい深いくぼみがあった。両膝を大きなハンマーで殴られ、さらに念入りに頭も殴られたのだ。歩くこともできず、頭が混乱して自分がどこにいるのかもわかっていなかった。

マッコイはトレンチコートのボタンを上まで留め、手に息を吹きかけた。ここはほんとうに寒かった。小さな太った男がカードテーブルから立ち上がり、見上げるとうなずいた。ステフ・アンドリュースだ。彼が密告屋であることをここのだれも知らないとは今も冗談のようだ。マッコイはポケットから、持ってきた〈リーガル〉のパッケージを取り出すと、手すり越しに落とした。ステフはそれをキャッチしてポケットに入れると、だれにも気づかれずに立ち去っていった。バーリニー訪問の第一のルール。煙草を持ってくること。マッコイはさらに身を乗り出した。まだここに呼ばれた理由がわからなかった。

「動物園の餌の時間か、あ？」

声のするほうを見ると、トミー・マレンが隣で手すりにもたれかかっていた。帽子を取って、頭を掻いていた。マッコイが初めてバーリニーに来たとき、マレンの髪は黒かった。今はもうすっかりグレーになっていた。

「あとどのくらいだ、トミー」と彼は訊いた。

「三週間だ。指折り数えてるよ」

「辞めたらさびしくなるんじゃないか？」

「冗談だろ？　待ち遠しいくらいだ。カミさんの弟がガーバンにトレーラーハウスを買ったんだ。空気のきれいなところだ。ここのひどいにおいともおさらばさ」

「ところでやつは何をしたいんだ？」とマッコイは訊いた。「署でここに行くように言われただけで何も聞いてないんだ」

マレンは肩をすくめた。「あいつがおれに話すと思うか?」彼は自分の煙草の缶から手巻き煙草を取り出すと火をつけた。マッコイはまたバルコニーから階下を覗き、囚人たちのなかに男の姿を探した。

「そこにはいないよ」とマレンは言った。「移動した。今は特別房にいる」

マッコイは低く口笛を吹いた。謎の特別房。それについて、あるいはそれがどう機能することになっているのかについて、詳しく知る者はいなかった。昨年設けられたものだ。刑務所はいまだに六十年代にしがみついたままだった。マッコイはテレビで見た記者会見のことを思い出した。険しい顔の刑務所長が机の後ろに坐り、両脇をヒッピー風の大学教授が固めていた。ヒッピーたちはアート・セラピーやポジティブ・カストディ、ブレイキング・バリアーとやらについてべらべらと話していた。

まだ導入されたばかりだというのに、〝特別房〟と聞いて新聞各紙が口角泡(こうかく)を飛ばして批判し、警察官の大部分も同意見だった。彼らに言わせれば、特別房はクライド川の河岸に建てられたソドムとゴモラ(聖書に登場する都市。悪徳や退廃の象徴とされる)のようなものだった。ヒッピー教授に言わせれば、そこは最高警備が必要な囚人を人間らしく扱うための区画にすぎなかった。マッコイにとってはどちらでもよかった。いずれにしろこれまでのやり方はもう通用しないのだ。暴力的な看守がトラブルを起こす囚人を叩きのめし、凍てつくような湿った地下室の檻のなかに閉じ込める。彼が見るかぎり、こういったやり方が事態を悪化させ、自分たちをひどい目に遭わせた看守を刺したり、殴ったりすることを囚人たちに強く決意させるのだ。

マレンとマッコイは本館を出ると、コートで頭を覆って刑務所の中庭を走り、その先の壁にある赤い扉に向かった。天気はさらに悪くなっていて、氷のようなみぞれが降り、葉っぱやごみが風に舞っていた。マレンが赤い扉を引いて開け、ふたりはなかに入った。

マッコイはただ立って見つめた。見たものを受け入れようとしていた。『鏡の国のアリス』のような気分だった。

眼の前には温室がふたつあり、花やトマトの苗でいっぱいだった。コンクリートを掘って花壇が作られ、整然と野菜が植えられていた。その横のフェンスに囲まれた場所には、顔や体を彫った未完成の石の塊がたくさんあり、花崗岩が濡れて輝いていた。かたわらの小屋の扉が開くと、手にのみを持ち、埃まみれの革のエプロンをした、痩せたブロンドの長髪の男が出てきた。彼は安全ゴーグルを持ち上げた。

「どうした、トミー？」と彼は訊いた。「久しぶりじゃないか」

マッコイが、男がだれなのかを理解するのに数秒かかった。ボビー・マンローだ。笑わずにはいられなかった。ボビー・〝カミソリ〟・マンローがバーリニーでのみを手に持って立っているって？　新聞が大騒ぎするのも無理はない。彼がのみを本来の目的に使うのは初めてに違いない。いつもならだれかの喉元に突き刺しているはずだ。

「あい、大丈夫だ」とマレンは言った。「ハウイーを探してるんだ」

「あいつならいつものようにテレビに貼りついている」彼は扉を指さした。「あそこだ」

「今はトミーと呼ばれてるんだな？」マッコイは訊いた。「みんな親友というわけだ。それでうまくいってるのか？」

「からかうなよ」とマレンは言い、ふたりは扉をくぐった。「慣れるまでは大変だったさ。〝名字で呼ぶことは品位を傷つけ、個性を奪うもので、段階的に廃止されるべきである〟」彼は取り澄ました口調でそう言った。「くだらんよ」

前にマッコイが来たときは、洗濯場では大きな洗濯機がたくさんまわっており、大きなプレス機の後ろに立っている男たちは、じめじめした蒸気のせいでぼんやりとしか見えなかった。今は違った。今はほとんど人がおらず、壁は白く塗られ、額装された写真やポスターが飾ってあった。床の真ん中には大きな鉄製の像があった。マッコイが見たかぎりでは、人間の顔をした二匹の犬が戦っているようだった。あるいはファックしているのかもしれないが、よくわからなかった。マレンは隅にある扉を指さした。

「ラウンジはそこだ」

マッコイはその扉をくぐった。自分が何を予想していたかはわからなかったが、それがなんであれ、眼の前のものではなかった。まるで叔母さんの家の居心地のよい居間に足を踏み入れたかのようだった。幾何学模様の壁紙、二本のヒーターが赤々と灯っている電気ストーブ、カラーテレビを囲むように置かれた木製の肘掛けのついたソファ・セット。ごみバケツのにおいはなかった。ただひとつ、この明るい雰囲気を台無しにしているものがあった。ハウイー・ネアン。彼はソファに沈むように坐っていた。特別房の囚人にはデニムも白いズック靴もなかった。彼らは自分の私服を着ていた。ネアンの場合は、あまり変わりはなかった。汚れたチェ・ゲバラのTシャツにタータンチェックのスカーフを首に巻き、ベルボトムのジーンズを穿いて、ウェーブのかかった赤褐色の長髪をポニーテールにしていた。スリッパまで履いていた。少し痩せたようだが、以前マッコイが会ったときとほとんど変わっていないようだ。以前と同じように、首筋には十字に盛り上がった傷あとがあり、Tシャツの襟元に隠れていた。

「その看守野郎はだめだ」とネアンは言った。眼はテレビを見たままだった。「そいつは出ていけ」

「好きにしろ」とマレンは言った。「マッコイ?」

彼はかまわないと言うようにうなずいた。マレンは扉の外に出ると言った。「ふたりきりにしといてやるから、終わったら呼んでくれ」

マッコイはソファの肘掛けに坐り、〈リーガル〉のパッケージをタイルで覆われた小さなコーヒーテーブルの上に置いた。待った。どこからかマリファナのにおいがした。驚くことではない。ここではどんなことでもありうるのだ。ネアンは無言のまま、テレビをじっと見ていた。彼しだいだった。

「メッセージは受け取った。光栄に思えということか、あ？」

ネアンはうなるように言った。「うぬぼれんな、マッコイ。名前を覚えてるポリ公がおまえだけだったというだけだ」

マッコイは壁に貼られたポスターに眼をやった。いつもの脚を広げた女の子たちじゃなかった。ここにはそんな写真はなかった。中つ国（J・R・R・トールキンの作品に出てくる架空の世界）の地図、毛沢東の写真。本棚の本も似たようなものだ。マルコムXの自伝、『異星の客』。『バガヴァッド・ギーター』（ヒンズー教の聖典のひとつ）。

「このヒッピー的なものはうまくいってるみたいじゃないか？」とマッコイは訊いた。

「所長に何か言いたいわけじゃないようだな？」反応はなかった。彼はため息をついた。もう一度試した。「じゃあガーヴィーと関係あることなのか？」

ネアンはようやくゼベダイとドゥーガル（テレビの子供番組《ザ・マジック・ランドアバウト》のキャラクター）から眼を離した。

「だれのことだ？」

「スタン・ガーヴィー。茶箱に詰められて、鉄のおもりを道連れにクライド川に流された。おまえがやったんだろ。この居心地のいい別荘にいて、すべて白状する気になったのか？」

ネアンは微笑むと、満足そうな表情をした。「それがあのクソ野郎の名前だったんだな」彼は首を振った。「いや、それについちゃ何も知らねえよ、マッコイ部長刑事」

マッコイは眉をひそめた。「噂が広まるのは早いな」

ネアンは体を起こした。ジーンズに手を突っ込んで股間を掻き、手のにおいを嗅いだ。

「あい、いいか、ひとつ教えてやる。明日だれかが殺されるぞ」

「なんだと、シャワー室でだれかをナイフで刺すつもりなのか？　警告のつもりか？」

ネアンはまた微笑んだ。小さな黄色い歯が見えた。「おまえはおもしろいやつだといつも思ってたよ、マッコイ。クソみたいな癌（がん）と同じくらいおもしろいぜ。街にいるローナという女の子だ」

マッコイは待ったが、それ以上は何も出てこなかった。どうやら話を合わせる必要があるようだ。「だれがそのローナを殺すんだ？」

ネアンはうんざりしたような表情をした。「知るかよ。おれは密告屋(チクリ)じゃねえ」

マッコイは笑った。「密告屋(チクリ)じゃないだと？　じゃあ、なぜおれはここにいる？」おれ

「おまえがここにいるのは、おれがこのクソみたいなところから出られないからだ。おれには何もできないから、おまえがやるしかないんだ」

「じゃあ、おれはどうすればいい？　ラジオで街じゅうのローナという女の子に一日じゅうベッドでじっとしてるように言えっていうのか？　戯言(たわごと)はやめろ、ネアン、時間の無駄だ」

マッコイは立ち上がった。朝の五時から働いていて疲れていたし、付き合ってやる気分でもなかった。欲していたのはビールを飲むことと、この刑務所とハウイー・ネアンとクソ囚人どもからできるだけ遠くに離れることだった。テーブルから煙草を取ろうと体を乗り出すと、ネアンが手を伸ばして、マッコイの腕をつかんだ。彼はマッコイを引き寄せると、顔を近づけた。

「おれの言うことをちゃんと聞いたらどうだ、マッコイ。さもないといいかげんおれを怒らせることになるぞ。いいのか？」

マッコイは自分の腕に置かれた、タトゥーの入ったネアンの指を見た。指の関節はすでに白くなっていた。彼は囚人であり、マッコイは警官だ。そこには境界線があり、彼はそ

れを踏み越えていた。ゲームは終わりだ。

「その汚い手をどけろ、ネアン」彼は静かに言った。「すぐにだ。そして二度とおれに触れるな。わかったか？」

ネアンは数秒のあいだ腕をつかんでいたが、やがてその手を離し、自分のほうに戻した。マッコイは坐りなおした。「おまえがまともな話をするか、おれが帰るかのどちらかだ。最後のチャンスだ」そう言うと、彼は待った。ネアンは彼を見つめ返した。淡いブルーの瞳でマッコイを見つめていた。彼がマッコイをおじけづかせようとしていたとしても、それはうまくいかなかった。彼はネアンよりもよっぽど悪い連中から見つめられてきたのだ。

マッコイは肩をすくめると立ち上がった。「時間切れだ」

彼は扉まで歩いていくと、マレンを呼んだ。廊下をこちらに向かってくる足音——かかとの金具がリノリウムの床を叩く音——が聞こえた。背後から声がした。

「その娘はローナといい、名字はわからない。街で働いている。高級レストランのひとつだ。〈マルメゾン〉か〈ホワイトホールズ〉。だれなのかはわからないが、明日、その娘を殺そうとしているやつがいる」

マッコイは振り向いた。「それだけか？」

ネアンはまたテレビに視線を戻した。「それで充分だろ」

「おまえのことばを信じて、それを止めれば、何をたくらんでるか教えるというのか？」

ネアンはうなずいた。「さあ、出ていけ、部屋が臭くなる」

「いったいなんだったんだ？」ふたりが本館に戻ると、マレンがそう訊いた。監房の施錠が始まっていた。マッコイはやじの声と、監房の扉を閉める音に対抗して声を張り上げなければならなかった。

「わからん。だれかが明日殺されると言っていた」

「ここで？」

マッコイは首を振った。「街で」

マレンはほっとした表情をした。「それはありがたい。明日は出勤なんだ。あのばかはどうやってそれを知ったんだ？」

「わからん。おれを操ろうとでもしてるんだろう」

彼らは眼のまわりに青あざを作り、唇から血を流した囚人が通り過ぎるのを待った。その男は後ろ手に手錠をはめられ、両脇を看守に抱えられながら、まだ大きな声をあげていた。

「奇妙なのは」とマッコイは続けた。「あいつが逮捕されたとき、おれもその場にいたのはたしかなんだが、あれはブロディの事件で、おれの事件じゃなかった。なんでおれに話す気になったのかわからない」

「ブロディ。あいつに話したがるやつなんかいないさ。やつはネアンをハメたのか？」

マッコイは首を振った。「いや、今回ばかりはすべてまともだった。ネアンは間違いなくクロだ。先端を切り落とした散弾銃が三丁入った旅行かばんを持っているところを捕まった」

マレンは受付で別れ、送別会の場所を教えると言った。マッコイはマレンのことは好きだったが、苦労話を不満たらたらの顔で話す看守たちとパブで夜を過ごすのはまっぴらだった。

ローナという女の子。念のため、レストランに電話をしてみよう。それほど多くのローナが働いていることもないだろう。それでもなぜネアンが自分に話したのかがわからなかった。逮捕されたとき、彼はありとあらゆる汚いことばでブロディを罵倒し、抵抗するのに必死で、マッコイと眼を合わせることもなかったのだ。マッコイはいつしか看守の小さな部屋の壁に貼られたカレンダーを見ていた。トップレスの女性が車に覆いかぶさり、大きなスパナを持っていた。まるで人生の望みをかなえたような表情をしている。今日が木曜日だと初めて気づいた。ネアンの戯言など気にせず、代わりにジェイニーに会いに行こう。結局のところ、一杯食わされたのだ。ブザーが鳴り、大きな音をたてて鍵が開けられ、風に体を持っていかれそうになるのに耐えながら看守が扉を開けた。マッコイが外を見ると、駐車場を取り囲む木々が激しく揺れていた。

看守が顔をしかめた。「外に出るのが自分じゃなくてよかったよ。ほんとうに」

マッコイは駆けだし、覆面パトカーの〈ビバ〉に乗り込むと、ばたんとドアを閉めた。エンジンをかけると、ラジオが鳴った。《チャーピー・チャーピー・チープ・チープ》（スコットランドのバンド、ミドル・オブ・ザ・ロードの楽曲）が突然車内に充満した。彼は悪態をつきながら、ダイヤルをまわした。ロッド・スチュワートの《マギー・メイ》が流れてきた。こっちのほうがずっといい。彼はヒーターをフル稼働させ、カンバーノールド・ロードに出て、街へ向かった。ジェイニーに会う前に、まずロビーに会わなければならなかった。

2

「時間はどのくらいある？」とマッコイは尋ねた。

ジェイニーはニヤリと笑った。「ひと晩じゅうよ。スティーヴィーからアイリスに話してある。彼女は不満そうだったけど」

彼は〈テネンツ〉のボトルを棚から取ろうとしたが、彼女は指を振った。「飲み物の代金は別よ。わかってるでしょ」

彼は首を振りながら、五十ペンスを取り出して、ボトルの脇の磁器製の皿に置いた。そのもぐりの酒場は大きな店だった。グラスゴーによくあるビクトリア朝時代のフラットのひとつにあり、キッチン以外の部屋はすべてベッドルームに改装されていた。そこはアイリスの店だった。彼女は戸口の古いキッチンチェアに坐っていた。ビールの入った木箱と用心棒のチャズが彼女の背後に見えた。アイリスは以前言っていた。グラスゴー全体については知らないが、この酒場に関しては女よりも酒のほうが二倍儲かるのだと。彼女ははっきりしていた。売るのはビールとウィスキーだけ。それがいやなら帰ればいい。〈テネンツ〉と〈レッドハックル〉。

ほんとうに儲かるのはほかの店の閉店後や日曜日だった。金曜日の真夜中や日曜日の午後三時頃。ほんとうの酒飲みが震えを覚え始める頃になれば、好きな金額を請求することができた。マッコイは恥ずかしそうな表情の女性や涙眼の男とよく階段ですれ違ったので、アイリスがどれだけうまくやっているかはよく知っていた。酒飲みはいつもどこからか金を見つけ出してくる。たとえそれが彼らの子供たちが翌日何も食べられないことを意味していたとしても。

前の晩にグリーンズ・プレイハウスで公演をしたアメリカのバンドから押収した大麻――ロビーによれば上物だそうだ――で、ジェイニーがマリファナ煙草を作ってくれた。押収された大麻の半分はセントラル署の保管庫に預けられ、残りの半分はまっすぐロビーの懐に入った。マッコイはロビーに一ポンドしか請求しなかった。ジェイニーの表情からすると、それ以上の価値があるはずだった。

ジェイニーは細いマリファナ煙草を吸うと、口を固く閉じて彼の唇に蓋をするように押し当て、彼の肺まで煙を吹き込んだ。彼はできるだけ長く息を止め、やがて甘い香りのする煙を吐き出した。すぐに効き目が表れた。少し頭がぼうっとして気持ちよかった。ロビーの言うとおりだ。彼は彼女から取り上げ、さらに二、三回吸ってから彼女に返した。

ジェイニーは枕元の小さなランプにスカーフをかけ、線香をいくつか燃やしていた。剝がれかけた壁紙には雑誌から切り抜いた、海岸や高級車の写真が貼ってあった。ポッシルパークの給湯設備もないフラットの奥の寝室というイメージを少しでも払拭(ふっしょく)するためだった。彼女はそれを〝ムード〟と呼んだ。「客はそれが好きなのよ。若い客は特に」

彼はベッドの端に腰を下ろし、靴紐をほどこうとした。思ったよりも難しくクスクスと笑った。ネクタイを取り、シャツを脱いで、ベルトをはずそうとしたがうまくいかず、また笑いだした。ジェイニーは隅のレコードプレイヤーでアルバムをかけていた。ローリング・ストーンズの《サタニック・マジェスティーズ》だ。だが、音は小さくしておかないとならない。アイリスが音楽をかけるのを嫌うのだ。何が起きているのかわからないと言って。彼の好みではなかったが、今日はいい感じに聴こえた。マリファナ、酒、そして音楽が絶妙なバランスで効き始めていた。

ジェイニーが踊り始めた。衣装だんすの割れた鏡に映る自分の姿を見ながら、音楽に合わせて体を揺らし、歌っていた。

彼女は美人だった。長い黒髪、曲線的な体、小ぶりの可愛らしい鼻、そして満面の笑み。こんなところで働くにはあまりにも美人すぎた。アイリスの酒場は決して高級な店とはいえなかった。客は現場帰りの労働者や、金曜日の夜の給料を使い果たしてしまうアイロン工場の男たちがほとんどだった。彼がそのことについて尋ね、どこか別の場所を探すように言おうとするたびに、彼女はそれを笑い飛ばすのだった。ここが好きだし、もっとひどいところで働いていたこともあると言って。

ジェイニーが、鏡のなかのマッコイが自分を見ていることに気づき、微笑んでから彼に舌を出した。彼は身を乗り出して、彼女をベッドの自分の横に引き寄せた。彼女が笑い、もがくふりをした。厚底のサンダルを脱ぎ、身をよじらせてホットパンツを脱いだ。彼はキスをした。首にキスをし、手を彼女の胸に下ろした。ペニスはすでに固くなって彼女の太ももに当たっていた。マリファナが効いてきた。だるく、ゆったりとして、リラックスしていた。彼の唇が彼女の体を降りていく。彼女が彼の髪に指をかけた。見上げると彼女がにっこりと笑った。

「愛してる、ジェイニー、愛してるよ」と彼は言った。

レコードが止まった。アームが持ち上がって戻り、そしてまた音楽が始まった――《シーズ・ア・レインボー》。彼は彼女のなかに入った。動きが速くなり、彼女の首筋に激しい息がかかる。高まっていく。彼女は両足を彼の背中にまわして、顔を寄せると耳元でささやいた。「来て、ダーリン、来て」

彼はもう数回動き、我慢しようとしたができなかった。うめき声をあげて、彼女の上に倒れ込むと、首に大きく息を吹きかけた。彼はしばらくそのままでいたが、やがて肘をついて体を起こし、彼女の眼を見た。

「あれは魔法だな。どうだった？　大丈夫かい？」

彼女はうなずくと、彼の背中を軽く叩いた。「もう一本吸う？」

彼は体を起こすと、ヘッドボードにもたれかかって彼女を見た。彼女はあぐらをかいて坐り、大麻の入った袋と折りたたんだ紙の載ったアルバムジャケットを膝の上に置いていた。長い黒髪がカーテンのように垂れ下がって顔にかかっていた。彼女はとても手慣れていて、マリファナ煙草を数秒で巻くことができ、必要なら片方の手だけで作ることもできた。

彼は腕時計を見た。零時十分。ネアンの言っていたレストランには、今夜は行くつもりはなかったので、気にしなかった。ハイになりすぎて、どこへも行けなかった。ネアンなどどうでもいい。おれはあいつの使い走りじゃない。ここにいたかった。彼女といっしょに。彼女がもう一本、マリファナ煙草に火をつけ、深く吸い込んだ。

「十分前におれの誕生日になった」と彼は言った。「一月二日だ」

「そうなの？」と彼女が訊いた。「何歳になったの？」

「三十歳だ。年を取っちまった」

彼女がぼうっとした頭で微笑んだ。眼には生気がなかった。体を乗り出すと彼にキスをして、彼の口にマリファナ煙草をくわえさせた。マッコイは吸うと頭が熱くなるのを感じた。これ以上のお祝いはないと思った。息を吐き出すとベッドに横になった。ジェイニーが歌いながらもう一本作っていた。扉が閉まる音、客が廊下を歩く靴音、アイリスが応対し、ボトルを手渡すときのぶつかりあう音が聞こえた。

ジェイニーは彼の上に身を乗り出し、マリファナ煙草の煙をやさしく吹きかけた。彼は息を吸い込むと、通り過ぎる車のヘッドライトが巨大な影を作り、やがて消えていくのを見ていた。窓を打つ雨音を聞きながら、幼い頃に両親とトレーラーハウスにいたときのことを思い出した。ジェイニーはランプを消すと、彼に寄り添って横になった。彼女がマリファナ煙草を吸うと、その先がオレンジ色に光り、やがて消えるのが見えた。彼は彼女の肩に腕をまわして引き寄せると、眼を閉じて眠りについた。

一九七三年一月二日

3

マッコイは凍えるような寒さで眼を覚ました。毛布はすべてジェイニーが奪っていて、窓の内側にでき始めた氷と彼を隔てているものはシーツ一枚だけだった。彼はシーツの下にもぐり込んで、眠りに戻ろうとしたが、うまくいかなかった。二日酔いと寒さが重なったとあっては無理というものだ。ジェイニーを起こそうとしたが、彼女は受け付けず、ただうなって背を向け、また毛布のなかにもぐり込んだ。彼は床に落ちていた服を拾い、すばやく着ると酒場の扉を閉めて階段を下りた。五時半。家に帰るには遅すぎるし、署に行くには早すぎる。結局、レストランを当たってみるしかなさそうだ。ほかにすることもなかった。

街は目覚め始めていた。始発のバスが通り過ぎ、暖かい服を着込んだ乗客は窓にもたれかかって半分眠っているようだった。休日ではあったものの新年は終わり、街は通常に戻っていた。二日酔いがどれだけひどかろうと関係なかった。街角のクリスマス・イルミネーションがまだ点灯しており、ベルとヒイラギが、凍てつく霧と降り始めた雪のなかで、弱々しく点滅していた。ソウチーホール・ストリートの角から犬が現われ、ひっくり返ったごみ箱の上で残飯を漁っているカモメに駆け寄った。カモメはくるりと背を向けると空に向かって鳴き声をあげながら去っていった。

凍えそうだ。六時半から〈マルメゾン〉の張り出し屋根の下に立って、足を踏み鳴らし、手に息を吹きかけて少しでも暖まろうとしていた。これまでは道路清掃員が、道端に散ばっているずぶ濡れのフライドポテトの空き箱や空のビール瓶を集めようとしているのを見たり、乳母車で新聞を売っている少年から新聞を買ったり、古いカーペットなどを満載した手押し車を押してホープ・ストリートを行くふたりの男たちに道を空けてやったりしながら時間をつぶしていた。ポケットを全部探したが、手袋のもう片方が見つからなかった。左手にしていた手袋をはずして、右手にはめたところでレストランのマネージャーが現われた。アグノッティと彼は名乗った。なんとも横柄な野郎だった。ここのような場所で働くにはそうでなければならないのだろう。マッコイはこのレストランに一度だけ来たことがあった。上司のマレーの五一歳の誕生日ディナーだった。宝くじにでも当たらないかぎり、二度と来ようとは思わなかった。そのときのディナーは木製の羽目板が施された大きな部屋で行なわれ、銀のトレイとワインのボトルを持ったウェイターが行ったり来たりしていた。ほかの客はみなビジネスマンで、ウェルダンのステーキとクルマエビのカクテルで満腹になり、丸々とした顔で食後の葉巻をくわえていた。

アグノッティはマッコイを事務所に案内し、質問に答える前にバッジを見せるように言った。尋問されるのはいやなのだろう。この店でローナという女性が働いていることがわかった。ウェイトレスの見習いだった。彼は小さなカードに住所を書き、それをマッコイに手渡した。

「なんの件か訊いてもいいですか?」と彼は言った。

マッコイは笑みを抑えることができなかった。「だめだ」と彼は言った。

彼が去ろうとすると、厨房のスタッフが出勤してきて、外に自転車を鎖でつないだ。マッコイがローナ・スカーヴィングのことを知っているかと尋ねると、廊下の店員用掲示板にある写真を指さした。スタッフの何人かで酒を飲んだときに撮ったものだった。パブのテーブルのまわりにドレスアップした女性が四人坐り、グラスを高く掲げて満面に笑みを浮かべていた。ローナ・スカーヴィングは端のほうにいた。十九歳。襟ぐりの深いドレス、ブロンドに染めた髪、美人だった。彼は壁からその写真を取ってポケットに入れた。ネアンの言っていた女の子に違いない。すでに〈ホワイトホールズ〉にも行っていたが、そこにはローラという女性がふたり働いていたものの、ローナはいなかった。

厨房のスタッフの男によると、彼女の部屋には電話はないということだった。マッコイは署に電話をして、彼女の住所にパトカーを送り、ここまで連れてきてもらうことにした。彼は厨房で待った。そこが店内で一番暖かい場所だった。彼はスタッフがランチの準備をしているのを見ていた。ジャガイモやニンジンの入った大きな鍋がぐつぐつと煮え、肉の載ったトレイが冷蔵室から出てきた。奥から英語の話せないイタリア人の男が現われ、小さなカップに入った濃いコーヒーを彼に手渡した。マッコイは気を利かせたつもりで「グラシアス」と言ったが、その男が少し戸惑ったように去っていったのを見て、伝わらなかったのだと悟った。十五分後、署から電話があった。無線を聞いた制服警官が彼女の部屋に行ったが、ノックをしても返事がなかったという。すでに仕事に向かったのだろう。彼はため息をつくと、公衆電話からワッティーに電話をかけた。どうやらひとりでは片付きそうになかった。

〈ゴールデン・エッグ・カフェ〉は〈ウィンピー〉（世界各国で展開するハンバーガー・レストランチェーン）の偽物のような店だった。メニューには写真も載っていたが、ベーコンエッグの写真から判断するかぎり、どこかほかの場所で撮られたに違いない。それでもその店にはひとつだけ長所があった。バスターミナルの真向かいにあったのだ。そのため、ほかの客の話し声や厨房の奥に向かって叫ぶ注文の声越しに、スピーカーから流れるバス乗り場のアナウンスも聞こえてきた。マッコイは窓の結露を拭いながら外を覗いた。午前八時。充分には明るくなっておらず、まだ街灯がついていたが、雪がますます激しく降り、今では積もり始めていた。ローナ・ブキャナン・ストリートに向かう大きな交差点には、車やバスが列をなしていた。ローナ・スカーヴィングの住所はロイストンで、そこからのバスはすべてこのバスターミナルを経由して街に乗り入れていた。彼女もここを通るはずだ。マッコイは、ローナが出勤して昨晩のロブスター・テルミドールを気に入らなかった男に刺し殺される前に、人ごみのなかから彼女を見つけようとしていた。

「彼女の仕事は何時から？」

マッコイは振り向いた。彼がそこにいることをほとんど忘れていた。ワッティー。グリーノック署のマレーの友人が電話をしてきて、なかなか優秀な若者がいると言ってきた。優秀すぎてグリーノックにはもったいなく、グラスゴーで大物を相手にするほうがふさわしいだろうと。その優秀な青年は背筋を伸ばして坐り、見張りの兵士のように外の人ごみを眺めていた。マッコイは、ワッティーを自分ではなくリチャーズやウィルソンに押しつけようとしてマレーと口論したものの、マレーは頑として譲らなかった。ワッティーは三カ月間、署で電話番をしたり、お茶を淹れたりしてきた。そろそろ何カ月かだれかの下につかせる時期だった。マレーはいつものように外堀から埋めていった。お世辞を言ったのだ。優秀な青年の世話をリチャーズのような愚図には預けられない。マッコイには自分と組ませることにマレーがどうしてそんなにご執心なのかわからなかった。もう懲りているだろうに。マッコイは以前にも新人から苦情を言われたことがあり、今回もそうなると思っていた。前回組まされた新人は、マレーに泣きついて元の部署に戻っていった。何が起きているのかマッコイが話してくれず、自分と話してもくれない、あーだこーだと言って。なのにまただ。その青年はブロンドの髪を濡らしてきれいに梳かし、黒っぽいスーツにぴかぴかの靴を履いて、正直そうな顔をしていた。二十六歳だが、十五歳くらいに見えた。そのくらい青臭かった。

「八時半のはずだ」とマッコイは言い、大きなあくびをした。

「写真をもう一度見せてもらえますか?」とワッティーが言った。

彼は手渡した。ワッティーを見ていると、五年前の自分を見ているようだ。こんなふうに眼を輝かせて、熱心に仕事をしていたことがずいぶんと昔のようだった。靴をぴかぴかに磨き、シャツにアイロンをかけて出勤するなんてことも。マッコイは窓に映る自分の姿を見た。お世辞にも見栄えがいいとはいえなかった。髪を切る必要があったし、着たまま寝てしまったようにしか見えないスーツも着替える必要があった。

立ち上がると外を見た。舗装道路に白い雪の層が積もり始めていた。「あそこに行って、彼女がやってくるのを捕まえられるかどうかたしかめよう」

バスターミナルは街の一番高いところにあり、片側をドビーズ・ローンの高層フラット、もう片側を古いガースキューベ・ロードを壊して作った新しい高速道路に囲まれていた。アスファルト敷きの巨大な長方形をしており、二千平方メートル近くあるはずだ。バスが停車するための乗り場が斜めに並んでいた。外側を囲むように待合所とベンチがあり、入口付近にはひなびたカフェがひとつあった。そのカフェを見ていると、すぐ近くの〈ゴールデン・エッグ〉でさえ、〈マル・メゾン〉のように高級に見えた。バスは、街はずれの団地、郊外の高級住宅地、海岸沿いのアルドロッサンやラーグスなどあらゆるところから来ていた。ここから毎朝一便出発するロンドン行きのバスには、いつも長い行列ができていた。五シリングのバスチケットで新しい人生をつかもうとする人たちだ。

帽子をかぶり、笛を持った男が、ロイストンからのバスは二十一番から二十四番の乗り場に入ってくると言って奥の一画を指さした。二十二番乗り場のベンチに坐っていた老婆は、マッコイが横に坐るといやな顔をし、鼻を鳴らして自分とビニール袋を五十センチほど移動させた。彼はワッティーが行ったり来たりして、足を動かすことで少しでも暖まろうとしたり、ライターの蓋を開け閉めしたり、小声で何か口ずさんだりしているのを見ていた。少なくとも彼は静かだった。彼の前任者は決して黙っていなかった。エジンバラ出身で理系の学位を持っており、出世街道に乗っているそうで、五分おきにその話をした。〈バロウランド〉（グラスゴーにあるダンスホール兼コンサートホール）の外で喧嘩をしていた女性ふたりを逮捕しようとして鼻を骨折し、眼のまわりに黒いあざを作ったあげく尻尾を巻いてエジンバラに戻っていった。

二階建てバスがアスファルトの上をまわって、ふたりの前にある停車場に入ってきた。マッコイは立ち上がった。バスのドアがシューと音をたてて開き、ふたりの男が雪について何か不満を言いながら降りてきた。次につなぎの作業服を着た男がパンの包みを小脇に抱えて降り、そのあとに小学生のグループが大声で叫びながら、押し合いへし合いして降りてきた。ローナ・スカーヴィングの姿はなかった。

彼女は次のバスにも乗っていなかった。ワッティーもとうとう歩き疲れたのかベンチに坐り、かかとを前に放りだして脚を伸ばし、大きなあくびをしていた。マッコイも坐り、老人が濡れた地面にパンくずを投げ、どこからともなくスズメが飛んでくるのを見ていた。別のバスが来てまた去っていったが、ローナの姿はなかった。マッコイは、結局はネアンにからかわれたのだと思い始めていた。そのとき、ターミナルの反対側で群衆が散り散りになるのが見えた。叫び声。走ろうとして後ろ向きに倒れる男。悲鳴をあげる女性。マッコイは走りだした。敷地の半分を横切ったところで、逆方向から走ってきたバスにぶつかりそうになった。彼は飛びよけ、よろめいた。顔を上げると群衆があとずさりしていた。その男は若く、十代にしか見えなかった。アノラックにジーンズ。左手を前に突き出しており、その手にはしっかりと銃が握られていた。

「警察だ！」マッコイは叫んだ。「銃を下ろせ！」

重い靴の音がし、ワッティーが横にいた。息が白く、眼はあちこちをさまよっていた。マッコイは彼の肩をつかむと、群衆を指さした。「彼らを伏せさせて、下がらせるんだ。急げ！」

ワッティーはうなずき、怯えた表情で走っていった。が、彼のことを心配している暇はなかった。少年が撃つ前に銃を取り上げなければならなかった。彼は大きく息を吸うと、少年のほうへ歩き始めた。落ち着いているように振る舞おうとしたが、容易ではなかった。心臓がハンマーで叩くように胸のなかで脈打っているのを感じていた。

「それを置くんだ、相棒。まだだれも傷つけちゃいない、そうだろ？」

自分の声が真剣に、そしてやさしく話そうとしているように聞こえた。だがそれも無駄だった。少年は彼を見ようともせず、ただ右から左へ頭を動かして人ごみのなかのだれかを探していた。後ろから、ワッティーが群衆を射程圏外に下げようと叫んでいる声が聞こえた。女性が泣き、子供が悲鳴をあげ、さらに叫び声が聞こえた。彼はその雑音を遮断しようとした。自分と銃を持った少年。重要なのはそれだけだ。彼はゆっくりと歩み続け、両手を上げて、少年と群衆のあいだに入り込むように近づいていった。

「なあ、相棒、もうやめるんだ。そいつを置こう、なあ？　これじゃまるで――」

突然、少年の眼の焦点が合った。まるで初めてマッコイがいることに気づいたようだった。彼は腕をまわすと、拳銃をまっすぐマッコイの頭に向けた。マッコイが凍りついて動けないでいると、少年は狙いを定めて引き金を引いた。鋭い音がした。スズメの群れが屋根から飛び立ち、悲鳴が沸き起こった。

自分が撃たれなかったことが信じられなかった。頭の上で冷たい空気の圧力を感じて思わず悪態をついた。彼の後ろにいた人々は、走り、倒れ、押し合いへし合いしながら逃げていった。ワッティーがみんなに伏せるように叫んでいた。彼らが身を伏せ始めたとき、マッコイは彼女を見た。その少女は倒れていて、体の半分が縁石からはみ出して、舗装道路にかかっていた。金髪、白いコート、光沢のある靴の片方が数十センチ先に転がっていた。彼女は体を起こそうとし、困惑したように周囲を見まわした。血が彼女の脚から流れ、雪を赤く染め始めていた。彼女はその血を見て、口を開けて叫ぼうとしたが、声は出てこなかった。マッコイは銃を持った少年のほうに眼を戻した。

「銃を置け、相棒。さあ、もう終わった。銃を置くんだ」

少年はマッコイに向かって微笑んだ。が、マッコイにはその眼に自分が映っているようには思えなかった。その眼は虚ろで、遠くを見ているようだった。彼は銃を眼の前に掲げてじっと見た。その髪に雪が積もり、溶けて顔を流れていた。彼は眼を拭うともう一度微笑んだ。そのとき、マッコイは少年が何をしようとしているのかに気づいた。

マッコイは、油で汚れた地面をしっかりと靴で踏みしめながら、少年に向かって走りだした。少年が自らのこめかみに銃口を突きつけたとき、まだ二、三メートルの距離があった。やめるように叫んだ。もう少しで届くというところで、少年は眼を閉じ、引き金を引いた。

今度は音がくぐもり、はじけるような銃声は聞こえなかった。少年の頭の反対側に赤い霧が現われ、骨のかけらと激しい血しぶきが空に向かって吹き出した。彼はふらつき、眼をぐるりとまわすと膝をついて前のめりになった。そして一瞬そのままの体勢を保ったあと、地面に倒れ込んだ。

マッコイは駆け寄ると、今も側頭部から流れている血を避けながら、少年の手から銃を蹴り出した。近くで見ると、思ったよりも若かった。汚れた白いズック靴、ポケットのところが破れた中綿のアノラック、上唇をかろうじて覆う程度のまばらな口ひげ。口の端からは血が泡のように吹き出していた。後頭部がぽっかりとなくなっており、骨と脳のかけらが路面いったいに散らばっていた。

ワッティーは少女のかたわらにひざまずき、その首に指を当てていた。しばらくそのままにしていたが、顔を上げると首を振った。マッコイは驚かなかった。大量の血が流れ出ていて、助かる見込みはなかった。スピーカーはまだ放送を続けていた。オーチネアンからの十四番のバスは遅れるようだ。マッコイは空を見上げ、雪を顔に降らせるままにさせた。遠くから聞こえるサイレンの音が大きくなってきた。眼を向けるとバスがハンドルを切って停車場に入ってきた。バスの運転手が死体を見て口を大きく開けていた。ブレーキを踏むのが遅れたのか、バスはアスファルトの上を滑り、ターミナルの壁にぶつかった。ガシャンという音がし、ドライバーがハンドルの上に倒れ込んだ。クラクションが鳴り響き、ターミナルの壁に反響した。マッコイは少年のほうに眼を戻した。彼の左手は痙攣（けいれん）していて、指は開いたり閉じたりし、眼はあちこちに動いていた。大きな黒い血を吐き出した。胸は上下に動くだけで、呼吸は浅かった。マッコイはしゃがんで彼の手を握った。

「大丈夫だから、待ってるんだ。もうすぐだ」

少年はまた咳き込み、さらに血を吐いた。血が顔の横を伝って新雪の上に落ちた。マッコイは少年の手を握って、大丈夫だと言い聞かせた。そうではないとわかっていた。自分がそこではないどこかにいることを願っていた。

4

マレーが現われたとき、マッコイはロイストンから来るバスの停車場のベンチに深く腰かけて煙草を吸っていた。血と慌ただしく動きまわる制服警官、そして二秒ごとに質問を浴びせかけてくるワッティーからしばらく離れていたかったのだ。

まず救急車が到着した。救急隊員はマッコイの肩に手を置くと、あとは任せるように言った。彼は立ち上がろうとしたが、少年の指が彼の指に強くからまった。彼はそれが痙攣によるものだと知っていたが離すことができなかった。自分がその少年にとって少しでも慰めになっていることを感じていたかった。救急隊員が彼の手を離してくれた。マッコイは立ち上がると、別の救急隊員に促されるまで少年を見下ろしていた。

次にパトカーが到着し、さらに制服警官を乗せたヴァン、覆面パトカー、衝突防止用の柵を積んだトラックが到着した。今や現場は混乱の極みだった。怒鳴り声、サイレン、人々の泣き叫ぶ声。スピーカーはまだ鳴り響いていた。

入口をふさいでいた制服警官の列が分かれ、黒い〈ローバー〉が、非常線を越えて、敷地内に密集するように乗り捨てられたバスのあいだを縫うように近づいてきた。止まるとすぐに制服警官が飛び出して後部ドアを開け、マレーが車から降りてきた。警官がすぐに彼のまわりに集まり、遺体を指さしながら、何が起こったかを説明していた。マレーはしばらく聞いていたあと、手を上げて彼らを黙らせた。そして非常線の後ろに集まっている群衆を指さすと、警官のひとりをそこに行かせ、ほかの者に大きな声で指示を出した。警官らは駆け足で入口のほうに向かった。

マッコイはマレーが大きな足取りで遺体のあるところまで歩いていき、ロープをくぐって通り抜けるのを見ていた。制服警官と救急隊員は一歩下がり、彼に場所を譲った。ワッティーは自分が何をしているのかわかっているような顔をしてそこに立っていた。手帳を出して持ってさえいた。マレーは彼にうなずくと、ひざまずいて少女の遺体から緑のシートを慎重にはずした。少年の体は医師や救急隊員に囲まれていたが、マレーは構わず彼らを押しのけて少年を見た。ワッティーに何か尋ねると、ワッティーは周囲を見まわし、マッコイを見つけて彼のほうを指さした。マレーはさらにいくつか指示を出し、ワッティーが急いで走り去るのを見届けてから、敷地を横切ってやってきた。雪はまだ降っていたが、マレーはコートも着ておらず、肩のあたりがきつそうなおなじみのツイードのジャケットに中折れ帽（トリルビー）という姿だった。彼は大柄な男で、身長は百八十五センチ近く、グレーになりかけた赤毛に口ひげを生やし、赤らんだ顔をしていた。ラグビーのプロップ——実際にそうだったのだが——がそのまま太ったような見た目だった。マッコイはなぜ自分と彼がウマが合うのかわからなかった。見るかぎり、ふたりに共通点はなかった。たぶん、ほかのみんなはマレーを怖がって、普通の会話ができないのだろう。

「大丈夫か？」と彼は尋ねた。待合所に入ってくると、中折れ帽を取って雪を振り落とした。

マッコイはうなずいた。「おれは大丈夫です。あのふたりとは違って」

「クソみたいな状態だ」とマレーは言い、マッコイの隣に坐った。「ワッティーは、事件が起こる前にあの少女を探しにおまえとここに来ていたと言っていた。理由は聞いていないと。そのとおりなのか？」

マッコイはうなずいた。

「なぜだ？」とマレーは静かに言った。ボーダーズ（スコットランドの地方行政区のひとつ　スコティッシュ・ボーダーズの略称）訛（なま）りの名残があった。彼の話し方はふたつしかなかった。怒鳴る。それは彼が苛立っていることを意味していた。静かに話す。それは彼が今にも苛立ちを爆発させようとしていることを意味していた。

マッコイはため息をついた。まずいことになっているのがわかっていた。「ネアンです。ハウイー・ネアン。電話があって、昨夜バーリニーに呼び出されたんです。やつは今日、少女が殺されると言った。おれに止めてほしいと」

マレーはジャケットを叩いて、パイプを探した。ふと彼のあとをついてきたふたりの私服警官が脇に立って待っているのに気づいた。「きさまら、何をしてる？　結婚式に出席してるみたいにつっ立ってるんじゃない。さっさと行って現場をちゃんと守れ！」

ふたりの警官は怯えた様子で急いで立ち去っていった。マレーはやっとパイプを見つけるとロにくわえ、ベンチに坐ったまま反対側を指さした。

「あそこが見えるか、マッコイ？　衝突したバス、血、遺体、泣き叫ぶ子供たちに、非常線を越えて入ってこようとする見物人。あれこそまさにとんでもないクソだ。おれが解決しなければならないクソだ。だから、もう一度、ここで何が起きたのか、そしておまえがそれといったいどう関係してるのか教えてくれ」

マッコイは煙草を地面に落とし、その火が消えるのを見届けてから話し始めた。「ハウイー・ネアンが昨日の夜、おれをバーリニーに呼び出したんです。刑務所長に署に電話させて。で、おれがそこに行くと、彼は〈マルメゾン〉か〈ホワイトホールズ〉で働いているローナという名の女の子がいると言った。名字はわからなかった。そしてその子が今日殺されると。やつにからかわれているとも思ったが、念のため調べたら、〈マルメゾン〉にローナ・スカーヴィングという名前の女の子が働いている、いや働いていたことがわかった」彼は遺体を顎で示した。「今朝、家にいなかったので、ここで捕まえようとしたが、ロイストンからのバスには乗っておらず見逃してしまった。昨日の晩は家に帰らなかったのかもしれない。気がつくと銃を持った男がそこに立っていて、彼女が地面に倒れていた」

「彼女はネアンとどんな関係があるんだ？」

マッコイは肩をすくめた。「言いませんでした」

「言わなかった？　なんともおもしろいじゃないか。ちゃんと訊いたんだろうな！」

「訊きました……」彼は抗議しようとしたが、マレーは受け付けなかった。

「ちゃんと訊かなかったんじゃないのか？　このクソみたいな惨劇を防ぐことができたかもしれないのに。で、ネアンの野郎はどうして突然、おまえに秘密を告白する気になったんだ？」

「おれに訊かれても困ります。昨日の晩、電話があったときはガーヴィーのことだと思った。ネアンのことはほとんど知らないんです。やつを逮捕したのはブロディでおれじゃない」

マレーはパイプの柄を上の歯にあてて首を振った。「いいや、まだ話していないことがあるはずだ」

「は？」

「ネアンがおまえと話したいといったのには何か理由があるはずだ。それはなんだ？」

マッコイは彼を見た。自分の耳にしていることが信じられなかった。「なんですか？おれが出し惜しみしてると言うんですか？ クソだ、マレー。なんでおれがそんなことをするんだ？」

「こっちが訊きたい」彼は冷静にそう言った。

「冗談はやめてくれ、マレー。頭がおかしいのか」

マレーは顔を曇らせた。「おまえもだ、坊主。だれと話してるつもりだ」

「あい、あんたもな。おれがあんたに嘘を言うとでも？」

マレーは顎の無精ひげを撫でながら、頭を振った。「そうじゃない。だが、彼が話したいと思ったのはおまえだ。そこには理由があるはずだ。おまえ自身は知らないかもしれないが、やつは知っているんだ」

マッコイは立ち上がり、ふたりの制服警官がカメラマンの列をロープの後ろに押し返しているのを見た。救急車が遺体のところまでバックで近づき、ドアを開けていた。

「どこへ行く?」とマレーは訊いた。

「少年はまだ生きてるんですか?」

「かろうじて。あれを生きていると言うならな。頭の半分が吹っ飛んでいる。彼はだれだ? ネアンは言ってなかったのか?」

マッコイは彼の質問を無視した。「だれでもない。ワッティーによると何も持っていないそうです。身分証明書もなければ、家の鍵も財布も金もない。傷もなければ、タトゥーもない。クソ透明人間だ。首に金の十字架。それだけです」

マレーは半笑いを浮かべた。「じゃあ、ひとつだけわかっていることがある。彼はおまえの同類だ」

マッコイはそのことばも無視した。「で、これからどうするんですか?」

「おれはあそこに戻って、この混乱を治める。今夜のラッシュアワーの前に全部終わらせて、ここを再開させる。街の中心部はすでに機能停止状態だ。バスはここからくそペイズリーまでずっと渋滞している」彼は立ち上がった。「おまえはバーリニーに行って、ネアンのクソ野郎が何をたくらんでるのか突き止めるんだ。本気だぞ。やつは少なくとも共犯に違いない。やつを締めあげるんだ」

「もう終わったことです。あの犯人は少女を撃ったあと、自分も撃った。何を訊き出すというんですか？」

「訊き出すのは、この事件がネアンとどう関係しているかだ。ここはシカゴじゃない。バスターミナルで銃撃戦なんてありえない。ネアンが何を知っていて、どう関係してるか訊き出してくるんだ」

マッコイはため息をついた。あとでもう一度言うことにしよう。マレーがこんな状態では言っても無駄だった。

「これ以上言わせるな。さっさとバーリニーに行け！」

マッコイは降参したと言うように両手を上げ、入口のあたりに止めてある覆面パトカーの〈ビバ〉の列に向かって歩きだした。

「それからマッコイ……」振り向くとマレーが敷地の反対側に立ってふたりを見ているワッティーを顎で示して言った。「忘れ物だぞ」

5

車に乗ってからというもの、ワッティーはほとんど話をしなかった。とはいえ、彼を責めるつもりはなかった。マッコイもあまり話す気にはなれなかったからだ。最悪の勤務初日になった。それでもワッティーはバスターミナルの群衆のなかで、言われたことをこなし、パニックになることもなかった。悪くない仕事ぶりだった。思っていたよりもましだった。

「大丈夫か？」とマッコイは尋ねた。

ワッティーはうなずいた。が、大丈夫なようには見えなかった。顔は青白く、頬には小さな血の染みが付いていた。彼らは署に戻って身なりを整えていたが、そのときに見落としたものだった。彼はライターをいじって、手の震えを抑えようとしていた。うまくいっていなかった。

「いいか、いつもこんなわけじゃない。それどころかこんなことはほとんどない。次に遺体を見るのは何カ月も先だろう。もちろん銃撃戦もだ」

ワッティーはもう一度うなずいた。何も言わず、ただ車のウインドウからリドリー・ストリートの午後の車の流れを見ていた。マッコイはあきらめた。結局、彼は無口な男なのだろう。ふたりはほとんど無言のまま、街を北に向かった。フロントガラスのワイパーがみぞれと戦いながらリズミカルに動く音だけが聞こえて心地よかった。ロイストンとプロヴァンミルを通って、バーリニーへ向かった。黒く汚れたアパートメントが延々と続き、そのあいだに泥だらけの空き地や、古いタイルと煉瓦の山があった。屋根の金属や鉛はとうになくなっていた。グラスゴー北部は、小さい頃からよく知っている場所だったが、今はどこか違う場所を走っているような感じだった。目印だったものがすべてなくなってしまい、自分がどこを走っているのかわからなかった。ガースキューベ・ロードもなくなり、パーラメンタリー・ロードだったところには、フラットが数軒並んでいるだけだった。高速道路とクソのような高層フラット。新しいグラスゴーだ。

マッコイがハンドルを切ったとき、ジャケットの下からシャツの袖口が覗いた。血がにじんでいて、生地が固くなっていた。それが少年の血なのか、少女の血なのかはわからなかった。どうでもいい、と彼は思った。靴の血をちゃんと落としたかどうかたしかめるために足元に眼をやると、後ろからだれかがクラクションを鳴らした。すぐに顔を上げて、ルームミラーを見た。救急車だった。彼は手を上げて謝り、車を脇に寄せた。救急車は二車線の真ん中を、ライトをまわし、サイレンを鳴らしながら追い越していった。

そのときに気づくべきだったのかもしれない。二度あることは三度あるのだと。そうすれば、刑務所の駐車場に車を止めたときに、同じ救急車がそこにいて、ゆっくりとライトをまわし、後部ドアを開けているのを見ても驚かなかっただろう。

「何をしてるんだろう？」とワッティーが訊いた。

マッコイは肩をすくめ、ドアを開けた。「知る方法はひとつしかない」

ふたりは車のドアを閉めると、ひび割れた路面を水しぶきを跳ね上げながら入口に向かって走った。マッコイはブザーを押しながら、雨に濡れないようにひさしの下に立とうとした。窓に向かって身分証明書をかざすと、大きな金属製の扉が音をたててゆっくりと開いた。トミー・マレンがそこに立っていた。

「何があった？」マッコイは救急車を顎で示しながら訊いた。

マレンは驚いたような顔をした。「それでここに来たんじゃないのか？　おまえのお仲間のネアンだ。やつがだれかを苛立たせたんだ」

ふたりは服の雪を払い落とすと、マレンのあとをついて廊下を進み、階段を上がってシャワー室に向かった。ワッティーは鼻にしわを寄せていたが、マッコイは慣れていた。バーリニーは彼がこれまでに入ったことのあるどの刑務所とも同じにおいがした。「汗、糞、そして精液」とマレーが言っていたのを思い出した。廊下はシャワー室に近づくにつれて暖かくなり、空気中に湿気を感じた。マレンがぶ厚いプラスチックのドアを押し開けた。

「お先にどうぞ」

シャワー室の床は水浸しで、ひび割れたり、欠けたりしているセラミックのタイルが水に覆われていた。湯気が立ち込めていて、何が起きているのか見えなかった。眼が慣れるまで一分かそこらかかった。マレンが指さしたのは十個ほど並んだシャワーの一番端のひとつだった。シャワーヘッドはなく、ただのパイプから湯が大きな弧を描いて勢いよく流れ出していた。

「壊れちまったんだ」マレンは騒音に負けない声で言った。「止められやしない。おまけに排水溝の上に倒れているから、水が溜まってしまってどうしようもない。動かすわけにもいかないからな」マッコイはうなずいた。まだ自分が何について話しているのかわかっていなかった。マレンが湯気のなかを指さした。「やつはあそこだ」

選択の余地はなかった。彼らは水しぶきのなかを入っていった。マッコイはばかみたいだと思いながらもプールの消毒のための足湯のようだと考えていた。ワッティーはいいスーツが濡れてしまうことに苛立っているようだった。少なくとも水は温かかった。ふたりが近づいていくと、ふたりの救急隊員が湯気のなかから現われた。グレーのフランネルの制服は脚の上のほうまで濡れて黒い染みになっていた。彼らは何かに覆いかぶさるように立っていた。マッコイとワッティーに見えるように脇によけた。ふたりは水のなかを進みながら、その先を見た。

何もすることがない場所に閉じ込められた男たちが、いかに創意工夫に富んでいるかということに、マッコイは驚かずにはいられなかった。彼らは機知に富むようになり、何もないところから物を作り出すようになる。歯ブラシ、絶縁テープ、先を尖らせたガラスの破片といったもので凶器を作るのだ。ネアンの伸ばした手の横で、それが水のなかを回転していた。だれが作ったにしろいい仕事をしていた。ネアンの喉は切り裂かれ、開いた傷口は魚のえらのように、水の流れのなかで動いていた。傷口は十五センチはあるだろうか？　首の古傷をきれいに二分していた。そこから赤い血が線となって流れ、コップの水に落としたインクのように渦を作っていた。頭を後ろにのけぞらせ、口と顎が水面から出ていた。口は黒くなって、固まり始めている血でいっぱいになっていた。

マッコイは深呼吸をした。十、九、八……。めまいを止めようとしていたせいでマレンのことばを聞き逃した。もう二回ほど呼吸を繰り返した。医者が言うように鼻から吸って口から出した。「落ち着くんだ。コントロールできている」うまくいった。呼吸できなくなる感覚が治まってきたが、眼を死体の数十センチほど上に固定し、直接見ないようにした。

「なんと言ったんだ？」とマッコイは訊いた。

「聞いてなかったのか？」とマレンは言った。「だれかがやつのことを気に入らなかったんだ」

マッコイは思い切って視線を下げた。すぐに吐き気の波が襲ってきた。「間違いないだろうな。いつ発見したんだ?」

「一時間かそこら前だ。B棟の看守連中がシャワーを浴びに来たら、やつがそこにいた」

マッコイは煙草を取り出したが、この湿気に満ちたなかでは火をつけることもできないだろうと気づき、ポケットに戻した。三人目。もう充分だ。少女が撃たれ、少年は死にかけており、ハウイー・ネアンは水と血のなかで横たわって死んでいた。

救急隊員のひとりが周囲を見まわしていた。「このあたりにあるはずだ」彼は部屋のなかを注意深く見ると、奥の壁際に何かが浮いているのを見つけ、水をかき分けて進んだ。「あった」彼は水のなかに手を入れ、何かを拾った。使い古された石鹼のように見えた。

彼はそれをつまんで持ち上げた。

「彼の舌だ。犯人が切り落としたんだ」

マッコイの背後でだれかが吐き、水が飛び散る音が聞こえた。振り向くとワッティーが体を折って、すまないというように手を上げていた。マッコイはそれが自分じゃなくてよかったと思った。ワッティーはまた吐くと、嘔吐物が水面に飛び散った。救急隊員は首を振った。

「すばらしい。充分だよ。膝まで水に浸かり、血まみれで、おまけに今度はゲロまみれときた」

マッコイは少し気分がよくなり、思い切ってもう一度ネアンを見た。彼はグラスゴーによくいる男たちのひとりだった。世界とそこにいるすべての人間に永遠に怒りを抱く男たち。生まれてこのかた、ずっとあらゆるものに怒りをぶつけてきた彼が、いまだけは、おそらく初めて、平和そうに見えた。彼は裸で両手を広げ、赤い髪の毛が後ろで水面に広がっていた。マッコイは水面と濃く赤い胸毛越しに、胸を覆うタトゥーに気づいた。ハートのマークとその下に名前の入った青い巻物の絵があった。

「ボビーってのはだれだ？」とマッコイは訊いた。

「やつのボーイフレンドだ。二週間ごとに欠かさず会いに来ていた」とマレンは言った。

「ボーイフレンド？」ハンカチで口元を拭きながら、ワッティーがそう言った。「まさかハウイー・ネアンはホモだっていうのか？」

マレンはうなずいた。「正真正銘のゲイで、だれに知られようと気にしていなかった。やつのような評判の男のことを、だれもそんなことで非難しようとはしない、違うか？」

「やつはここでいったい何をしていたんだ？」とマッコイは訊いた。「特別房にいると思ってたが」

「ああそうだ。だがあそこにはシャワーがないんだ。差別だと所長に文句を言って、週に二回ここに来ることが認められていた」

「じゃあ、そういうことなのか？」とワッティーは訊いた。「週に一度の逢瀬を愉しんでいたとか？　恋人同士のいざこざなのか？」

マレンは肩をすくめた。「かもしれん」

「目撃者はいないのか？」とワッティーは訊いた。

マレンとマッコイはたがいに顔を見合わせた。「彼はまだ新人のようだな、そうだろ？」

マッコイはうなずいた。「気長に見てやってくれ。ルールその一だ、ワトソンくん。刑務所のなかに目撃者はいない。今までも、そしてこれからも決して。自分たちだけで調べるしかないんだ」そう言うとマッコイはネクタイをゆるめ、シャツの一番上のボタンを開けた。「くそっ、ここはまるでオーブンだな」

「配管工が向かっている」とマレンは言った。

「あい、クリスマスになるぞ」とマッコイは皮肉を返した。「ネアンといっしょにシャワーに行って、新鮮な空気を吸おうとした。考えようとした。死体から離れると、扉の近くを浴びていた男がこれをやったとは思えない。ネアンは獣のような男だ。人に両手で爪先にさわるように言って、そいつがそうすると、ありがとうと言ってカマを掘るようなやつだ」

「なんだそりゃ」と救急隊員のひとりが不愉快そうに言った。

「こんなことをするのはやつと同じくらいひどいやつに違いない。で、だれがいる？　マーティン・ウォルシュはまだここにいるのか？」

マレンはうなずいた。「あと二年はいるだろう。やつは充分ありうる。トミー・マクリーンかもしれん。あんたもおれと同じくらい容疑者を挙げられるだろう。だが嫉妬深いボーイフレンドだとしたらお手上げだ。その手の連中は、ここでは胸のなかに隠してるからな。カミさんや、パブで知り合って一夜をともにした男の子には知られたくないんだ」

救急隊員のひとりが進み出てきた。彼の起こす波がマッコイのズボンの脚に当たった。

「彼を移動させますか？」

マッコイは首を振った。「冗談だろう？　まさか。バーリニーはイースタン署の管轄だ。連中がすぐやってきて解決してくれる。おい、もう大丈夫か？」

ワッティーはタイルの壁に寄りかかり、まだ死にそうなほど青白い顔をしていた。彼はうなずいた。恥ずかしそうだった。

「ここを出ないと、溶けてしまいそうだ。トミー、少しだけあんたのオフィスを使ってもいいか？　お偉がたがここに向かってるようだから待たせてくれ。ワッティーには吐かせないと約束するから」

マレンのオフィスは、刑務所の奥まったところにひっそりとあった。彼は何年もかけて部屋を飾り、家庭的な雰囲気にしようとしていた。そこはひどく狭い部屋で、床には絨毯(じゅうたん)が敷かれ、壁にはウェイダー（長靴と一体となった釣り用のズボン）を履いて、魚を持ち上げているマレンの写真がいくつか貼ってあった。トレイの上にやかんがあり、ひびの入ったマグカップふたつと茶色い塊がたくさん入った砂糖の袋が横にあった。マッコイは椅子に坐って靴紐をほどき始めた。濡れていて、結び目がなかなかほどけなかった。嚙んだせいで半分欠けた爪を突っ込んで引っ張るとなんとかほどけた。彼はやかんを顎で示した。

「ゲロした償いだ。紅茶を淹(い)れてくれ。できるだろ？」

ワッティーはうなずくと、コンセントを入れて赤いスイッチを押した。「こういうのを前にも見たことあるのか？」と彼は訊いた。

「どういうのだ？　喉を切られたやつか、それとも舌を切り取られたやつか？」

「わからない。けど、全部だ。水のなかの血やそこに横たわっている死体とか」

マッコイは脚を使ってもう片方の靴を脱ごうとした。紐をほどくのが面倒くさくなっていた。「いや、けどいろいろなものは見てきたし、もっとひどいものもあった。消防士にならなくてラッキーだと思え。あれはほんとうにぞっとする仕事だ。交通事故でばらばらになった死体とか、ベッドで焼け死んだ子供とかいろいろだ。砂糖はいらない」

マッコイが紅茶を飲み終えて煙草に火をつけると、マレーがいつものようにだれかを怒鳴りつけている声が聞こえてきた。彼は相手が自分の部下の警官であろうが、そうでなかろうがお構いなしに怒鳴るのが好きだった。彼は扉を開けると、部屋のなかの光景を見た。すぐに顔を曇らせた。

「さてさて、いったい何が起きてるんだ？」彼はシャツと下着姿のふたりを見て言った。

マッコイは、靴下とズボンがラジエーターの上で湯気を立てているのを顎で示しながら言った。「ずぶ濡れになって乾かそうとしてるところです」

マレーは首を振った。「なんてこった。とんでもない道化コンビだな。ネアンには会ったのか？　何か話したのか？」

「あまり」とマッコイは言った。「お茶でも飲みますか？」

ワッティーがマレーのために紅茶を淹れているあいだ、マッコイがどうしてこんなにずぶ濡れになったかを説明した。マレーはため息をつき、机の端に坐ると、自分のジャケットを叩いてパイプを探しながら言った。「聞くべきかどうかわからないが、あえて訊こう。

偶然なのか？」彼は希望を込めてそう言った。

ワッティーは何か言うべきことを探した。犯罪現場で吐いてしまった恥辱の汚名返上とばかりに。「やつはホモだったんです、ボス。ボーイフレンドのひとりと争ったのか、あるいはシャワー室でだれかを襲おうとしたのかもしれません」

マレーはマッコイに眼をやった。マッコイは首を横に振った。「そうは思いません。だれがやったにせよ、舌を切り取ったのは彼が話したことが気に入らず、そのことをほかの連中にも知らせたかったからでしょう。ハウイー・ネアンはここでは大物だったが、大物はほかにもいる。そいつが金を払ってだれかにやらせた。おそらくは外のだれかが金を払うか、便宜をはかったんでしょう」

「なんだと？ じゃあやつがおまえに話したからだというのか？」

「充分可能性はあります。マレンによると、やつはおれをここに呼んで話を聞かせた以外は、おとなしくしていたらしい。テレビの前で《ザ・マジック・ランドアバウト》を見てればハッピーだったそうです」

「なんてこった、あのクソ野郎は特別房にいたというのか？ あんな人殺し野郎にカラーテレビと野菜畑が与えられていたと？ あいつに切り刻まれて殺された人たちはどうなる？ 彼らに何が与えられたというんだ？」

マッコイは手を上げて、マレーが怒鳴り散らすのを止めようとした。さもないと一日じゅうここにいることになりそうだ。「ここはイースタン署の管轄です。だれがやったかについては連中が何か見つけるでしょう」

マレーはうなった。「イースタン署？　冗談だろう？　連中がクソ役立たずじゃなかったとしても、望み薄だ。刑務所での殺人だぞ？　解決するなんて宝くじに当たるようなもんだ。彼がなぜおまえに話したのかまだわからないのか？」

「もう聞き飽きましたよ、マレー。まだです。そう言ったでしょう？　やつがおれを困らせようとしたんじゃないことを願いますよ。違いますか？」

マレーは両手を上げた。「そんなにピリピリするな、マッコイ、訊いただけだ」彼はパイプを見つけると、マレンの机の端でパイプのボウルの部分を叩いた。「そういえばあの少年は死んだよ、王立病院に運ばれる車のなかで」

マッコイはラジエーターのところまで歩き、ズボンを触った。充分乾いていた。ズボンを振ってから穿いた。あの場に坐って少年の手を握りしめていたことを思い出した。「彼は何か言ってましたか？」

「見ただろう？　脳が半分吹き飛んでたんだぞ」

「たしかに。少女のほうは？」

「彼女の何がだ？　即死だった。彼がだれであろうと、銃の腕はひどくいい。まっすぐ心臓を捉えていた」

マッコイは片方の足でバランスを取りながら、湿った靴下を履こうとして飛び跳ねていた。「彼女は何者ですか？　彼女については？　ネアンとはどういう関係ですか？」

マレーは首を振った。「今のところは何もわかっていない。アバディーン出身だ。半年ほど前に引っ越してきたばかりで、両親とはそれ以来音信不通だったそうだ。〈マルメゾン〉で働いていたが、クビになる瀬戸際だった。よく遅刻したし、ほとんど使えなかったそうだ。夜踊ったあと、友達の家に泊まったようだ。その友達が何か知っているかもしれん」

マッコイは首を振った。「おれが行ってみます。そのほうが訊き出せる」

マレーはうなずくと立ち上がった。「任せよう。それとシャワー室で笑ってる男はどうするんだ？」

マッコイは靴紐を結び終えた。「今はもうイースタン署の事件です」彼は自分の体をはたいた。ズボンはしわくちゃだったが、前とたいして違いはなかった。「ところでだれかがボビーに伝えなければなりません」

「ボビー？」

マッコイは自分の胸を叩いた。ネアンのタトゥーがあったところだ。「やつの忠実なパートナーです」

マレーは眼をぐるりとまわした。「くそっ、勘弁してくれ」

「今は七〇年代です、マレー。合法だし、なんでもありだ。女性に行かせればいい。あいつのことを性的異常者だと思い込んでる古いタイプの警官じゃなく。もっと同情的になって、そいつから何か訊き出すんです」

マレーはまた特別房のことを蒸し返し、さらに性的異常者と犠牲者に対する同情について話し始めた。マッコイは聞き流した。マレーが正しいと思わざるをえなかった。ネアンが自分をここに呼んで、ローナ・スカーヴィングについて話したのには理由があるはずだ。彼がすべきことは、それがなんであるかを突き止めることだった。

6

マッコイが最後にベドレイ・ストリートを訪れたとき、そこはまだまともな通りで、アパートメントが立ち並び、いくつかの店に加え、パブさえもあった。ジェイニーを乗せて走り、彼女がアムステルダム帰りの男から大麻を買うあいだ、彼は車に坐って待っていたのだった。ほんの一年前のことだ。だが今、ベドレイ・ストリートは泥のなかをくぐり抜けた敷石のかけらのようだった。まわりはどこも同じだ。彼の記憶にあるスプリングバーンは大きな機関車工場があり、アパートメントには人があふれていたのだが、すべてとうの昔になくなっていた。工場はすべて閉鎖され、人々は街はずれの新しい開発地区へと流れていった。その地区も、そこに移り住んだ人々の話を聞くかぎりでは、すでにもう勢いを失っているようだった。

今、スプリングバーンは高速道路と、壁紙で覆われた部屋からなる、空に向かってそびえ立つ半分壊れかけのフラット、そして辺鄙(へんぴ)な場所に取り残された奇妙なパブがあるだけだった。周囲には何もなかった。議会はこの地域を焼き払ったほうが少なくとも手っ取り早かったかもしれない。彼は石畳の上に立ち、自分がどこにいるのか確認しようと周囲を見まわした。ピンクストン発電所の大きな煙突が見えたので、西を向いているはずだった。やがて自分がパン屋のあった場所の向かいに立っていることがわかった。

「どうしたんだ?」とワッティーが訊いた。

マッコイは首を振った。「なんでもない。ただ自分がどこにいるのかたしかめていただけだ。昔はよくここにあったパン屋に使いに行かされたもんだ。土曜の朝、親父のパンを買いに来た」彼は〈ボランズ〉があった場所のぬかるんだ地面を見た。隣にあったパブの〈ブラックライオン〉もなくなっていた。外で父を待って何時間過ごしたことだろう。あの頃は喜んでひとりで時間をつぶしたものだった。彼は背を向けた。

「その娘の名前はなんといった？」

ワッティーは胸ポケットから新しい警察手帳を取り出した。「クリスティーン・ネア」と彼は言うと、手帳をぴしゃりと閉じて、窓を見上げた。「最上階だ」

「ところで、おまえの出身はどこなんだ？」廊下に入っていきながら、マッコイが訊いた。

「グリーノック。〈スコッツ〉（グリーノックにある造船会社）のすぐ近くだ」

「造船には興味はなかったのか、あ？」

「好きじゃなかった。それにほとんどの造船所は閉鎖されちまった。おれの親父はこの何年かはキッチンのテーブルに坐って、ただ宙を見つめてる」

その廊下は暗く、灯りも切れていて、いたるところに落書きがあった。ふたりは重い足取りで階段を上り、ようやく最上階にたどり着いた。立ち止まって息を整えた。クリスティーン・ネアの部屋の扉はごみの詰まったビニール袋に囲まれていた。その半分は穴が開いていて、卵の殻やスープの缶が床にこぼれ落ちていた。

「あんたの出身は？」ワッティーが訊いた。「グラスゴー？」

マッコイはうなずいた。「ポッシルだ」

彼はワッティーの背後を指さした。「ここから五分ほど行ったところだ。今はもうない」

「どこだよ、それ？」

クリスティーン・ネアがノックに応えて戸口に現われた。つやつやしたボマージャケットに〝ザ・スイート〟と書かれた大きなバッジを付け、黄色いサテンのミニスカートを穿いていて、しっかりと化粧をしていた。ふわっとした髪の下からはうんざりしたような眼が覗いていた。あまりうれしそうではなかった。

「お出かけかな？」マッコイは愛想よく尋ねた。

彼女はふたりを上から下まで見た。「あい、それに遅れてるの。なんの用？」

マッコイは身分証明書を見せると言った。「話がある、お嬢さん。ローナの件で」

彼女はため息をつくと、扉を押さえてふたりをなかに入れた。マーク・ボラン（イングランドのロックグループ、T・レックスのボーカル兼ギタリスト）のポスターと絞り染め(タイダイ)のベッドカバーも、貧しいひとり暮らしを彩るのに役立ってはいないようだった。床には汚れた服の山があった。隅のごみ箱はあふれかえり、シンクには洗っていない食器の山の上に蛇口から水滴が落ちていた。その部屋はもぐりの酒場のような線香の香りがした。それでも湿ったにおいを隠しきれていなかったが。天井の隅には大きな黒い染みがあった。彼女はラジオのスイッチを切り、頭上の灯りをつけると、ベッドに腰を下ろした。ジャケットは脱がなかった。

「あの子、何をしたの？」と彼女が訊いた。

「何もしてない」とマッコイは言った。「殺された」

「殺された？」彼女はふたりを見た。何かの冗談じゃないか見極めようとしていた。「今朝、ここを出ていったの……」

「ワッティー、お茶を淹れてくれないか？」とマッコイは言った。ワッティーはうなずくと、ガスレンジのほうに行った。火をつける。が、何も起きない。彼はため息をつくと、ポケットに手を入れ、十ペンスを取り出してメーターに入れた。

「残念だよ、お嬢さん。ショックだろう？　大丈夫か？」

彼女はうなずいた。眼には涙が浮かんでいた。マッコイはハンカチを探そうとポケットに手を入れたが見つからなかった。ワッティーが自分のコートのポケットからきれいに折りたたまれたハンカチを取り出して彼女に渡した。

「何があったの？」困惑した様子で彼女は訊いた。

マッコイはため息をついた。つらい役目だ。「銃で撃たれた。即死だったから何も感じなかったはずだ。それに——」

「撃たれたってどういうこと？」少女はマッコイの頭がおかしいというかのような表情で彼を見ていた。「嘘でしょ！　撃たれたっていうの？」

マッコイはうなずいた。ワッティーが震える彼女の手からハンカチを受け取り、代わりに紅茶を手渡した。「これを飲むんだ。砂糖がたっぷり入ってるから落ち着くよ」

彼女は縁の欠けたスヌーピーのマグカップをなんとか口元まで持っていき、ひと口飲んだ。「信じられない。ほんとうなの？」

マッコイはうなずいた。「彼女は昨日の晩、ここに泊まったんだね？」

彼女はうなずいた。「昨日の晩いっしょに出かけて、彼女は早番だったからここに泊まったの。〈マッスル・アームズ〉に行ったの……」ことばはしだいに小さくなっていった。涙が頬を伝っていた。「だれが彼女を殺したの？」

「まだわかっていない」

「どうして殺されたの？」

「それもわかっていない」

彼女は首を振った。紅茶をもうひと口飲んだ。「嘘でしょ、信じられない」

マッコイは坐るところを探そうとしたがなかったので、化粧台にもたれかかった。上に置いてあったマニキュアのボトルと小さな陶器の犬がちょっとした雪崩を起こして倒れた。

「ほんとうに残念だ」彼は倒れたボトルと犬を元に戻しながらそう言った。「ローナはどんな娘だったんだい、クリスティーン？　仲がよかったんだろ？」

彼女はうなずき、そして首を振った。「まあそれなりにだけど。職場で会ったの。彼女はトラブルメーカーだったけど、だからって殺したいなんて思う？」

「トラブルメーカー？　どんなふうに？」マッコイは訊いた。

クリスティーンは肩をすくめた。「お金を借りて返さなかった。いつもシフトに遅れてきて、わたしがカバーしなければならなかった」

「ボーイフレンドはいたのか？」

彼女は黄色いバッグに手を伸ばすと、なかを探り、〈ケンシタス・クラブ〉の十本パックを取り出した。火をつけた。「ちゃんとしたボーイフレンドはいなかった」

「彼女みたいな美人に？　ほんとうに？」

彼女は下唇を噛んだ。紫の口紅が剥がれて歯に付いた。話を続けようかどうか迷っていた。

「話してくれ。きみが知っていることが、犯人の身元を特定する役に立つ。そいつが結婚していようがいまいがどうでもいい。ただ知りたいだけなんだ」マッコイは彼女がそのままロを閉ざしてしまうかと思った。彼女は煙草を吸うと、ためらいがちな眼で彼を見た。

「お願いだ、クリスティーン。大事なことなんだ」

「レストランのお客たち。彼女はときどきお客とデートしてた。車のなか。ホテルの部屋。年配の男たち」彼女は顔を歪めた。「正直言っていやだった」

「なんだって？　ローナは売春をしてたのか？」と彼は訊いた。

彼女は首を振った。「ううん、そうじゃない。ブライスウッドみたいな娼婦のいるところには行かなかった。彼女は美人だった。お客と愉しい時間を過ごしたかっただけ。お金。服。彼女は〝パトロン〟って呼んでた。彼らは彼女にお金を払って、クラブやダンスに連れ出し、プレゼントも買ってくれた。アグノッティのやつ、たいした給料払ってくれないから」

「きみはどうなんだ？　お金には困ってなかったのか？」

「冗談でしょ」彼女は手を上げ、汚れた三日月のような爪の先と小さいダイヤモンドのついた婚約指輪を見せた。「夏には結婚するの。お金も貯めてる」

彼女の背後のヘッドボードにはセロテープで留めた写真があった。駅にあるフォトブースで撮った写真のようだった。彼女とローナのふたりが舌を出して、モデルのような顔をしている。ふたりともドレスアップしていて、実際の年齢よりもずっと上に見えた。マッコイは体を乗り出すと、それをヘッドボードから剥がして、じっと見た。

「きみもいっしょに行ってたんだな？」

クリスティーンは肩をすくめ、キャンドルウィック刺繍(ししゅう)のベッドカバーの糸をむしった。

「それが問題なんだな？　きみのボーイフレンドにきみが何に関わってきたのか知られると困る」

「なんのことを言ってるのかわからない」と彼女は言った。彼を見ていなかった。

マッコイは無言のまま待った。いつもはうまくいった。彼は窓際まで歩くと、窓の汚れを拭いて、ビショップブリッグスに向かう道路と、〈ウィンペイ〉（英国の住宅建設会社）の新しい街並みを眺めた。そこはスパム・ヴァレーと呼ばれていた。そこに住む人々は自分の家にお金を使い過ぎて、食べていくのも精いっぱいだったのだ。眼下の街には明かりが灯り始めていた。四時だというのにすでに暗くなっていた。一月のグラスゴー。

「彼には言わない？　彼が知ることはない？」

マッコイは振り返った。「もちろんだ」

「約束してくれる？」

彼はジャケットの前で十字を切った。「神に誓う。嘘をついたら死んでもいい」

彼女は満足したようだった。「正直なところ名前も知らないの。しつこく頼まれたときに二、三回いっしょに行っただけだから。ロニーとかジョンとか、適当に思いつくまま名乗っていた。彼女の相手が友達といっしょで、もうひとり女の子が必要なときだけ行っていた」

「ほんとうに名前はわからないのか？」

彼女はうなずいた。「見れば何人かはわかるかもしれないけど……どうかな。やだ、あたし、彼女のことを正真正銘のビッチみたいに言ってるよね」

「そうじゃなかったのか？」とマッコイは言った。

彼女は首を振った。「彼女にもすてきなところはあって、おしっこ漏らしちゃうほど笑わせてくれることもあった。けど彼女はいつまでもウェイトレスでいるつもりはなかった」彼女は微笑んだ。「そのほうがよかったのかも。ウェイトレスには向いてなかったし。ほんとうは美容部員になりたかったそうよ。〈ハウス・オブ・フレーザー〉（英国のデパート）の化粧品売り場で働きたかったのよ。そういった華やかなものに」

彼女は汚れた部屋を見まわした。もう一度微笑むとハンカチで涙を拭いた。

「彼女のこと責められないよね」

「だれがそういったデートを手配してたんだ？　レストランのだれかか？」

彼女は首を振った。「ローナが自分でやっていた。彼らが坐るとすぐにわかるって言ってた。すぐに引っかかるって。担当のテーブルを交換して、話しかけることも……」

「その連中はみんな年配だったのか？」

「お金のある人だけだって言ってた」

「彼女の知り合いに若い男はいないか？　十八歳か、十九歳、短髪、痩せ型。中綿のアノラックを着ていた」

彼女は首を振った。「知らない。彼女はいわゆるロマンチックなタイプじゃなかったから、お金のない人には興味はなかった。彼女が死んだなんて、まだ信じられないわ」

マッコイはベッドに腰を下ろし、彼女の手を取った。ベッドは洗っていないシーツの酸っぱいにおいがした。このような部屋に何度入ったことがあっただろう。ただでさえ惨めな暮らしをしている人たちにさらに悪い知らせを伝えたことが。「だれか電話できる人はいるか？　だれかに来てもらっていっしょにいてもらうかい？」

「だれに？」と彼女は訊いた。マッコイの言ったことを理解していないようだった。

「友達とか？　きみのお母さんとか？」

彼女は首を振った。「仕事に行く。ここにはいたくない」

「たしかに」そう言うとマッコイは立ち上がった。「じゃあ送っていこう」

7

「変なにおいがする」とワッティーが言った。

「黙ってろ」とマッコイは言った。

ウェイターがふたりのコートを受け取ると、ワッティーは怪訝そうに周囲を見まわした。壁一面に大きく引き伸ばされたインドの市場(いちば)の写真が貼られていた。反対側の窓は街をゆっくりと流れる濁ったケルヴィン川を見下ろしている。そのレストランは大学の近くのギブソン・ストリートにあった。グラスゴーのなかでも自由奔放な雰囲気の地域で、小さなワンルーム・アパート、書店、行儀の悪い学生とマルクス主義や労働者階級の闘争について語り合う大学の講師たちであふれたパブが多く並んでいた。彼らが労働者階級の人々と会ったことがあれば、もっと有意義な話ができたかもしれないが、ここではそんなことは起こらなかった。労働者階級の人間にここの飲み物の料金を払う余裕はなかった。

ふたりは席に着いた。ワッティーはメニューを手に取り、聞いたこともないような料理のリストに眼を通していた。

「普通の食べ物はないのかよ?」

マッコイは彼を無視し、ウェイターが現われると、ワッティーのためにチキン・ダンサック（インドの煮込み料理）を注文した。料理が現われると、ワッティーは怪訝な顔でそれを見つめ、フォークの先でほんの少し味見をしてから、がつがつと食べ始めた。彼はからっぽの皿を前に、椅子にもたれかかって大きなげっぷをした。

「悪くないね、こいつは。グリーノックにはないよ。好きな味じゃないと思ったけど、全然悪くない」

事前に隣のパブで飲んだ二杯のビールがワッティーをリラックスさせたようで、今は愉しそうに話をしていた。彼のグリーノック訛りのことばも、BGMのシタールの調べにかき消されてほとんど聞こえなかった。マッコイにはそれが好都合だった。気になることが山ほどあったのだ。彼はこの二十四時間のあいだに起きたことをきちんと理解しようと、頭のなかですべてたどっていった。ネアン、バスターミナルでの銃撃。だがどこにもたどり着けなかった。いつものようにどうでもいいことにこだわってしまった。福袋から出てきたような婚約指輪に希望を託していたクリスティーン・ネア、銃を頭の横に押しつけたときの少年の表情。彼は幸せそうで、まるで待ち望んでいたかのようだった。十八歳かそこらの少年が、なぜそんなことをしようと思ったのだろう。二秒後には頭が吹っ飛ぶというのに、まるで宝くじに当たったかのような笑顔だった。わけがわからなかった。彼はワッティーのおしゃべりに意識を戻した。彼は自分が観たギャング映画のあらすじを話していた。ことばを切るとマッコイを見た。何か質問をしたに違いない。

「聞いてんのか？」と彼は言った。

「あい、もちろんだ。ボートのなかで彼を撃ったんだよな。すごいな。ところであのマネージャーからは何か訊き出せたのか？」

「何も」とワッティーは言った。「彼女の好きにさせてたそうだ。課外カリキュラムについては知らなかった。何も知らない。以上」

「カリキュラムね。そいつはみんなからは信頼されてるのか？」

「そのようだけど、どうもちょっと変人のようだ。レストランの経営だけが関心事で、売春をする女の子からのキックバックでそれを危険にさらしたりはしなかったようだ」彼は腕時計を見た。「彼は何時に来るんだ？」

「心配するな。いつも遅れて来る」

アラスデア・カウィーは、マレーを除くとマッコイが唯一評価している警官だった。グラスゴーには二千人を超える警官がいることを考えると決して自慢できる話とはいえなかった。カウィーは頭がいい——マッコイよりも——ので、出世コースをひた走っていたのだが、妻がメニエール病を発症したことで、自らペダルから足を離してしまった。シフトの終わった二十分後には家に帰れ、夜勤も残業もない生活を選んだのだ。上司は彼をどう扱ってよいかわからず、彼は使えないベテラン警官として持て余され、トラブルシューターのようにさまざまな部署を転々とした。今は風紀犯罪課で、警察と大学の女性支援グループ、そしてブライスウッドやグリーンで働く娼婦たちとの連絡グループを作ろうとしていた。可哀そうに。

「次はだれなんだろうな？」ワッティーはレストランを見まわしながら訊いた。スーツを着た酔っぱらったビジネスマンの一団、手を握り合っている若いカップル、メニューをじっくり吟味しているふたりの中年女性。

「なんのことだ？」

「今日はどこもかしこも死体でいっぱいだ。賭けてもいい、あのカップルのカレーには毒が盛られてるんだ」

「あい、おもしろいな。おまえが口を閉ざしてるときのほうが好きだよ」

レストランの扉が開き、アラスデア・カウィーが一陣の冬の風とともに現われた。ウェイターのひとりが戸口で彼を迎え入れ、ダッフルコートを脱がせると、ふたりのテーブルを指さした。カウィーはちらっと見ると手を振り、長い赤のスカーフをウェイターに手渡した。彼は大きくなかったが太っていて、年齢を重ねるにつれてさらに太っていった。丸顔に二重顎。彼は席に向かう途中で注文し、ウェイターがその後ろでメモを取っていた。マッコイはそのオーダーをそらんじることができた。ふたりがこの〈シシ・マハル〉に来るようになってからずっと変わらないオーダーだ。マッシュルームのパコラ（インドなど南アジアの揚げ物料理）、ラム肉のローガンジョシュ（ペルシアまたはカシミール地方に起源を有する、肉を使ったスパイシーな料理）、サフラン・ライスにチャパティ（インドなど南アジアのパンの一種）を二枚。

「大丈夫か、ハリー？」カウィーは椅子を引きながら訊いた。

マッコイはテーブルの向かい側を指さした。「ワッティー。新人だ。二カ月間おれといっしょに過ごす。おまけにくそグリーノック出身ときた」

ワッティーは警戒するようにうなずいた。自分が歓迎されない存在であることはわかっていたが、マッコイが気に入ろうが気に入るまいが、マッコイに食らいついていく覚悟だった。マレーに言われたように。

「今朝はほんとうにひどかったそうじゃないか」カウィーはそう言うと席に着き、タートルネックのセーターを脱いだ。そのセーターを隣の椅子の上に置くと、髪の毛としわの寄ったフランネルのシャツを整えようとした。マレーは何度か彼のことを〝ベッドメイク前のシーツ〟と呼んでいたが、あながち間違っていなかった。彼はテーブルに身を乗り出すと、マッコイのカレーの残りをナンのかけらですくい上げた。「全部おまえのせいだったそうじゃないか」

カウィーはワッティーのほうを見て言った。「こいつの武勇伝を聞いたか？」ワッティーは首を振った。「おいおい？　一九六九年のノミ屋の大がかりな手入れの話も聞いてないってのか？」

「ふざけるな、カウィー。ジャッキーはどうしてる？」

「問題ないよ。変わらない。悪化はしていない。おまえのことを心配していたと言いたいところだが、それはない」ウェイターがラガーの載ったトレイを持って現われ、別のウェイターがカウィーのパコラを持ってきた。マッコイはカウィーが食べるのを見ながら、彼のパコラのひとつをつまんで食べた。カウィーはあからさまに皿を自分のほうに引き寄せた。

「ひどい一日だったみたいだな。どこもかしこも血まみれだ。おまえは大丈夫だったのか？」

マッコイはうなずいた。ワッティーが興味深そうに見ているのに気づかないふりをした。

「ほんとうか？　最近医者には行ってるのか？」

マッコイは首を振った。すぐに話題を変えた。「〈マルメゾン〉や〈ホワイトホールズ〉のようなところで働いてる女の子たちについて何か聞いてないか？」

カウィーは体を起こすと、傷ついたふりをした。「なんだよ、おれのことが好きでここに誘ってくれたんじゃなかったのかよ。プロの娼婦じゃない女の子ってことか？」

「そういうことになる」

彼は肩をすくめた。「その手の場所ではよくあることだ。大規模なもんじゃない。ひと晩だけ街にいるビジネスマン相手。ホテルのメイドみたいなもんだ。組織的でも大々的なものでもない。ほとんどは小遣い稼ぎをしようとする薄給の女たちだ」

彼はマッシュルームのパコラを、小さな皿に入ったピンク色のソースに浸すとニヤリと笑った。「ローナ・スカーヴィングならもっと詳しく教えてくれただろうがな」

「耳ざといな。どこで彼女のことを聞いた？」

「出てくる直前に署でギルロイに会った。彼女がマレー総統殿に予備検視報告書を届けるところだったんだ」

「で？」

「で、おまえのためにふたりの会話を盗み聞きしてきた。おごってもらうお返しをしなきゃならないとわかってたからな。死因は大動脈に銃弾が当たったことだ。ほかにも興味深いことがある。おまえよりおれのほうが詳しいなんておもしろいな？　愉しいよ」彼は空になったパイントグラスを振りながらそう言った。「どうも話しづらいな、ひどく喉が渇いて」

　マッコイはバーのそばにいるウェイターに手を振ってお代わりのビールを三つ持ってこさせた。

「なんてやさしいんだ」とカウィーは言い、ひと口飲んだ。「ああ、生き返った。これで続けられる」

「くそっ、自分でギルロイの検視報告書を手に入れたほうが早かったな」

「オーケイ、ここからがビッグニュースだ。ローナ・スカーヴィングには異常な傷があったらしい。たくさんのあざ、背中には消えかかった鞭の痕、手首と足首には縛られた痕跡があった。肛門と膣には木の棒か何かでつけられた傷があった」

　ワッティーが低く口笛を吹いた。

「ああ、ぞっとすんだろ。おまけに左胸にはかみそりの切り傷がふたつあった。Xと描いてあったそうだ」

「ひどいな」とマッコイは言った。「最近のものなのか？」

「一週間か、あるいは二週間」

「だれかに殴られたのか？」ワッティーはそう言い、会話に加わろうとした。

「たぶん」とカウィー。「だが少しあからさますぎる」彼は椅子にもたれかかると言った。

「それで金を受け取っていた可能性が高い」

「どういう意味だ？」とワッティーは言った。

「すまん、きみがエアシャーだかどこかの出身だってことを忘れてた。そこには性的倒錯者なんていないんだろな？　羊が心配そうにうろうろしてるだけなんだろ」

「そんなことがありうるのか？」マッコイは軽口を無視して訊いた。

「わからない。かなり専門的な分野だしな。それにもっと年配の女性が多い。小さな需要はあるが、おれの知るかぎりでは、すべてパークサーカスのマダム・ポロが仕切ってるはずだ」

「なんとな、あの店はまだやってるのか？」とマッコイは訊いた。

「ああ。彼女は七十を超えてるはずだ。あのばあさんも仕事に飽きて、引退してティリコールトリーで小さな喫茶店でもやってると思っただろう。ところがどっこい、まだあそこでやってる。今もリベートを払って営業してる」

「なんだい？」とワッティーが言った。「そのリベートって？」

「ひょっとして彼女はマダム・ポロの店でアルバイトをしていたってことか？　レストランの客を相手にしていたのと同じように？」とマッコイは訊いた。

カウィーは首を振った。「もしそうなら、ウェイトレスとして働きながら、ニューカッルから来たセールスマンと〈コルティナ〉の後部座席でヤッたりはしないだろう。マダム・ポロの店の娘たちはしっかりと稼いでいる。金持ちの客相手に。判事。弁護士」彼はいわくありげに体を乗り出した。「警察の幹部もいるそうだ」

「なんだって?」とワッティーはまた訊いた。なんとか会話から置いていかれないようにしていた。「ほんとうに? だれが?」

カウィーは自分の鼻の横を叩いた(秘密であることを示す仕草)。「極秘事項だよ、坊主。極秘だ」彼は空のグラスを上げてウェイターに見せた。「今度はおれがおごろう。カミさんはアバディーンの実家に帰ってるんだ。夜はまだ早いし、おれは自由の身だ。だが悲しいかな独身じゃないから、男同士で飲むしかない。友よ。しこたま酔っぱらおうぜ」

一九七三年一月三日

8

マッコイは路地に出ると、あくびをして空を見上げた。雨はやんでいたが、まだ霧がかかっていて、丘の下の川のほとりにあるクレーンと大きな穀物倉庫がかろうじて見えた。彼は何年か前からガードナー・ストリートに住んでいた。ガードナー・ストリートは、テレビドラマの《サンフランシスコ捜査線》に出てくるような、グラスゴーで一番急な坂道として知られており、眼下のダンバートン・ロードに向かって大きく下っていた。

結局、マッコイとカウィーは九時頃になんとかワッティーを追い出し、〈ダブレット〉で真夜中過ぎまで飲んだ。そのつけを今払わされていた。腹がごろごろと鳴っていた。パーティック駅のそばの小さなカフェに行けば、何か朝食が食べられるかもしれない。道路を渡ろうとしたとき、シルバーの〈ゼファー〉が彼の横に停まった。ウインドウが下りると、頭が出てきた。

「クーパーが会いたがってる」

彼は車を運転しているその男がだれなのかわからなかったが、クーパーの手下はだれも同じように見えた。少し派手で、少しガタイがいい。ふわっとした長髪に襟の大きなスーツ、チャーリー・チャップリンの写真がプリントされたベージュのオープンシャツ。若い不良が好むスタイルだ。

「今か?」

男はうなずいた。「そう言ってる」

マッコイはため息をついた。二日酔いの上に面倒はごめんだったし、マレーはすぐに結果が出ると思って怒鳴り散らしている。男はガムを嚙みながら、マッコイが乗ってくるのを待っていた。クーパーは逃げなかったが、自分がいないことにマレーが気づく前にさっさと終わらせたほうがいいかもしれない。彼は大きなシルバーの〈ゼファー〉のドアを開け、後部座席に乗り込んだ。カフェはあとまわしにした。

マッコイは車の後部座席が嫌いだった。いつも気分が悪くなるのだが、二日酔いとあってはなおさらだった。昨晩、家に帰る途中、どこかのヴァンでハンバーガーを食べた記憶がおぼろげにあった。気分が悪いのも不思議ではなかった。運転している男は行き先を告げなかったが、トールクロスにたどり着いた。そこはイーストエンドで、スプリングバーンがリゾート地に思えるような場所だった。彼らは信号で停まり、マッコイは建物解体用の鉄球が粉塵のなかに消えて、大きな壁が壊されるのを見ていた。

運転している男は、車をぴかぴかにしたのに埃で台無しだと文句を言いながら、〈グレイプス〉という名のパブの外に車を止めた。マッコイはそのパブに一度だけ入ったことがあった。新人の頃で、まだ巡邏警官だった。金曜の夜で、五十人から六十人は客がいたはずだ。バーカウンターにいた男が顔を二回切りつけられたのだが、だれも何も見ていなかった。目撃者はひとりもおらず、ダンカン・スチュワートが取り巻きといっしょに隅に坐ってニヤニヤしていた。怖がってだれも何も言わなかった。被害者の男のガールフレンドが泣き叫んでいるなか、マッコイは、男の傷口にバーのタオルを当てて血を止めようとしていた。だれもが眼を伏せたままビールをちびちびと飲んでいた。

「そこにいるのか？」マッコイは運転手の男に訊き、ウインドウから外を見た。

男は首を振って指さした。「隣だ」

〈トロピカル・サウナ〉はくすんだ見た目の店構えで、ひびの入った曇りガラスに二本の椰子の木が刻まれていた。窓には〝新しい女の子いるよ〟という手書きの紙が貼ってあった。ばかな通行人がほんとうにサウナだと思ってしまわないように。

「少し早いスタートじゃないか？」

男は肩をすくめた。「寝てないんだろう」彼は運転席に沈み込むように坐ったまま、眼を閉じた。「ここにいるから、終わったらウインドウを叩いてくれ」

カウンターの女性は『コスモポリタン』から顔を上げると満面の笑みを浮かべたが、自分がだれを見ているかに気づくと、その笑顔もすぐに消えた。彼女がカウンターの下のブザーを押すと、後ろのドアがカチャッと音をたてて開いた。

「プレミア・スイートにいるわ」彼女はそう言うと、視線を雑誌に戻した。「奥の青いドアよ」

スタートが早いのはクーパーだけではなかった。廊下に面したほとんどのキャビンのドアは閉まっていて、その奥からうめき声とぎしぎしというリズミカルな音が聞こえてきた。経費削減のためにベニヤ板で個室を作るとこうなりがちで、まったく防音効果はなかった。

彼は端にある青いドアをノックした。すぐに声が響いた。

「おまえか、マッコイ？」

「ああ」

「よし、入ってこい、ねぼすけ野郎！」

これがプレミア・スイートだというなら普通の部屋は見たくもなかった。部屋は水色に塗られていたものの暑苦しく、ローションのボトルや色あせたタオル、紙ナプキンの箱が置かれた小さなテーブルの上の壁には、〈ブーツ・ザ・ケミスツ〉（英国のドラッグストア・チェーン）で大量に売っているような、ビーチにいる裸の女の絵がかかっていた。窓には格子がはまっており、唯一の灯りは石膏ボードの天井の二本の蛍光灯だけだった。クーパーは部屋の中央にあるマッサージ台の上に坐って、脚を横にぶら下げていた。腰には白いタオルを巻いていたが、明らかに勃起していて、それを隠すのにあまり効果はなかった。彼はふたりの女の肩に手をまわしていた。ひとりはブロンド、もうひとりはブルネットだった。ふたりとも上半身裸で、派手なパンティーにハイヒールという姿だった。『サン』の三面（ページ・スリー）（英国の大衆紙『サン』が一九七〇年に新聞の第三面にトップレスの女性モデルを掲載して話題になった）が実際に眼の前に現われたかのようだった。もっとも、三面（ページ・スリー）の女の子は怯えた顔をしていたり、入浴したそうな顔をしたりはしていなかったが。

マッコイは状況を理解した。「あとでまた来ようか？ 忙しそうだな」

クーパーは首を振った。「待たせておけばいい」

グラスゴーは小柄で痩せた男が多い街だった。だれでも百七十五センチを超えれば〝大男〟と呼ばれたが、クーパーは本物の大男だった。百八十五センチ近くあり、文字どおりクマのような体格をしていた。ヘアファッションは移り変わるが、クーパーはどれも気に入らないようで、いつもブロンドの髪の後ろとサイドを短く刈り上げ、横分けにしていた。服装も同じで、葬式や結婚式でもないかぎり、いつもジーンズに半袖シャツ、赤いハリントンジャケット（腰までの丈の軽量ジャンパー。日本ではスイングトップと呼ばれる）を着ていた。ジェームズ・ディーンの影響は明らかだ。彼はブロンドの女を押してマッサージ台から下ろし、尻を叩いた。それが強かったのか、彼女は思わずびくっとした。

「席をはずして、たがいに温め合ってろ。すぐに終わる。マッコイ、おまえはこっちに来い。さあ、どうした？　恥ずかしがってんのか？」

マッコイは首を振った。「ふざける気分じゃないんだ、スティーヴィー」

クーパーは無言のまま、ただ見つめていた。

「本気だ、スティーヴィー。二日酔いなんだ、勘弁してくれ」

無言。クーパーは、ばかにしたような笑みを浮かべながら、ただ見つめていた。マッコイはため息をついた。ふたりのあいだでは、何も変わっていなかった。クーパーはいつも最後には自分のやりたいようにする。二十数年前のある日、クーパーはマッコイを自分の相棒にすると決めた。それがすべてだった。彼がマッコイを選んだ理由は特にはないようだ。マッコイは遊び場で鼻水を垂らして怯えていた少年たちのひとりだった。だが、どういうわけかクーパーは彼を選び、マッコイの人生はそれを機に変わった。もうだれも彼を殴らず、安全になった。マッコイに手を出せば、クーパーを相手にしなければならない。だれもそれを望まなかった。だが、保護には代償が必要だった。クーパーが求めたのはただひとつ、忠誠だった。ビルの屋根の隙間を跳び越える。〈ウールワース〉で万引きをする。ピーター・オハラが出てきたときにクーパーがぶちのめすことができるよう、オハラの家の外で四時間待つ。クーパーが望むことはなんでもやった。

　マッコイは渋々近寄った。何が始まるかわかっていたので、早く終わらせるほうがいいと思った。充分近づくと、クーパーが彼をつかみ、スリーパーホールドを決めた。

「降参か？　降参か？」クーパーはそう言いながら、拳をマッコイの頭に押しつけてぐりぐりとまわした。

　マッコイはうなずこうとした。首をクーパーの腕に絞められ、喉がつぶれそうだった。

　クーパーはさらにもう一度腕で首を強く絞めあげた。「なんだと、聞こえないぞ？」

「降参だ！」マッコイは喉を絞めつけられたようなささやき声でなんとかそう言った。クーパーは笑い、彼を解放した。マッコイはよろけてバランスを崩し、リノリウムの床に激しく倒れ込んだ。

　女たちがクスクスと笑った。床の上から、彼女たちの太もものあざや、スチレット・ヒールに無理やり押し込められたくすんだ色の脚が見えた。「出ていけ！」クーパーがふたりに吠えると、彼女たちは胸を揺らしながらドアに向かった。マッコイは床に倒れたまま、首をさすっていた。

「おまえはいつまでも大きなガキのようだな、クーパー。拍手を送るよ」

「うるせえ」彼はそう言うとあくびをし、伸びをして胸の毛を掻いた。

「長い夜だったようだな？」マッコイが訊き、体の埃を払った。

「そうとも言えるな」クーパーは、マッコイが最後に会ったときから、また鼻の骨を折ったようだった。ひどい様子だ。「今じゃ大物と付き合ってるそうじゃないか」

マッコイはうなずいた。「グラスゴー市警のハリー・マッコイ部長刑事だ」

「あい、だれがおまえをそこに入れたか忘れるなよ」

クーパーはテーブルから離れ、タオルを腰に巻きなおしながら、壁のくぎに掛けられた自分の服のところまで歩いた。煙草を取り出し、パッケージを振った。小さな紙包みが手のなかに落ちた。彼はそれを開くと、慎重に鼻のところまで持っていった。水平に保ったまま、息を深く吸い込み、顔を歪めると、マッコイにそれを差し出した。

彼は首を振った。「ちょっと早い。朝食もまだなんだ。で、なんの用だ？」

クーパーは鼻孔についた白い粉を拭き取り、自分の歯茎にこすりつけた。「頼みがある」

「おれに？」とマッコイは訊いた。

「あい、おまえだ。なんでいけない。おまえは警官だろ？　犯罪を解決する。それが仕事じゃないのか？〈ベン・ダンカン〉を知ってるか？」

マッコイはうなずいた。ランブヒルにあるクーパーのパブのひとつだ。おかしな見た目の店で、普通のパブというよりは、郊外のバンガローが道路沿いにどんと居坐っているような感じだ。

「昨日の晩襲われた。クソガキがファイリング・キャビネットをこじ開けて、封筒に入った二百ポンドを奪っていった」

「別に世紀の犯罪ってわけでもないだろう」

「気にしてんのはそんなことじゃねえ。連中はほかにも奪っていった」

「なんだ？」

「帳簿だ」

マッコイは口笛を吹いた。帳簿をなくすのはまずかった。だれがいくら借り、だれが支払いを滞らせているかが記録されている。クーパーのような高利貸しにとっては聖書に等しかった。

「素人だろう。ばかなガキどもだ。プロだったら、おれの店を襲うなんて、そんなばかなことするはずがねえ」彼は隅に置いてあった〈アグニュー〉のバッグに手を入れると〈マキューアン〉（スコットランドのビール）の缶を取り出した。「質問はなしだ。おれはその帳簿を取り戻したいだけだ」

「どうしておれなんだ？　手下がたくさんいるだろう——」

「おれがそう言うからだ。何か問題があるか？」普段、クーパーは眠そうにしていて、少しぼんやりしているようにさえ見えた。だが今は違った。表情が瞬時に変わった。マッコイにはわかっていた。こういうときは彼と議論してはならない。すぐにわかった。クーパーの表情は、支配者は自分だと言っていた。おまえが大物になったと思っていても、おれほどじゃない。そう言っているようだ。ほんとうは気にしているわけではなかった。少し訊いてまわればいいだけのことだろう。それにクーパーは何度も自分を助けてくれた。

「いや、訊いただけだ」

クーパーはニヤリと笑った。機嫌がなおったようだ。「それでこそおまえだ」彼はテーブルに坐ると、ビールをぐいっと飲んだ。

マッコイは立ち去ろうと背を向けた。

「この前、店に来たそうじゃないか。お愉しみだったらしいな、あ？」

「世話になったみたいだな」

　クーパーはビールをもうひと口飲み、口のなかでまわした。「くそっ、このヤク(スピード)はすげえな」彼は口を拭った。「ジェイニーを見ただろ。あいつはドラッグに夢中だ。マリファナ、LSD、手当たりしだいだ」

「どういう意味だ？」

「おまえのガールフレンドじゃないって意味だ、マッコイ。あの女は男をくわえて生計を立ててる。娼婦だ。ヤク中の娼婦だ。おれがおまえなら近づかない」

「それは友人としての忠告か、それとも命令か？」

　クーパーは両手を広げた。「おまえしだいだ、相棒。おまえしだいだ」

　どういう意味かとマッコイが訊こうとしたとき、外から何かを激しく叩く音と叫び声が聞こえた。ドアが開き、金髪の少女が息を荒らげて立っていた。パニックに陥っているようだった。

「警察が来た。ドアを壊して入ってきた！」

　クーパーがマッコイに眼を向けた。マッコイは首を振った。「違う。おれは関係ない」

　数秒後、レイバーンが戸口に現われた。その後ろからふたりの私服警官が肩越しに覗いていた。バーニー・レイバーンはイースタン署のベテラン刑事だった。初めて会ったときから、マッコイは彼のことをいやなやつだと思い、レイバーンはマッコイのことを生意気なやつだと思った。それ以来、何も変わっていなかった。レイバーンはぶらぶらと部屋のなかに入ってくると、タオルを腰に巻いただけのクーパーとスーツ姿のマッコイを見て薄ら笑いを浮かべた。

「ボスに手でやってあげてたのか、マッコイ？　おまえらふたり、ずっと怪しいと思ってたんだ」

　マッコイは何も言わなかった。レイバーンを愉しませておくほうが簡単だったし、彼のようなクソが何を言おうと、クーパーは怒らないとわかっていた。彼はこの手のことはよく心得ている。力を蓄えて、チャンスを待つのだ。ふたりの私服警官は、イエスマンのようにへらへらと笑っていた。

「マッコイ、彼をイカせたら、おれがマレーに電話をする前にとっとと出ていけ。おれたちにはやることがあるんでな」

　マッコイはクーパーを見ると、眉を上げた。クーパーはドアのほうを顎で示した。

「なんてこった」とレイバーンは言った。「おまえはケツを拭くのにも、そいつの許可がいるのか？　出ていけ！　消えろ！　失せろ（バモノス）！　行け！」

　マッコイは私服の刑事を押しのけて脇を通り過ぎた。そのうちのひとりが投げキッスをしたが、放っておいた。レイバーンがなぜわざわざこんなことをするのかわからなかった。

数時間もすればクーパーの弁護士が釈放させるだろうに。レイバーンがクーパーとサウナの関係を見つけたと考えているのだとしたら、彼は思っているよりもばかだ。弁護士が仕事を終えれば、クーパーは椎間板ヘルニアの医療マッサージを受けるただの客のひとりとなるだろう。医師の診断書もあるはずだ。

廊下では、薄いガウンを着た女たちが、制服警官に悪態をつき、ありとあらゆる呼び方で彼らを呼んでいた。制服警官が名前を手帳に書き取っているなか、裸のインド人がふたり、キャビンの戸口で、股間を両手で押さえ、怯えた顔で立っていた。警官がマッコイをつかんで止めようとしたので、彼はバッジを見せた。「失礼しました」と制服警官はつぶやき、恥ずかしそうにあとずさった。イースタン署のいつものクソみたいな仕事だ。クーパーのことだ。今日の夜八時には、この店の営業を再開していることだろう。

通りに出ると、受付と女がふたり、警察のヴァンに押し込まれるところで、停留所でバスを待つ老婆の列がショーを愉しんでいた。トールクロスから街まではそれほど遠くはなかった。雨もまだやんでいたので、マッコイは歩いていくことにした。〈ゼファー〉を運転していた男はいずれにせよ、とっくにいなくなっていた。署に遅刻していたから、マレーが探していることだろう。ここまで遅れたのだったら、このままクーパーの帳簿の件を探ってみてもいいかもしれない。

〈アイアンブルー〉（スコットランドの炭酸飲料）の工場の外では、男が古い乳母車で『イブニング・タイムズ』の第一版を売っていた。マッコイはそれを買うと、一面の見出しの〝市内で銃撃の恐怖〟を見て、記事を読んだ。

彼らは少年のモンタージュ写真をなんとかまともに見せていた。それどころかこのときばかりは本人そっくりといってもよかった。こんなに早く公表したところを見ると、マレーは必死に違いない。手がかりがまったくなく、警視正やマスコミにうるさくまとわりつかれているとあっては、規則のひとつやふたつは曲げたのかもしれない。ページの隅に少年が身に着けていた十字架の写真が小さく載っていた。これまでに見たのと同じようなどこにでもあるものに見えた。それでもうまくいくかもしれない。彼は新聞を脇に挟み、道路を渡って〈シティ・ベーカリーズ〉に向かった。胃がまだ鳴っていた。

9

四角い電池、木製のコートハンガー数本、めくった跡のついた雑誌の『パレード』が二冊、裸のバービー人形、ベン・ローモンド山の絵が描かれたショートブレッドの缶。それらがすべて、濡れた石畳の上に広げた、汚れた青い毛布の上に並べられていた。

「気に入ったものはあるかい、だんな？」

毛布の向こうに立っている老人が期待に満ちた表情で見ていた。マッコイは首を振った。

「今日はやめとくよ、相棒」

老人はうなずき、あきらめたような表情をして、震える手をポケットに戻した。またもや小さな敗北。老人の表情から察するに多くの敗北のひとつだろう。

マッコイは折れた。「こうしよう、雑誌をもらう。いくらだ？」

「二冊で十ペンス。いいもんが載ってるよ、だんな」

マッコイは金を渡すと、雑誌をコートのポケットに詰め、通路を入っていった。真ん中を進み、両サイドに敷かれた毛布やシーツを踏まないようにした。毛布にはさまざまな衣類や古い靴、壊れたおもちゃ、食器類が置かれていた。そこには毛布の後ろに立っている人々が売るために見つけたものがなんでもあった。

パディーズ・マーケットはクライド川沿いの鉄道高架下にあった。子供の靴を買う金もなく、夕食といえばパンとジャム、運がよければポテトチップスひと袋という人たちのための市場だった。グラスゴーはまだそういった人たちであふれており、新しい高層アパートや〈ＤＥＲ〉（テレビなど電化製品をレンタルする会社）が提供するカラーテレビはそういった人々のものではなかった。彼らは毎週金曜日になると、ここでビニール袋に入った割れたビスケットや、破れたレースのカーテンなど、あらゆるものを売っていた。パディーズ・マーケットはまるでいびつなデパートのようだった。ないものはない。が、ほしいと思うものもなかった。

マッコイは顔じゅう血だらけでだれにともなく叫んでいる男と、盗んだライターでいっぱいの乳母車を押している男のあいだを押し分け、雨を逃れて奥の高架下に入った。奥のほうは高級品が売られている場所で、ここに屋台を出すには金を払わなければならなかった。盗品の煙草、汗と防虫剤のにおいがする死んだ男のスーツ、オートバイの部品、古くて硬くなった毛皮のストール。上質なものだ。違いは明らかだった。高架下と雨の降る外。そこにはふたつの世界があった。

高架下に入ると、奥のカフェに向かった。暗くてよく見えなかった。背後に窓はなく、貧相な電球がそれぞれの屋台の天井からぶら下がっていて、頭上を列車がガタゴトと通るたびに電線を揺らしていた。カフェに着く前から、ベーコンの脂と煮詰まった紅茶が湿気と古着と混じり合うにおいがした。マッコイは、紅茶を買ってからオレンジ色のプラスチックの椅子のひとつに坐り、表紙に月桂冠の描かれた赤い手帳を取り出した。新しい事件に取り組むたびに〈ウールワース〉でわざわざ新しいものを買っていた。昨晩の『イブニング・タイムズ』の写真が貼りつけてあり、その横にクエスチョンマークが書かれていた。

次のページには〝少年と少女の関係は〟という見出しの下に次のように書いてあった。

仕事？

客？

ボーイフレンド？

雇われていた？

そして書き込んだ。

ハウィー・ネアン。少女とどういう関係が？

彼はため息をつくと、手帳を閉じ、まずい紅茶をすすりながら考えようとした。気がつくと隣のカップルが次回のクリスマス・ディナーにどこにいくかで言い争っているのに耳を傾けていた。女は男の母親のところはもういやだと言っている。だがどうやら彼女のほうが押し切られそうだ。

「ミスター・マッコイ」

顔を上げると、アリー・ジェフリーズがそこに立っていた。ハンチングと汚れたカーコートはあいかわらずだった。ダーティー・アリー。その名のとおりの男だった。

「アリー、ここに来れば見つかると思ったよ。坐ってくれ」

彼は困ったような顔をした。「まだ店を開けてないんだ、ミスター・マッコイ。屋台はまだそこに置いてある」

マッコイはただ席を指さした。アリーはため息をつくと坐った。マッコイは二冊の『パレード』を机越しに彼のほうに差し出した。「プレゼントだ」

アリーは汚れた牛乳瓶の底のような眼鏡をかけると、雑誌をめくり始めた。プロの眼つきだ。高架下の奥にあるアリーの屋台では、古いポルノ雑誌、エロ本、花柄のベッドカバーの上に大の字に横たわる中年女性の写真セットなどが売られていた。それをどこから手に入れたのかはだれも知らなかったが、彼は暗室も持っていて、なんでも現像してくれるという話だった。〈ブーツ・ザ・ケミスツ〉には頼めないようなものでも。いつも自分用にも何枚かプリントし、特別な客に売っていた。それが現像を頼んだ客が払わなければならない代償だった。彼は雑誌を閉じ、眼鏡をはずした。

「前にも見たことがあるような気がする。しばらくすると、どの女も同じに見えるんだ」

だがそのまま雑誌をポケットに入れた。

「なかに五ポンド挟んである。頼みがある。噂を流してくれ。どこかのばかが〈ベン・ダンカン〉に押し入って、スティーヴィー・クーパーのものを盗んだ。彼は取り戻したいと言っている。二日以内に返せば問題ないそうだ」

「マジか？」アリーは煙草で汚れた歯を見せてニヤリと笑った。「あんたとクーパーのガキは最近えらく仲がいいみたいじゃないか。つるんでんのか？」

マッコイは立ち上がった。「噂を流すだけでいい、アリー。やってくれれば、五ポンドが挟まったポルノ雑誌がおまえのコレクションに加わることになる。楽な儲けだろ」彼はアリーの屋台のそばに立っているレインコートを着て、中折れ帽を深くかぶった男を指さした。「行ったほうがいい、アリー。お客さんのようだ」

「どこに行ってたんだ？」

ワッティーは土曜の夜に約束をすっぽかされた女の子のような顔をしていた。半分決まり悪そうで、半分怒っていた。マッコイは彼を無視し、コートを脱ぐと自分のデスクに坐ったが、ワッティーはあきらめなかった。「あんたとおれはいつもいっしょにいることになっている。そう言われたんだよな？　じゃあ、今朝はどこに行ってたんだ。おれはばかみたいにここに坐ってたんだぞ。みんながおれを見て、あんたはどこに行ったんだと訊いてきた」

「何かあったのか？」とマッコイは尋ねた。

ワッティーが答える前に、オフィスのぼろぼろの木製のドアが開いて、トムソンが現われた。マッコイを見て、眼を輝かせた。

「これは、これは、ハリー・どスケベ・マッコイ、あいかわらずのむっつり野郎だな」彼はそう言うと、満面に笑みを浮かべた。彼はブリーフケースを机の上に置くと、指をもう片方の手で作った穴に突っ込んだ。「このスケベ野郎。しかも朝早くから。おまえには脱帽だよ」

「勘弁しろよ、トムソン。人と会ってたんだ」マッコイは辛抱強く言った。

「だろうな。なんていった？　あのブロンドか？　でかいおっぱいの――」

「マッコイ、それからワトソン、おまえもだ。すぐに来い！」

マレーの雄牛のような頭が彼のオフィスのドアから覗いた。

「いったいなんなんだよ」とワッティーが言った。「なんでおれだけ何が起きてるのか知らされないんだよ？」

ふたりはマレーのオフィスに足を踏み入れた。マレーは住所が書かれた紙を差し出した。

「今回は運がよかった。新聞に載った少年の写真を見て通報してきた人物が現われた」

10

「トミー・マローン。それが彼の名前です。トーマス・ジェラード・マローン」神父は十字を切った。「安らかに眠りたまえ」

「たしかですか？」とワッティーが訊いた。

彼はうなずいた。「ええ、間違いありません。その哀れな少年のことはすぐにわかりました」

「正式な身元確認をしていただきたいのですが」

「わたしのできるのはそれくらいです。喜んで」

「どうして彼のことを知ってるんですか、ミスター……」

「ミスターではありません。ファーザーです。ファーザー・マクルーア。あなたはカトリックの信者ではありませんね？」

ワッティーは首を振った。「スコットランド国教会です」

マクルーアはうなずき、微笑んだ。「わたしたちはみな、ひとつの真の信仰の祝福を享受できるほど幸運ではありません」彼は笑いが起きるのを待ったがなかった。体を乗り出すと、机から眼鏡を取り出し、ファイルを覗き込んだ。「彼、トミーはここに住んでいました。しばらくいっしょに暮らしていました。一九六九年から七二年まで。去年出ていきました」

「彼はなぜここに？　前科があったのですか？」

「たいしたものではありませんでした。ほんとうにおふたりとも何も飲まないんですか？」彼は本棚のそばにある台車を顎で示した。ボトルにデカンタ、クリスタルグラス。

マッコイは飲みたかった。飲みたくて仕方がなかったが、首を振った。ワッティーもそれにならって言った。

「わたしも結構です、ファーザー。前科とは、どんな？」

めげずにマクルーアはデスクから立ち上がると、自分の分を注いだ。クリスタルのグラスに〈ベル〉（スコッチウィスキーの銘柄）を半分ほど。ひと口飲むと思いきや、いっきにあおった。

「言ったとおり、たいしたものではありませんでした、十三歳のときに煙草とミルクを一パイント盗んだんです」

「彼はいま何歳なんですか？」

神父は一瞬考えた。「あと二カ月で十八歳になります。いや、なるはずでした」しだいに消え入るような声で言った。

マッコイは彼から眼をそらすことができなかった。ファイルを叩く太い指、床を叩くよく磨かれた靴、ヘアクリームで整えられた髪、ウィスキーを飲み干すときに額に浮かぶ玉のような汗を観察した。マッコイが知っているほかのすべての神父を思い起こさせた。建物のなかの床磨き剤とお香のにおいも同じだった。壁には聖心の絵があり、イエスが血のついた両手のひらを大きく広げ、彼らを見下ろしていた。

自分たちがどこに行こうとしているかがわかったときからそれは始まっていた。胃がむかつき、手に汗をかいていた。言われたとおりにカウントダウンしてみた。心のなかで平和な光景を思い浮かべようとした。が、うまくいかなかった。ワッティーがチャペルの隣に車を止めたときには、このまま逃げ出して、ペイズリー・ロード・ウエストまで歩いていき、一番近いパブを見つけて身を任せようと思った。こんな気分はもうたくさんだった。また医者に診てもらうのはいやだったが、そうしなければならないとわかっていた。

「まだここにいたのですか？」とワッティーが訊いた。

「いいえ、いいえ。一年前に出ていきました」

「家族は？」

「わたしが知るかぎりではいません。彼がここに来たのはそのためです。母親は出産時に亡くなり、父親はいますが……」彼は頭の横を叩いた。「精神的な問題を抱えています。セント・アンズの施設に引き取られてからは一度もここに来ていません。まったく悲しい話です」

「トミー・マローンはどんな少年だったんですか？」

ワッティーは手帳を取り出し、勢い込むように質問した。事前に質問を書いて準備してあった。マッコイは彼に話をさせることにした。自分で話さなくてすむのがありがたかった。もっとも、したくともできるとは思えなかったが。神父の手を見ていた。玉のような汗がマッコイの髪の毛から滴り落ちた。

神父は革のきしむ音をたてて椅子に坐り、クリスタルグラスを腹の上に置いた。話をするのに慣れているのか、ゆっくりと時間をかけて話していた。「一番優秀な若者というわけではありませんでしたが、努力家でした。ほかの少年たちに言いくるめられて、簡単に誘われることもありました。信じてください、ここにはとんでもないやつもいるんです。ほんとうにとんでもないやつが。彼は、そんな連中の言うとおりにして、連中を笑わせていれば、仲間になれると思っていた。抜け目のない子じゃなかった。わかるでしょ。だからこの地域で職に就けたときは喜びました。庭師の助手でした。そこは静かなところで、道を迷わせるような人はだれもいませんでした。厩舎（きゅうしゃ）の上の部屋に住むことができて、とても感謝していた。喜んでいました」

マッコイは椅子のなかで居住まいを正した。ビング・クロスビーの映画のようなおめでたい話はたくさんだった。めまいがする前、まだ考えることができるうちに何か言っておかなければならなかった。

「彼がそんなに幸せだったはずはない。十九歳の少女を撃って殺し、自殺したんだ」

神父の表情が変わった。「あなたの名前を聞いていませんでした」と彼は言った。

「マッコイ」

「アイルランドのお名前ですね？　スコットランド国教会のような異教徒ではないと信じていますよ」彼はワッティーに微笑んだ。「ここにいらっしゃるかたは別として」

「おれはずっと前にカトリックであることをやめたんだ、ミスター・マクルーア。だから〝わたしたちはみんないっしょ〟なんて戯言はやめてくれ。トミー・マローンは少女を撃ったあと、自分も撃った。なんでそんなことをしたんだ？」

神父の親切そうな態度が消えた。マクルーアは体を乗り出すと、眼を細めて言った。

「それについては何もわかりません。なぜトミーがそんな恐ろしいことをしたのか、なぜ彼自身と彼の面倒を見てくれた人々に恥をかかせるようなことをしたのかはわかりません。われわれがあの子にかけた努力や、あの子がわたしやここの修道女たちから受けた世話の族から、そして主の教えから眼をそむけていたかもしれないと思うと……」

マッコイは立ち上がった。時間切れだ。外に出なければならなかった。これ以上この暑苦しいオフィスにいることはできなかったし、修道女の世話について話す、怒れる神父の話を聞くこともできなかった。彼は手を突き出すと、机に手をかけて体を支え、しばらくそのまま立っていた。ワッティーが彼を見上げた。何が起こっているのかわからないという顔をしていた。

「大丈夫か？」

マッコイはうなずいた。「終わったか？」

ワッティーは不安そうな表情で手帳を確認した。「もう少しだと思う」

「外で待っている」

彼はドアに向かって歩いた。ドアを閉めると同時にマクルーアが話し始め、文句を言っているのが聞こえた。聞きたくなかった。彼は壁に肋木(ろくぼく)があり、床に黄色いニスを塗った体育館を通り過ぎ、〝男子トイレ〟と描かれたドアを押し開けた。水道の蛇口を開き、鏡の前に立って、自分自身を落ち着かせようとした。いつでもここから出ていくことができた。だれも彼を止めることも、連れ戻すこともしないだろう。彼は三十歳で、刑事だった。

冷たい水を顔にかけた。落ち着く必要があった。事態はまた悪化していた。財布を取り出す。名刺がまだそこにあった。医者がくれた名刺だ。記録に残さないと誓っていた人物の名刺。美しい青いカッパープレート書体で〝アリソン・ホーン　MD　MRCPsych〟と書いてあった。要は精神科医だ。

彼は外の木の下にベンチを見つけ、坐って煙草に火をつけようとした。風が強く、木々がさらさらと音をたてて揺れている。パブやカフェ、人々が集まるペイズリー・ロード・ウエストはわずかに塀の反対側なのに、何マイルも先のように感じた。チャペルも家も完全に切り離されていた。入口にチェーンで掛けられている木製の看板が突風に揺れていた――〈ナザレの家〉。マッコイは、ワッティーがさようならとありがとうございましたを言うのを聞き、ホールからの光に縁どられた神父を見た。ドアが閉まり、ワッティーは庭を見まわした。

「なんでここに坐ってるんだ？」と彼は尋ね、腰かけると襟を立てた。

「車のキーがなかった」

「いったいどうしちまったんだ？　あれはなんだったんだ？」

マッコイは肩をすくめた。「食ったものが悪かったようだ。彼はほかに何か言ってたか？」

「何か？ あんたへの不満以外にか？ マレーに電話しないよう説得するのに十分もかかったよ。何があったんだ？」

マッコイはもう一度煙草に火をつけようとした。何も言わなかった。

ワッティーはため息をつき、何も答えは得られないと悟った。「ほんとうに何もなかったよ。就職してからは一度も会っていないし、あの少女のことも知らない。聞いたこともないそうだ。ハウイー・ネアンについても。明日は、クラウン・ストリートで葬儀をするそうだ」

「おやさしいこった。彼はどこで働いていたんだ、そのトミー・マローンは？ 次はそこに行くんだろ？」

「ドライメンに行く途中のどこかだ」彼は手帳を見た。「ブロートン・ハウスというところだ」

マッコイは立ち止まって、ワッティーを見た。「なんだって、冗談だろ。ダンロップのところなのか？」

ワッティーはうなずいた。「ああ、そうだ。知ってるのか？」

「ああ、よく知ってる」

ダンロップ家。それで充分だった。完璧な一日の完璧な最後。彼はびしょ濡れになった煙草を闇のなかに弾き飛ばした。

「行こう。一杯おごってくれ。それで胃が落ち着くかどうか試してみよう」

11

ふたりは最初の一杯を〈ワイパーズ〉で始めた。そこはスモール・フェイセス、モータウン、ヤードバーズを流す大きなジュークボックスのある暗いバーで、何年か前までは人気のある店だった。いつもバムフリーザー・ジャケット（丈の短いジャケット）を着たモッズや、大きなハチの巣のような髪型にパンダのような眼をした女たちであふれかえっていた。今はもう違った。ソウチーホール・ストリートのデパートで働くサラリーマンや女性の酔っぱらいでにぎわう暗いバーになっていた。マッコイは気にしなかった。ただ酔っぱらえればよかった。もっともワッティーはあまり気に入っていないようで、一杯飲んだだけで顔をひくひくさせ、もう少し活気のある場所に行きたいとぶつぶつ言った。言い争うのも面倒だったので、ふたりで〈マスキュラー・アームズ〉に向かった。が、ワッティーはそのパブも好きじゃないと言った。ひと目見ただけで気取り屋でいっぱいだと言った。マッコイはあきらめ、戻って坂を登り始めた。ワッティーはどうしたんだと言いながらあとを追ってきた。マッコイは〈サミー・ダッズ〉の真鍮（しんちゅう）の扉を引き開けた。煙と古いビールそして濡れたオーバーコートのにおいが飛び出てきた。

「おれの行きつけだ。ここがいやなら帰ってくれ」

ワッティーはじいさんの行くパブだとかなんとかぶつぶつ言いながら、マッコイに続いて店に入った。ふたりはバーカウンターまで進むと、ハーフパイントをちびちび飲む老人と肩章の下にグレンガリー帽を押し込んだふたりの兵士のあいだの席に割り込んだ。マッコイはビールを二杯注文し、さらに二杯、もう二杯と注文を重ねた。カウィーがいつも言っていたように、何杯か飲めばどんな問題も少しはましに思えてくる。〈ナザレの家〉はなくなり、どこかぼうっとした平穏に取って代わった。ワッティーがまだ怒っているのかどうかわからなかった。彼はそこに立って、時折質問をしたり、ただ自分のビールを飲んでいたりするだけで幸せそうだった。少なくともビールの酔いがまわってくるまでは。そのときまでには、ふたりは暖炉のまわりにある小さなテーブルのひとつに移動していた。混雑したバーカウンターと暖炉の火のあいだはひどく暑く、ふたりともジャケットとコートをシートの背もたれにかけ、シャツ一枚になった。

「ひとつ訊いてもいいか？」ワッティーが頬を紅潮させ、汗で濡れた髪を額に貼りつかせながら言った。

マッコイはシフトの時間のことや、どうやったら巡査部長の試験に合格できるかについて質問されると思った。彼はうなずいた。暖かさで少し眠くなってきた。「言ってみろ」

「スティーヴィー・クーパーってだれだ？」

その質問は予想していなかった。まったく予想していなかった。「スティーヴィー・クーパー？　なんでそんなことを訊くんだ？」

「今日、あんたが署にいなかったとき、おれはばかみたいにひとり取り残されていて——」

マッコイは手を上げた。「その話はもういい。勘弁してくれ」

ワッティーはニヤリと笑った。「で、食堂にサンドイッチを買いに行った。隣のテーブルの男たちがそいつのことを話していた。大物なのか？　スプリングバーンを仕切ってるそうじゃないか？　のしてきてんだろ？」

マッコイはうなずいた。話がどこに向かっているかわからなかった。「あい、あいつがどうした？」

ワッティーが答えようとしたとき、シャツの脇の下を汗で濡らし、ハンチングをかぶった老人がテーブルに近づいてきた。彼は立ち止まると体を乗り出して言った。「なんだ、まるで捕虜収容所の日本人捕虜みたいだな。どっちか煙草を持ってないか？」

ワッティーが煙草の箱を渡すと、男は一本取り、また冗談を言おうとしたが、ふたりが見つめ合っていることに気づいた。彼はありがとうとうなずくと、そそくさと立ち去っていった。

「だれかが、彼はあんたの仲間だと言っていた。クーパーのことだ」ワッティーは言った。

「ほう、連中はそう言ったのか？　ほんとうにそのとおりに言っていたのか？」

ワッティーは椅子のなかで体を少し動かし、覚悟を決めると首を振った。「正確には違う。連中は、あんたがやつの言いなりだと言っていた」

マッコイは残っていたビールを飲み干すと立ち上がった。ワッティーは心配そうな顔で彼を見上げた。

「言うつもりはなかったんだけど――」

マッコイは体を乗り出して、自分のジャケットから財布を取り出そうとした。ワッティーはたじろぎ、思わず椅子のなかであとずさった。マッコイは笑った。「どうした、落ち着けよ。もう一杯頼もうとしただけだ。何かしようってんじゃない。おまえももう一杯どうだ？」

彼は人ごみをかき分けながらバーカウンターに行き、数分で戻ってくると、べとべとしたテーブルの上にグラスを置いて、煙草に火をつけた。「で、だれが言ってたんだ？」

ワッティーは首を振った。「名前は知らない。ひとりは赤みがかった髪で――」

マッコイは手を上げた。「心配するな、たいしたこっちゃない。おまえが知っておくべきことは、おれはクーパーの言いなりなんかじゃないってことだ。これまでも、これからもだ」

ワッティーはうなずいた。「今さら言うのは気が引けるけど、おれはあんたがそうだと思ってたわけじゃないんだ。ほんとうだ。気を悪くしないでくれ」

「気にするな。それぐらいのことで怒ったりしないさ」

ビールのせいなのか、うぶすぎて傷ついたのか、それともただ大物ぶりたかっただけなのかはわからなかった。だがマッコイは彼にアドバイスしてやりたい気分になっていた。

「ここはおまえのいたグリーノックじゃない。ここはグラスゴーだ。巨大な悪の街。物事はグリーノックとは違ったように進む。そうじゃなけりゃ、一日二十四時間戦争することになる。おれたちはやつらを利用し、やつらもおれたちを利用する」

ワッティーは彼の言うことを理解しようとしていたが、話についていけていなかった。

「あるとき、おれたちが見て見ぬふりをしたり、告発しなかったり、穏便にすませたりする。すると連中は、おれたちが捕まえられないような性的異常者の情報を差し出してくる。

わかるか？　よそから来た新入りの悪党が強引に入ってきて面倒を起こし始めたら、タレコミが入る。おれたちがそいつらを追い出して、元いた場所に送り返せば、元の生活に戻る。だれにとっても問題はない」

　まだ理解できていないようだ。

「そのためには多少の取引が必要だ。このゲームでのし上がりたければ、情報をくれるタレコミ屋や自分とは反対側の人間との関係（コネ）が必要だ」

「それがスティーヴィー・クーパーなのか？」

　マッコイはうなずいた。「それがスティーヴィー・クーパーだ。食堂にいた連中はそれがわかっていない。十五年も警官をやっているのに、巡査部長より上に行く見込みもない。おれの悪口を言ってうさを晴らしてるのさ。おれは気にしないし、あいつらもクソみたいな人生から解放された気分になる。みんなが得をする」

　ワッティーはうなずき、まじめな顔をした。「じゃあ、どうしたらそういう連中と知り合いになれるんだ？　あんたはどうやってスティーヴィー・クーパーと知り合ったんだ？」

　マッコイはビールを飲み干した。「おまえの知ったこっちゃない。ここでひと晩じゅう仕事の話をしていても仕方ない。飲んだら行くぞ」

ビリヤード場はイングラム・ストリートの角にある銀行の二階にあった。マッコイが物心ついたときからずっとそこにあり、ここ何年かで何度か名前が変わっていたが、今は〈ボブズ・ビリヤード〉という名前だった。もうだれもがビリヤードをするというわけではなく、テレビでよく放送されるようになってからは、やるにしてもスヌーカー（ビリヤードの一形態。一般的なポケットビリヤードよりテーブルが大きく、玉も小さく、ルールも異なる）が主流だった。用心棒のジョニーが入口でうなずき、ふたりは階段を上がった。そこは大きな場所で、三十台あるテーブルのほとんどは暗がりのなかでよく見えず、ボールの弾ける音と低い話し声以外はとても静かだった。ここ何年かで何度かオーナーが変わっていたが、そのなかのだれひとりとしてここを改装しようとはしなかった。内部はいまだに三十年代のようで、埃まみれの壁からガス灯が突き出しており、柄のあるカーペットは擦り切れて裏まで見えていた。それでもいいテーブルがあり、しっかりとした経営がされているいい店だった。だからこそずっと免許を維持できているのだ。本物のプレイヤーが練習のために訪れる店だった。

マッコイはたいしたプレイヤーではなかったが、この場所が気に入っていて、週に二、三回はパブが閉まったあとにここに来ていた。ワッティーは、初めはいいショットをいくつか放ち、マッコイと競り合ったが、僅差で負けた。だが三ゲーム目に入るとぼろぼろになり、足元もふらついて何度か完全なミスショットをした。

ボビー――〈ボブズ・ビリヤード〉のボブ――がバーの奥からふらりと現われ、マッコイのそばに立って、ワッティーがショットを決めようとするのを見ていた。

「あの野郎がおれのベーズ（ビリヤード台に貼られた緑色の生地）を破ったら弁償してもらうぞ」彼は親しみのこもった口調でそう言った。

「おいおい、あいつはそこまで下手じゃない」マッコイがそう言うそばから、ワッティーが白のボールを打ち損ね、ボールがテーブルから飛び出して、隅のスロットマシンの下に転がった。

「あい、まったくおまえの言うとおりだよ。張り替えるのに三百ポンドだぞ。そんな金あるのか？」

マッコイは彼にキューを渡した。「ごもっとも」

彼はワッティーをドアのそばの小さなベンチに坐らせ、公衆電話からタクシーを呼んだ。ワッティーは半分眠っていて、犬がポーカーをしている大きな絵の下の壁に寄りかかるようにしていた。彼を責めることはできなかった。ふたりで頑張って捜査してまわったが、彼はマッコイのようにブラックボンバー（ドラッグの一種）をやっていたわけではなかったのだから。ジェイニーの大麻を手に入れたときに、ロビーがプレゼントしてくれたものだった。

彼はジョニーといっしょになんとかワッティーをタクシーに乗せ、無事に家まで送るように運転手に一ポンド上乗せして支払った。タクシーがウエスト・エンドに向かうのを見送ると、腕時計を見た。零時半。まだ家に帰る準備はできていなかった。まったく。

彼は街に戻った。ジョージ・スクエアで小柄な男がその日の『デイリー・レコード』を売っていた。彼は買った。一面はほとんど活字だけで、特別な赤いインクを使うなど、気前よく金を使っていた。

血塗られた一月。あと何人死ぬのか?

その男が商売繁盛しているのも不思議ではなかった。特別版。学校の制服を着て、無邪気そうに見えるローナ・スカーヴィングの写真。グラスゴー市警を激しく非難する社説。集中砲火だ。彼はそれをブキャナン・ストリートのごみ箱に押し込むと歩き続けた。マレーの仕事は十倍難しくなっていた。

彼はソウチーホール・ストリートの〈マギーズ〉の地下に行き、バイカーたちがビリヤードをしているのを見た。気がたかぶっていて、家に帰ることができなかった。ビールを一杯注文すると、邪魔にならないように隅に坐った。その地下は、ある種バイカーたちのクラブハウスのようだった。壁には、雑誌から切り抜いた、チョッパーに乗った巨乳の女の写真が貼られ、壁際のベンチは長髪の男やデニムのベストを着た女でいっぱいだった。音楽が大音量でかかっていたが、彼が知っている曲はホークウインドの《シルバーマシン》だけで、あとはどれもいっしょに聞こえた。

彼は赤い手帳を取り出し、集中力を高めて何が起きたかを考えようとした。次のように書き留めた。

ダンロップ？
ブロートン・ハウス？
そことのつながりは？
マローン？

だが、そこまでだった。頭を働かせることができず、思考があらゆる方向に飛びかった。だからあきらめてビールをちびちびと飲みながらバイカーを見ていた。彼らは背中に大きな刺繍を施したジャンパーを着ていた。悪魔の弟子たち(デビルズ・ディサイプルズ)。ヘルズ・エンジェルスの廉価版(れんかばん)のようだ。彼にはわかっていた。彼らのほとんどは家に妻と子のいる、カーンタインの絨毯張り職人や建具職人だった。だが彼らはそれらしく見えた。油を含んだようなデニムにくしゃくしゃで頭に張りついたような髪。おそらく《イージー・ライダー》を何度も観ているのだろう。彼らを責めることはできなかった。むしろマッコイはバイカーたちの生活がうらやましかった。ドラッグ、酒、なんの責任もない。悪くはない。

彼は警察の仕事が気に入っていた。得意だったし、自分によくしてくれた。なんの資格もない十六歳の自分を採用してくれた。彼には警察官になるか、軍隊に入るかのどちらかしかなかった。ただ最近は十年遅かったと思うようになっていた。十年前の刑事、それが彼のなるべき姿だった。当時はもっと単純だった。最近の彼はマレーとビリヤードテーブルのまわりのバイカーたちのあいだに挟まれたような存在だった。スーツのポケットに警察のバッジを隠しながら、営業時間外のクラブに坐って心をたかぶらせている。そのふたつは明らかに矛盾していた。

悪臭を放つアフガンコートを着て、汚れた長い爪に黄ばんだ眼をした男が隣に坐り、マッコイに話しかけてきた。インドから帰ってきたばかりのヒッピーで、ネパールのカトマンズに向かうのだそうだ。結局なんだかんだ言ったあげく、五ポンドでハッシュオイル（大麻から抽出されるオイル）を差し出してきた。マッコイは買った。自分にというよりもジェイニーのために。彼女はハッシュオイルが好きだった。煙草の先を浸して、客といっしょのときに吸っていた。線香の香りのせいで、だれも大麻だとは思わなかった。

彼はアフガンコートの男にブラックボンバーを渡し、自分は最後の一錠をウィスキーで流し込んだ。グラスをカチンとぶつける。「カトマンズに！」飲んですぐに、やめておくべきだったと悟った。ハイになって、いろいろと考えすぎてしまった。〈ナザレの家〉が彼を動揺させ、心のバランスが崩れた。だれかと話したかったが、ワッティーはもういないし、アフガンコートの男もいなかった。自分だけだ。脳のなかで、〈ナザレの家〉の記憶が猛スピードでぐるぐるとまわっていた。

ああいった場所に行くのはほぼ二十年ぶりのことだった。ディングウォールにある聖コルンバ少年施設が最後だった。三カ月後に父親が迎えに来た。父はバスから降りると、禁酒三日目のせいで犬のように震えていた。マッコイをグラスゴーの家に連れていき、着くとすぐにまた飲み始めた。一週間後、父親は王立病院に戻され、マッコイもディングウォールに戻ってふたたび虐待を受ける日々を送ることになった。

彼はトイレの割れた鏡で自分を見た。年相応に見えるようになっていた。白いものが交じり始めたこめかみとひげ。両手も同じように年を重ねていた。眼は大きく見開かれており、光が痛く、顎もずきずきと痛かった。彼はポケットのなかのハッシュオイルを指で触った。ジェイニーに会いに行き、それを吸って気晴らしをするつもりだった。外の街灯の光に照らされた彼女のベッドに横たわり、彼女といっしょにほかの部屋から聞こえてくる物音に笑いながら眠りに落ちる。〈ナザレの家〉はもうない。

アイリスは彼にビールを三本飲ませたあと、ジェイニーはひと晩じゅう客といっしょなので今日は会えないと告げた。クーパーが出資する店のために、委員会で手続きをスムーズに通過させる必要があったのだ。クーパーはタダ酒を含め、最高の接待をするよう厳しく命じていた。マッコイはアイリスの話を聞き、うなずき、わかったと言うと彼女を押しのけ、ジェイニーの部屋のドアを叩き始めた。彼女に会う必要があった。今すぐ会う必要があった。彼女といっしょにベッドに横たわり、眠りにつきたかった。議員もスティーヴィー・クーパーも、彼の出資する店もどうでもよかった。

「ジェイニー、いるんだろ？」彼は叫んだ。ドアを開けようとしたが鍵がかかっていた。アイリスが彼に向かって叫んでいる。鍵がまわり、ドアが少しだけ開いた。ジェイニーが顔を覗かせた。ガウンを羽織っている。中年の男が怯えた表情を浮かべてベッドに腰をかけていた。最後に見たのは議員の太った顔だった。ビッグ・チャズがマッコイをつかみ、ドアから引きはがして、腹に激しいパンチを見舞った。

彼はチャズをさすがと認めざるをえなかった。チャズはまだ本気で殴っていなかった。だがマッコイがクソ野郎と言って罵ると、マッコイの顔面にパンチを浴びせ、股間を蹴り上げた。顔面への二発の強烈なパンチだけでマッコイは戦意を喪失した。チャズは彼の背中に腕をまわして抱きかかえた。ドアが開いて、客たちが覗き見ている気配を感じた。チャズはマッコイの体を階段づたいに引きずり降ろすと、ブーツで背中を蹴った。マッコイは舗道に手足を広げて倒れた。

しばらくそこに横たわったまま、腕と顔のどちらが痛いか考えようとした。靴で脇腹を突かれる感覚があって眼を開けた。チャズが覆いかぶさるようにして立ち、丸い大きな顔で彼を見下ろしていた。うれしそうではなかった。まったくうれしそうには見えなかった。

「おまえが警官だろうが関係ない。今度こういうことをしたら二度と立ち上がれなくしてやるからな。わかったか?」

もう一発、靴で突いた。今度はもっと強く。マッコイはうなずいた。濡れた冷たい舗道が頬に心地よかった。そこに横たわったまま、眠ってしまって、すべてを終わりにしたかった。チャズはため息をつくと、マッコイを引っ張り上げ、入口の段になったところに坐らせた。そしてうめき声を上げながら、なんとか大きな体をマッコイの隣に押し込んだ。煙草を二本取り出すと火をつけ、一本をマッコイに渡した。

「大丈夫か？」

マッコイはうなずいた。チャズはもう何年もグラスゴーにいたが、ベルファスト訛りがまったく消えていなかった。閉鎖されるまでは造船所で働いていた。噂では彼とアイリスはときどき寝ているらしい。彼女の飲んだジンの量にもよるが、月に一度くらいは彼をベッドに入れているらしかった。マッコイは信じられなかった。アイリスは小鳥のような女性なのに対し、チャズはボートのような足をした巨漢で、いつも額に汗をにじませていた。人はわからないものだ。

「どうしたんだ、マッコイ？」チャズは眼を細め、何かを見ていた。「ちょっと待て」

マッコイは頭をつかまれてまわされた。気がつくとチャズの眼を見つめていた。「だと思った。ほら」彼は古びたスーツのポケットに手を入れると、〈レッドハックル〉のハーフボトルを取り出して差し出した。

「これを飲め。そうすれば少なくともハイな状態からは抜け出せるだろう。ドラッグをやるなんてどうかしてるぞ」

マッコイはぐいっとあおった、喉が焼けるように熱くなり咳き込んだが、飲み込んだ。それがなんであれ、〈レッドハックル〉ではなかった。

「昇進したと聞いた。ほんとうなのか？」

マッコイはうなずいた。もうひとロウィスキーを飲んだ。

「なら、こんなところにはもう来るな」

「おれのことを気にしていてくれたとは知らなかったよ」

大男は鼻で笑った。「そうじゃない。ここで問題を起こしてほしくないだけだ」

マッコイは後ろに寄りかかると、眼の前の壁の割れたタイルに眼をやった。「ここで働くようになって長いのか、チャズ？」

「なんだ、今さら訊くのかよ」彼は指を折って数えようとした。「ここは三年になる。その前はクラウンポイント・ロードに二年いた。そこはクソだったよ」

「ここが好きなのか？　この仕事が？」

彼は肩をすくめた。着古したスーツが盛り上がった。何年か前、何キロか痩せていたころに買ったものだろう。前腕にタトゥーが見えた。〝降伏しない　1690　キング・ビリー〟ピンとボールペンを使って自分で彫ったもののようだ。少年院で入れたタトゥーだ。「金は悪くない。たまに顔が痛くなるけどな。こういうところで働いていればよくあることだ」彼はニヤリと笑った。「それにおれみたいなデブ野郎が定期的にヤレる場所がほかにあるか？　この仕事には特典があるのさ」

「クーパーは来たことはあるのか？」

「いや、ここしばらくは来てない。今はサウナのほうが気に入ってんだろう。あっちのほうにいい女の子を置いている。あそこのほうが儲かるからな」

「じゃあ、ここにはどんな娘を置いてるんだ？」

「年寄りがほとんどだ。見栄えのよくない女たち。ほとんどの客は酔っぱらっていて気にしやしない」

「じゃあ、ジェイニーはどうなんだ？」

チャズは立ち上がると、光沢のあるズボンの尻の部分から埃を払った。「おまえはよく知ってるだろ。彼女はヤク中だ、違うか？」

「別にめずらしいことじゃない」

「そうかもしれんが、ヤクのなかのヤクがある」

ふたりは会話をやめると顔を上げた。ガースキューベ・ロードに警察のサイレンが鳴り響き、そのあとから別のサイレンも続いた。

「おまえんとこの連中は、今夜は忙しいようだな」

「どういう意味だチャズ？　ヤクのなかのヤクというのは？」

彼はため息をついた。「説明しなきゃならないのか？　ヘロインだよ」

マッコイは体を起こすとチャズを見た。「彼女はそんなのはやっちゃいない。それに、グラスゴーじゃ手に入らないはずだ。ふざけるなよ、チャズ」

チャズは彼を見下ろした。「わかってんだろ、頭のいいおまえのことだ。ばかのふりをするのはよせ。はっきり言おう、ここはもうおまえの来る場所じゃない。おっぱいの大きな小鳥ちゃんを見つけて落ち着くか、それが無理ならサウナに通うんだな。ここにはもう来るな。いいな？」

マッコイはうなずいたが、何が起きているのかわかっていなかった。チャズはおやすみと言い、彼をまたぐと入口の奥に消えていった。

「本気だぞ」階段を上りながら彼は言った。「二度と来るなよ、マッコイ」

一九七三年一月四日

12

「いったい何があったんだ？」マッコイの眼のまわりのあざを指さしながらワッティーが訊いた。

「くそバスルームの床で滑って、シンクにぶつけたんだ。おれは助手席に乗るから、おまえが運転してくれ」

ワッティーが〈ローバー〉のエンジンをかけ、ギアを入れると、ふたりはグレート・ウエスタン・ロードを進み、郊外のブロートン・ハウスに向かった。雨はようやくやみ、雲も吹き飛ばされていた。朝はさわやかで寒く、明るい青空の下、遠くの丘には雪が見えた。天気の変化もマッコイの気分を明るくしてはくれなかった。自分の家にたどり着いたときはまだ神経がたかぶっていて眠ることができなかった。ブラックボンバーの効果とチャズが言っていたことを理解しようとして、ずっと考えをめぐらせていた。結局、ソファでなんとか二時間ほど寝たが、ひどい二日酔いで眼を覚ました。脇には空になったハーフボトルが転がっていた。

「今朝は少し頭が痛かった」とワッティーは言った。「最後に覚えているのはスヌーカー・クラブで、どうやって家に帰ったか覚えてないんだ。今朝は大家のばあさんがあまりいい顔をしていなかった。どうやらばかなことをしちまったようだ」

マッコイは、ワッティーが大家の庭で気分が悪くなったことや、スーツ姿で目覚めたことを話しているのをうなずきながら聞いていたが、実際にはほとんど耳に入っていなかった。昨日までの彼の沈黙は嘘のようで、いいことは長続きはしないものだと悟った。ひと晩いっしょに飲んだだけでこんなに変わるなんて驚きだ。まるで大親友だ。三銃士ならぬ二銃士。スコットランドではいっしょに飲めば生涯の友になる。

マッコイはワッティーのコートのポケットから『デイリー・レコード』を取り出し、一面を見た。そこには見慣れた赤い文字があった。だが、それはマッコイが昨晩読んだものよりも遅い版だった。だれかがそのあいだに何かを話したのだ。彼は歯のあいだから息を吸い込んだ。マレーは今頃卒倒しているに違いない。見開き二ページにこう書かれていた。

その見出しに続いて、グラスゴーの一流ホテルやレストランでの売春行為が四面、五面、六面、そして七面に報じられていた。セントラル署の電話交換手か秘書が、盗聴した内容をニュースデスクに売ったのは間違いなかった。よくある話だ。ローナ・スカーヴィングの執行猶予期間はあっという間に終わった。昨晩までは罪のない傍観者が悲劇に巻き込まれたとされていた。今では彼女は売春婦で、殺されたのも自業自得だとされていた。

「どっちだ?」とワッティーが訊いた。

マッコイは顔を上げた。「つづら折りの道をドライメンに向かえば、その途中にある」

ワッティーはうなずき、環状交差点を曲がった。ブローートン・ハウス。ここまでマッコイはそのことをなんとか考えないでいた。だがもう無理だろう。ホームのこと、そして今はブローートン・ハウスのこと。昨晩、箱から取り出すようにいろいろなことを思い出したのも無理はなかった。彼は煙草に火をつけた。郊外を抜けて田舎を進むにつれ、家が大きくなり、その間隔が広くなっていくのを見ていた。ここはグラスゴーのスラム街や工場街から可能なかぎり離れた地域で、金持ちの住む場所だった。それも工場主や多くのビルを所有するオーナーといった、真の金持ちが住む場所だ。ダンロップ家のような。

さらに何マイルか進み、一度道を間違えたあと、木々のあいだにブロートン・ハウスが姿を現わした。それは輝くような白い石でできた、低層で横に長い建物で、曲線を描くふたつの翼とその真ん中にそびえる灯台のようなガラスの塔からできていた。その建物は谷間の深い森のなか、高い塀に囲まれていた。ダンロップ家はプライバシーを重んじるのだ。

ワッティーは窓から顔を出して、よく見ようとした。

「城みたいのを想像していた」と彼は言った。

「以前はそうだった。三〇年代に壊してあれを建てたんだ。ロスシーの入浴施設みたいだろ」

ふたりは刈り込まれた並木のあいだの道を通り、観賞用の池をまわって屋敷の前に車を止めた。私道にはすでに何台か車が止まっており、いずれも高級車だった。〈ジェンセン・インターセプター〉、大きな〈メルセデス・ベンツ〉、三〇年代のものと思われる〈ロールスロイス〉。ワッティーは車を降りてガラスの塔を見上げた。

「ほんとうにここに人が住んでるのか？」

「いつもというわけじゃない。ロンドンに大きな屋敷を持っている。いろいろな場所に屋敷があるんだ。造船所のオーナーともなればそうなる。おまえの親父さんも煉瓦何個分かの働きはしたんじゃないか」

ふたりは濡れた小石を足で踏みしだきながら扉に向かった。マッコイが真鍮の取っ手を引くと、家の奥のほうでチャイムが鳴った。ワッティーはネクタイをまっすぐにし、緊張した面持ちで待っていた。帽子をかぶっていたら、持ち上げる準備をしていただろう。扉が開き、黒いワンピースに白のエプロンドレスを着たメイドが現われた。フィリピン人か、マレーシア人といったところだろうか。小柄だった。マッコイは名刺を差し出した。

「おはよう。グラスゴー市警だ。ダンロップ卿にお会いしたい」

彼女は首を振った。「グレイ卿はご不在です」彼女はふたりの後ろの丘を指さした。

「狩猟中です」

「わかった。ジミー・ギブスは？　彼はいるか？」

「ギブス支配人ならいらっしゃいます。どうぞ」彼女はお辞儀をすると扉を開けた。ふたりは玄関ホールに足を踏み入れた。さすがと思わずにはいられなかった。ガラスの塔は彼らの頭上高くまでそびえ、大きならせん状の階段が天井に伸びていた。ホールは広く、大きな窓から射し込む光が白い大理石の床と壁に反射していた。四メートル近くはあろうかという、豪華に飾られたクリスマスツリーが隅に置かれ、そのまわりにはラッピングされたプレゼントの箱がばらまかれたように置かれていた。白いユリが活けられたさまざまな花瓶があちこちに置いてあった。

「失礼ですが、お名前は？」もう一度お辞儀をすると彼女はそう尋ねた。

「ハリー・マッコイだと言ってくれ。古い友人だ」

「すてきな花ですね」とワッティーが言った。

「温室です。ダンロップ卿が育てているんです」とメイドは言った。彼女はもう一度お辞儀をすると、去っていった。

マッコイはワッティーを見た。

「なんだい？」と彼は訊いた。

「すてきな花ですね、だと？」

「そうだろ。母親が花屋で働いてるんだ。どれも見事な花だよ」

マッコイは頭を振った。なんでこいつが？

「で、ジミー・ギブスってのはだれなんだ？」ワッティーは猟犬に倒されようとしている雄鹿を描いた巨大なタペストリーを見ながら訊いた。

「ジミーか？　彼はダンロップ家のためにここを運営し、問題を処理している。死体がどこに埋められているかまであらゆることを知っている」

「なぜそいつのことを知ってるんだ？」

マッコイは暖炉のそばの白い革製のソファに坐った。「以前、ここの厨房で働いていた女の子が自殺した。ダンロップ卿の息子と関係を持って妊娠していた。ずいぶんと都合のいい話だったからいくつか質問したら、警告を受けた」

ワッティーはタペストリーから眼をそらせた。「どうして？　その娘は殺されたのか？」

マッコイは首を振った。「いや、自殺で間違いなかったが、おれはそう説明されるだけでは気がすまず、自分で調べようとした」

メイドがふたたび現われた。微笑みながらお辞儀をした。「ギブス支配人はサンルームにいます。お会いするそうです。どうぞ」

ふたりは彼女のあとについて、絵画が並んだ廊下を進んだ。いずれも近代画で、いずれも抽象画だった。どれも間違いなく高価なものだ。左手の開け放たれた扉から大きなダンスホールが見えた。白いシーツに覆われたグランドピアノがあり、壁に沿って赤と金の椅子が並んでいた。廊下はやがて屋敷の裏から外に出るガラスのトンネルのようなものになり、庭を横切って大きな温室につながっていた。庭には暗い色合いの観葉植物が人為的に植えられ、そのあいだに古典的な彫像が点在していた。ワッティーは頭をまわしてその庭を隅から隅まで見ようとした。メイドが温室の扉を開けた。

「ここからお入りください」

眼の前にプールがあり、わずかに湯気が立ち昇っていた。空気中に塩素のにおいがかすかに漂っていた。プールの真ん中をひとりの男がかなりのスピードで泳いでいる。頭を水のなかに沈め、腕で水をかいている。壁に到達するとレースのようにタッチして、立ち上がり、腕時計を見て微笑んだ。マッコイが咳払いをすると、ジミー・ギブスはふたりのほうに眼を向け、ゴーグルをはずすと顔にかかった髪の毛を後ろに流すようにして顔を拭った。

「ありがとう、メアリー、下がっていい」と彼は言った。

メイドはうなずくと辞去した。

ギブスはプールから上がると、トランクスの前に手をやり、股間を整えた。彼は痩身で健康そうだった。デッキチェアのひとつに小走りで近づくと、タオルを取って肩に掛けた。

「おまえにまたここに来るだけの勇気があるとは思わなかったよ、マッコイ」彼は赤みがかった髪の毛をタオルで拭いながらそう言った。「もう懲りたんじゃなかったのか？」

「トミー・マローン」マッコイは彼を無視して言った。どこかで挑発に乗ることになることはわかっていたが、できるだけ先延ばしにしたかった。

ギブスは肩をすくめると、デッキチェアの脇の小さなテーブルに手を伸ばして飲み物を取った。ひと口飲むと氷がカチンと音をたてた。

「自分の頭を撃った少年のことか？　ふざけた話だ」

その態度はほとんど無関心といってよく、むしろ自分の飲み物のほうに興味があるといった感じだった。マッコイが知らないことを知っているかのように振る舞っていた。おそらくそうなのだろう。マッコイはプール、籐のデッキチェア、ウェット・バー（水道とシンクのついた小さなサイズのバー）の後ろに伸びる椰子の木に眼をやった。

「マリーヒル署とは大違いだな、ジミー？」

ギブスは両手を大きく広げると、周囲を見た。「おれに何が言える？　自分自身の手で成功をつかむやつもいるのさ」

マッコイはデッキチェアのひとつに坐り、煙草を取り出した。

「ここは禁煙だ」とギブスは言った。「ダンロップ家の人間がいやがるんでな」

マッコイは煙草をしまった。まだおとなしくしておこう。「トミー・マローンは？」

「こんにちは、ハリー」

どこにいようとその声はわかった。振り向くとアンジェラがそこに立っていた。少し痩せたようだが、それ以外は変わっていなかった。今も美しかった。水着の上に彩り豊かなローブを羽織り、黒髪を頭の上でまとめて、大きなサングラスをかけていた。どこか内気で神経質そうで、痩せすぎているように見えた。

マッコイは立ち上がった。「アンジェラ、元気そうだな」

彼女は微笑んだ。いつもと同じ笑顔だった。彼女が頼めば、だれだろうがいつだってなんでもする、そんな気にさせる笑顔だ。香水の香りもした。高価なものだ。とても。そのことを知っていた。何度も買ったことがあったから。

「あなたにも同じことを言えたらいいんだけど」眼のまわりの黒いあざを見て、彼女はそう言った。「ちゃんと自分の面倒を見られてるの？」

「気にしてくれているみたいな言い方だな」と彼は言った。ふざけて言ったつもりが、ただの意地悪に聞こえた。

彼女はため息をついた。「訊いただけよ」

「おれは大丈夫だ、あい。きみは？」

ギブスが歩み寄り、彼女に腕をまわすと頬にキスをした。「大丈夫かい、ハニー？　何か飲むかい？」

彼女は首を振った。「大丈夫よ、ジミー」

「ほんとうに大丈夫なのか？」とマッコイが言った。

「なんだと？」とギブスは言った。

彼女は首を振った。「ハリー、あなたはほんとうにいやな人になれるのね。ほんとうにいやな人」

「これまできみがサングラスをかける理由はひとつだけだ。彼がきみのために買ったんだろ、違うか？」

アンジェラはギブスのグラスをテーブルから取ると、中身をマッコイの顔にかけた。あまり残っていなかったが、彼女の目的を果たすには充分だった。

ワッティーは三人を交互に見ていた。何が起きているのかわかっていなかった。

アンジェラはギブスの頬にキスをした。「またあとでね」

三人は彼女が立ち去るのを見送った。ハイヒールのサンダルがガラスのトンネルの床に響いていた。マッコイはタオルを手に取ると顔を拭き始めた。

「お見事だ」とギブスが言った。「あいかわらずおもしろいやつだ。彼女がおまえを捨てたのも無理はない」

ワッティーが指を口に入れて、笛のように鳴らした。ふたりは彼のほうを見た。

「いいかげんにしてくれ、おふたりさん。ここで何が起きてるのか知らないし、知りたくもない。ここに来たのには理由があったはずだよな。痴話喧嘩のために来たわけじゃない」デッキチェアを指さすと言った。「坐ってもらえますか、ミスター・ギブス？」

マッコイは驚いて彼を見た。まさか彼がそんなことをするとは思っていなかった。ギブスも同じようにショックを受けているようだったが、デッキチェアに腰をかけた。ワッティーは手帳を取り出した。「準備ができたら、トミー・マローンのことを話してください」

ギブスはふたりを見て、今にも怒鳴りだしそうな顔をしていたが、思いとどまった。「ここに来て一年かそこらだ。人付き合いは避けていた。おれはあまり見かけることはなかった」

「どうしてここに来たんですか？」とワッティーは尋ねた。

ギブスは肩をすくめた。「多くの若者たちといっしょだ。ダンロップ卿は〈ナザレの家〉やそういったいくつかの施設の理事だ。彼はとても寛大なかたで、喜んで恵まれない人々の力になっている。酒に溺れた親に見捨てられた子供たちだ。どういう意味かわかるよな、マッコイ？」

マッコイはそのことばを無視した。が、しだいに難しくなっていた。

「ほかには何か？」とワッティーは訊いた。「友人は？」

ギブスは首を振った。「自分の仕事をして、行儀よくしていた。ほかにおれに言えることはない」

「ここの庭の管理人はだれですか？　だれの下で働いていたんですか？」

「ヘンリー・メイソン。だが、今はここにはいない。南アフリカにいる妹のもとを訪れている」

「都合のいい話だな」とマッコイは言った。

ギブスは首を振った。「口のきき方に気をつけろ、マッコイ。妄想癖があるようだが、旅行は去年から予約してあったんだ。何年もかけて金を貯めていた。おまえはありもしないものを見ている。前回、その結果どうなったかわかっているはずだ」彼は体を乗り出し、壁のブザーを押した。「さて、おまえとその天才少年くんの用が終わったら、もう帰ってもらえるかな？　おれにもしなきゃならないことがある」そう言うと彼はデッキチェアの横の小さなテーブルの上に置いてあったペーパーバックを手に取り、横になって読み始めた。

「彼の寝室。彼が暮らしていたところを見る必要がある」とマッコイは言った。

ギブスはメイドが現われるまで、ふたりを無視した。「メアリー、このふたりにマローンの部屋を見せてやってくれるか？　おふたりさん、もう会わないことを願っているよ」

彼は自分の本に戻った。

「ジミー、おまえに字が読めるとは知らなかったよ。なんだそれは？　『ディックとジェイン、客をハメる』（『ディックとジェイン』は子供たちに読書を教えるためにウィリアム・S・グレイが書いた絵本のシリーズ）か？」

ギブスは本を裏返すと、表紙を見た。「いいや、これは『ハリー・マッコイはすぐにくたばる』だ。読んだか？」

そこまでだ。もううんざりだ。マッコイはギブスに歩み寄った。腕にワッティーの手が置かれるのを感じた。「放っておけ」と彼は静かに言った。

「メアリー、わたしが我慢できなくなる前に、この無作法な連中を連れていけ」

マッコイはメアリーとワッティーのあとに続いて廊下を進み、母屋に向かった。ワッティーはメアリーの言うことを一生懸命聞き、どこに行けばいいのかを理解しようとしていた。マッコイはほかのことに気を取られ、ふたりから遅れた。

アンジェラと会うのは二年ぶりだった。彼女が出ていくと言って以来だ。最初は彼女の言うことが信じられなかった。よりによってギブスとは。からかうためにそう言っているだけだと思った。彼は立ち止まり、ふたりを先に行かせて、財布を取り出した。こういうことはしないようにしてきた。なんの力にもならなかった。だが彼女に会ったことでそれを見たくなった。写真を取り出した。角が擦り切れている。持っているのはこれだけだったので、そのうちコピーか何かしなければならなくなるだろう。それを見て、思わず微笑んだ。その子は近所の人が編んでくれたブルーのジャンパーを着て、小さなまるまるとした脚にウールのタイツを履いていた。タータンの膝掛けの上に仰向けに横になり、横にはテディベアが置いてあった。親指で顔をこすり、笑みを浮かべ、今にも笑いだしそうだった。

「マッコイ?」

彼は顔を上げた。メアリーとワッティーが廊下の端に立って待っていた。「いま行く」彼はそう言うと、写真をしまった。「いま行く。ちょっと待っててくれ」

彼女は広い玄関ホールを通って扉を開けた。どこかでベルが鳴り、彼女は心配そうに階段を見上げた。

「きみは彼のことを知ってたのかい、メアリー? マローンのことを?」とマッコイは訊いた。

彼女はうなずいた。「とてもいい子。とても悲しい」

「なぜ彼は自分を撃つようなことをしたのかな? 何か心当たりはあるかい?」

彼女は首を振った。「彼はいい子だった」

「けど変わった?」

またベルが鳴った。「もう行かないと」と彼女は言った。

彼女は振り返って階段を見上げた。またベルが鳴る。今度はもっとしつこく。彼女は首を振り、扉を閉めようとした。「ごめんなさい、英語わかりません。行かないと」

13

「彼女、あんたに飲み物をかけたんだぞ！」

「初めてじゃない、それに信じてくれ、もっとひどいものを投げつけられたこともある。おれたちはしばらく付き合っていたし、うまくいかなくなり、彼女はギブスのもとに去った。以上だ。満足か？」

ワッティーは首を振った。「もっとほかに理由があるはずだ。それにサングラスの件はどういうことなんだ？」

「はいはい、わかった。何かあるかもしれないが、おまえには関係ない。それで勘弁してくれ」

マッコイはベッドに腰を下ろし、眼をこすった。写真なんか見るべきじゃなかった。ここに来るべきじゃなかった。基本的な捜査、ただの背景確認だ。トムソンに来させることもできた。ワッティーにひとりで来させることもできた。だがそうしなかった。自分で来ずにはいられなかった。ギブスに会いたかった。アンジェラに会いたかったのだ。かさぶたを剝がすようにもう一度自分を傷つけたかった。そしてうまくいった。

ふたりはマローンの寝室にいた。大きな屋敷の敷地内にある厩舎の上のこぢんまりとした部屋だった。換気がよくなく、すえたにおいがした。シングルベッドは乱れたままで、枕には脂っぽい頭のあとがあった。ワッティーは苦しそうに顔を歪めて窓の外を見ていた。

「さあ」とマッコイは言い、衣装だんすの扉を開けた。「さっさと終わらせて、ここから出よう」たんすのなかにはたいしたものはなかった。ジーンズが一本にTシャツが何枚かと洗濯袋。底のほうにジャンパーが丸めてあった。扉を閉めると周囲を見まわした。時間の無駄だということはすぐにわかった。壁には、〝ボニー・スコットランドの風景〟というカレンダーが貼られ、釘に十字架がぶら下げてあった。〈ナザレの家〉の運動会の写真もあった。マローンは小さなカップを持っており、背後の人々のなかにマクルーア神父がいた。ドレッサーは古くて傷だらけで、戦後に作られた、よくある実用性重視の製品のようだった。空のビール瓶が二本と、ブリルクリームの容器、オールドスパイスのタルカム・パウダーが置いてあった。

「もっと早くに自殺してなかったのが不思議なくらいだ」とマッコイは言った。「こんなごみために住んでいたら、だれでもどうにかなってしまう」

マッコイはベッド脇の引出しを開けた。ポルノ雑誌が二冊。『バイカー・オージー』と考えた。クーパーは早く結果を知りたがるだろう。今夜には彼に様子を訊きに行こう。そこには本も一冊あった。古いハードカバーの本で、聖書のようにページに金の縁どりがしてあった。彼はそれを手に取り、背表紙を見た。

『アレイスター・クロウリーの告白』

「だれだそいつは？」とワッティーは訊いた。

「わからない。どこかで聞いた名前のような気がする」マッコイは本を開くと、ページをめくった。

わたしたちはマザーズが自分たちを攻撃していることを知り、ばらばらにではあったが、魔術を再開した。彼は犬のほとんどを殺すことに成功した（この頃、わたしはブラッドハウンドの群れを飼い、荒野に人狩りに出ていたのだ）。召使いたちも、ひとりずつ、次々に具合が悪くなっていった。

「若いトミーにはちょっと難しそうだな」

彼は本を戻し、引出しを閉めてベッドに坐るともう一度周囲を見まわした。なぜこんなどこにでもあるようなところに住んでいる少年が、突然少女を殺し、自殺するというのだ？　何か理由があるはずだ。だがそれがなんであれ、この部屋で見つかるとは思えなかった。

「銃」とマッコイは言った。「やつはどこで銃を手に入れたんだ？」

ワッティーは『バイカー・オージー』をめくっていた。「狩猟や射撃、釣りが盛んなこのあたりじゃ、銃を手に入れるのは難しいことじゃないだろ」

マッコイは首を振った。「四五口径の拳銃だ。このあたりじゃそういった銃は手に入らない。戦時中の古い銃でシリアルナンバーも消してあった。盗品だ。トミー・マローンみたいなどこにでもいる若者がどこでそんな銃を手に入れるというんだ？」

ワッティーはページをめくる手を止め、雑誌を垂直にしてそのページを覗き込んでいた。「結局のところ、やつはどこにでもいる普通の少年じゃなかったのかもしれない」彼は顔を上げると、マッコイが自分を見ていることに気づいた。

「なんて言った？」とマッコイは訊いた。

ワッティーは困惑した表情をした。「別に。彼はそんなに普通じゃなかったのかもしれないって言ったんだ」

「初めてまともなことを言ったかもしれないぞ。それでも悪臭みたいにおれにつきまとうことの埋め合わせにはならんが、始まりにはなる。いずれにしろ、ああいった銃は街で手に入れるしかないんだ」

「だれに頼んだんだろう？」

「デイヴィー・ウォーターズだ」

「だれだ？」

「何年も盗品の売買をしていて、絶対に捕まらない賢いやつだ。自分では銃に触れず、ガキに配達させている。一日じゅう〈ヴェイル〉に坐ってる」

ワッティーは雑誌のページを見つめ、マッコイの話を聞いていなかった。

「どうした、ワッティー？　グリーノックにはエロ本はないのか？　そんなに興味があるなら持っていけ。トミー・マローンにはもう必要ないからな」

ワッティーは無言のまま、ページを開いた雑誌を差し出した。新聞から切り取った若いブロンド美人の顔写真が真ん中の見開きページに貼ってあった。その顔写真は、ソファに横たわり、脚を開いている女性の顔の上に貼ってあった。

「これはだれだ？」とワッティーは訊いた。

マッコイは手に取ると、よく見た。「シャロン・テートだと思う」

「アメリカで、あの頭のおかしい連中に殺された女性か？」

マッコイはうなずき、雑誌をぱらぱらとめくると、別の写真を見つけた。今度は全裸でバイクにきつく縛られた女性の顔の上に、シャロン・テートの顔が貼ってあった。ヘルズ・エンジェルスのジャケットを着た大きなペニスの男が迫っていた。「普通のおかずとはいえないな」彼は雑誌を閉じてワッティーに返した。

「トミー・マローンの精神状態は危険水域に達していたようだ。さあ、さっさとここから出よう」

その姿を見るよりも前に声が聞こえてきた。厩舎の外の庭で犬の吠える声と鳴き声が響いていた。ふたりが立ち止まっていると、六匹から七匹のさまざまな大きさの猟犬が角を曲がって現われた。口から舌を出して激しくあえぎ、冷たくすがすがしい空気のなかで湯気を立てていた。先頭の茶色の犬がふたりを見て吠えると、ほかの犬たちも一瞬にして頭を上げ、ふたりに向かって走ってきた。マッコイはあとずさったが、尻尾を振っていることに気づいてほっとした。数秒後、ふたりは犬たちに囲まれた。みんな飛び上がり、叩いたり、掻いたりしてほしがった。

「人懐っこくて、助かった」とマッコイは言い、前足を胸に乗せてくる、大きなグレートデーンのような犬に押し倒されないようふんばった。鋭い笛が鳴り、犬たちが凍りついたように動きを止め、振り向いていっせいに屋敷のほうに続く砂利道を走っていった。

「くそっ」とマッコイは小声で言った。

男がふたり、彼らのほうにやってきた。黒い髪を後ろに流し、ワックスドジャケットを着て、手には真ん中で折れたライフルを持っていた。どちらの男も、何世代にもわたる金と特権、パブリックスクールだけがもたらすことのできる、自信に満ちた雰囲気をまとって歩いていた。ダンロップ卿は五十代半ばながら、十歳は若く見え、きちんと整えられた口ひげ、軍人らしい姿勢で、若い頃に社交界の注目の的だった端麗な姿を保っていた。息子のほうはもっと体格がよく、粗野な顔立ちで、それほど美男子ではなかった。マッコイの記憶では、彼の母親はかつてモデルをしていて、アメリカの名家の出身だったが、ヴェニスの安ホテルで、麻薬の過剰摂取が原因で死んでいたはずだ。ふたりの美形の両親から生まれた子供がそうではないのはなんとも不思議なことだった。ふたりが立ち止まると、犬たちが彼らの足元をうろうろと歩きまわった。

「ミスター・ギブスに入れてもらいました」とワッティーが言った。どこか弁解がましく聞こえた。「警察です」彼はポケットを探って、名刺を取り出そうとした。ダンロップ卿は彼を無視し、まっすぐマッコイを見つめていた。

「マッコイ、たしかそういったな？　いったいどうしてわたしの地所をうろついている？

クビになったと思っていたぞ」彼のその気取った英語は、スコットランドで育っても変わることはなかった。

「残念ながら」とマッコイは言った。「今もちゃんと働いている」彼は厩舎に眼をやった。

「トミー・マローンだ」

「彼がどうした？」とダンロップは訊いた。

「どうしただと？　彼は死んだ。白昼堂々少女を撃って、それから自分の後頭部を吹き飛ばした」

ふたりのどちらからも反応はなかった。

「背景を捜査するためにここに来た。彼の部屋を見せてもらった。彼とは何か関係があったのか？」

ダンロップ・ジュニアが笑った。「ほとんどない」父親と同じアクセントだった。「たしか下っ端の庭師だ。一週間ほど前に行方不明になって、仕事にも来なかった。わたしは一度だけ会ったことがあるが、父は会ったこともないはずだ。知っているだろうが、ここには三十名近い使用人がいるんでね」

「ほんとうに？」マッコイはくだけた口調で言った。「そこまで多くはないだろう。彼のことを覚えてるか、ダンロップ卿？」

首を振った。「残念ながら覚えていない。聞いた話では、恐ろしい事件だったそうじゃないか。だがわたしにはお役に立てそうもない。じゃあ、失礼するよ」彼は、束ねられた状態の七羽から八羽の鳥を持ち上げた。頭がだらりとしていた。ライチョウ？　ヤマウズラ？　マッコイにはわからなかった。

「ローナ・スカーヴィングはどうだ？　会ったことは？」

ダンロップ卿は首を振った。「すまんね。それがだれなのか見当もつかんよ」

「ほんとうに？」

ダンロップ・ジュニアが顔を上げた。スパニエル犬がまだ彼の手に鼻を押しつけていた。

「だれのことだ？」

「たいしたことじゃない」とマッコイは言った。「あんたが知らないと言うのなら、そうなんだろう」

ダンロップ卿は歩き始め、犬たちが彼のまわりに集まってきた。「充分愉しんだろ、マッコイ。またおまえの上司に電話をされる前に、さっさと出ていくんだな」

マッコイは通り過ぎながら、想像上の前髪を引っ張った（身分の低い者が、目上の者に対して自分の前髪に触れて挨拶をしたことから、目上のものにおおげさに挨拶することを意味する）。「お邪魔しました。ごきげんよう」

「なんかやなやつだな」ワッティーが車のドアを開けながらそう言った。「自分をなにさまだと思ってるんだ」

「あいつがなにさまかというと、ブロートンのダンロップ卿だ。ダンロップ一族の長にして、ウエスト・スターリングシャー区の議員閣下だ。代々受け継いできている。それが彼だ」

「息子の名前は？　父親にそっくりだ」

「テディだったと思う」マッコイは助手席に坐り、グローブコンパートメントにだれかが置き忘れた〈ポロ〉（ネスレ社の穴の開いたミント味のキャンディ）を見つけた。それを取り出すと、埃を払った。

「もし、わがトミー・マローンが結局は普通の少年じゃなかったとしたら――」

「そりゃおれが言ったセリフだろ」とワッティーは誇らしげに言った。

「だとしたらローナ・スカーヴィングも普通の少女じゃなかったのかもしれない。小遣い稼ぎにハンドジョブをしているただのウェイトレスじゃなく、それ以上のものだったかもしれない。ふたりともそうだったのかもしれない」

「どういう意味かよくわからないな……」

「いや、おれもだ」

ワッティーはエンジンをかけた。「どこに行く？」

「署に戻る。それから〈ヴェイル〉だ」

「デイヴィー・ウォーターズ？」

マッコイはうなずいた。「そのあとは、迎え酒だ」

14

署に入ると、すぐに何かがおかしいと感じた。いつもならみんなが冗談を言い合ったり、言い争っていたり、電話に向かって叫んだりして騒然としていた。だが、今日は違った。トムソンでさえ静かだった。新しい電動タイプライターに覆いかぶさるようにしていて、集中しているせいか舌を出していた。

「どうしたんだ？」自分の机に坐るとマッコイは訊いた。「だれか死んだのか？」

トムソンが顔を上げた。「まだだ。だが祈りを捧げ始めておいたほうがいい。マレーがおまえを探してた。午後のあいだずっとわめいていたぞ」

ワッティーは隅の自分の机に坐った。ハチみたいに彼は掲示板の下、一番の下っ端が坐る場所に追いやられていた。彼は黄色い電話のメッセージパッドから剝がしたメモを掲げていた。

ワッティーはそのメモをマッコイの前に置いた。「アラスデア・カウィーがあんたに会いに来てほしいと言ってる。またカレーを食べに行きたいのかも」

マッコイはメモを受け取るとポケットに入れてから、ネクタイをなおした。それがなんの役に立つかわからなかったが。刑事部屋の全員が自分を見ていることに気づいた。「さっさと終わらせるか、あ？」

マレーは電話をしていて、入ってきて坐るように手で示した。マッコイは一、二分ほど聞いていたが、ノルマの再分配に関するくだらないことだとわかった。待つしかなかった。マレーは背もたれに寄りかかって話し込んでいた。部屋のなかだというのにどういうわけか厚手のツイードのスーツを着ていて、肩と腕の縫い目がはちきれそうだった。坐っている椅子も彼には小さく見えた。オフィスはいつもと同じように整頓され、すべてがあるべき場所にあった。机の上には額縁に入ったふたりの子供の写真があった。壁には『ザ・スコッツマン』（スコットランドの新聞）の最終ページが額に入れて飾ってあった――〝**ホーイック、タイトルを獲得！**〟。泥まみれのラグビーウェアを着た、もっと若い頃のマレーが満面に笑みを浮かべてトロフィーを掲げていた。子供たち、妻、仕事。きちんと整頓され、すべてがあるべき場所にある人生はいいものに違いない。受話器を置く音がマッコイを現実に戻した。

「それで？」彼が尋ねた。

マッコイは肩をすくめた。「あなたが呼んだんじゃなかったんですか？」

マレーは首を振った。怒っているというよりもがっかりしているようだった。「行きたくて仕方がなかったんだろうな、違うか？　もっと立場をわきまえろ。責任を。いったい何を考えてるんだ？」

合点がいった。「なんてこった、あっという間じゃないですか。たった今、あのクソ屋敷を出てきたばかりですよ」

「それだけか？　言いたいのはそれだけか？　いつものへらず口を叩いていれば、この場を逃れられるとでも思ってるのか、あ？　とんでもないぞ、坊主、今回はそうはいかない」

マッコイは突然、自分がこの件を甘く見ていたことを悟った。彼はマレーがほんとうに怒るところを数回しか見たことがなかった。また見たいとは思わなかった。特にその怒りの対象が自分である場合には。彼の首筋はすでに赤くなりだしており、大きな指を握りしめて拳を作っていた。机に体を乗り出し、静かな声で話していた。危険な兆候だ。

「おれが警視正から間抜け扱いされるのを喜んでるとでも思ってるのか？　おまえがあそこに行ったことも知らずに、無能だと思われるのを喜んでるとでも？　ばか笑いしてるとでも？　また肩をすくめてたんだろう、違うか？」

マッコイは両手を上げて、謝ろうとした。「ボス、ほんとうにすまない。知らなかったんだ――」

「黙ってろ！」マレーは立ち上がり、机の上に覆いかぶさるようにした。「二度とこんなばかなことはするな。おまえは部長刑事なんだぞ、くそ新米警官じゃないんだ。前回は闘ってやったが、今回は無理だ。聞いてるのか？ ダンロップ家には近づくな。ブロートン・ハウスにもだ。やつらの五マイル圏内に近づくんじゃない」

マッコイはうなずいた。嵐を乗り切ろうとした。「いくつか決まりきった質問をしただけです。少年があそこで働いていたので――」

マレーは椅子から飛び出すと、机をまわった。マッコイは思わずあとずさった。殴られると思った。マレーはマッコイの服の襟をつかむと、赤い顔を押しつけた。首の血管が浮き上がっていた。

「いくつか質問しただだと？ 前回、彼に質問をしに行ったときは酔っぱらっていて、彼の息子がだれかを殺したと告発した――」

「あのときは息子のボビーを失って、おれはまともじゃなかった。おれは――」

「おまえを助けるために、おれが何をしなければならなかったかわかってるのか？ あのときは、おまえの側にもそういう言いわけがあったにもかかわらずだ。ダンロップ、警視正、人事部。だれもがおまえをクビにしようとした。あのとき連中の言うことを聞いていたらと思うよ」

マレーは強く押した。椅子が傾き、マッコイは床に投げ出された。立ち上がると、いつになく苛立ちを覚えた。冷静でいようとした。自分がどこにいて、だれと話しているのか思い出そうとした。

「ボス、失礼を承知で言うが、あんたがおれにこの事件を担当させたんだ。おれにどうしろと？　捜査するなとでも？」

「それがおまえの言い分か、あ？　自分は何も間違っちゃいないってか、マッコイ？　自分は完璧で、頭がよすぎて、おれたちみたいな人間とは違うってか？」

マッコイは抗議しようとしたが、マレーはすでに背を向けていた。

「おれの前から消えろ、マッコイ。おれがばかなことをしでかす前に出ていけ」

マッコイがマレーのオフィスから出てくると同時に、全員が自分のデスクに視線を落とした。ひどく静かで、奥の壁の時計のカチカチという音さえ聞こえた。彼は席に着くと、ズボンの埃を払おうとした。煙草に火をつけ、ふたたび喧騒が戻るのを待った。ワッティーが心配そうにこちらを見ていた。いったい何があったのかと不思議そうに見ていた。だれも何も訊いてこない。自分がとんでもなくばかになった気分だった。ダンロップは何もしないと思っていた。彼らが殺人犯を雇っていたことで守勢にまわると思っていた。だから屋敷を訪ね、でかい態度でアンジェラから話を聞き、ギブスとやりあった。金持ちが無敵だということを忘れていた。ダンロップ卿が電話を一本かけるだけで、自分はもう終わりなのだと。

「大丈夫か？」とワッティーが訊いた。

マッコイはうなずくと、デスクから報告書を取り出して読むふりをした。が、自分の手が震えていることに気づいた。マレーのオフィスのドアがふたたび開き、彼が手に書類の山を抱えて出てくると、刑事部屋の奥にある大きな黒板に向かって歩きだした。そして全員に集まるように言った。椅子のこすれる音や机の端に尻を置く音がしたあと、静かになった。今日のブリーフィングのあいだは、小声で何かつぶやく者も冗談を言う者もいないだろう。

マレーは机の端に坐り、書類を置いた。部屋のなかは静まり返り、だれもが彼のことばを待った。「四十七時間だ、諸君」と彼は言った。「街の真ん中でローナ・スカーヴィングが撃たれて死んでから四十七時間。だれがやったかはわかっている。トミー・マローン。それまでは庭師としてひっそりと過ごしてきたもの静かな少年だ。わからないのは動機だ。

なぜバスに乗って街へ行き、少女を撃ったのか。なぜ自殺したのか。ブロートン・ハウスを出て、バスステーションに行くまでのあいだどこにいたのか。彼とスカーヴィングとの関係もわかっていなければ、なぜ彼女だったのかもわかっていない」

彼は部屋のなかを見まわし、全員を見た。マッコイは心配そうな表情をしようと努めた。ほかの全員は怯えた顔をしていた。いつものマレーのブリーフィングではなかった。いつものくだらないジョークもなく、だれも関心のない警察ラグビーリーグのスコアを読み上げることもなかった。真剣だった。

「なぜこの事件が起きたのかが知りたい。なぜ少女が死んだのか、なぜ少年は自殺したのか。警視正が捜査の打ち切りを命じるまで四日の猶予がある。四日あれば何か答えが見つかるはずだ」彼は立ち上がると指をさした。「マッコイ、おまえは少女のほうから、少年との関係を探るんだ。頼むからダンロップに近づく前に立ち止まるんだぞ、わかったな？」

マッコイはうなずいた。

トムソンが手を挙げた。「ボス？」マレーはうなずいた。「ばかなことを言うようですが、彼は彼女を殺したんじゃないんじゃないですか？」クスクスという笑いが起き、緊張がほぐれた。トムソンは真っ赤になっていた。

「静かに」マレーが吠えた。「続けろ」

「おれが言いたいのは、やつはただだれかを殺そうとしただけかもしれないということです。あとになってローナ・スカーヴィングと判明しただれかを。ただの少女。結局のところふたりに関係はないのでは？」

沈黙。全員がトムソンを見ていた。マレーは残り少ない髪の毛に手をやった。「なんてこった」と彼は言った。「それは考えていなかった」

ワッティーが手を挙げ、マレーが顎で彼を示した。

「彼は群衆のなかを見ていました。どの少女でもよかったという可能性はありますが、おれはそうは思いません。彼女を見ているとき、彼女のことを知っているように見えました」

「そうなのか、マッコイ？」

マッコイはうなずいた。「彼はローナ・スカーヴィングを探していたと思います。が、たしかなことはわかりません」

マレーは不満そうだった。「ひとりの少年がバスターミナルに行って、知らない人間を殺すはずがない。なぜそんなことをする？　何か関係があるはずだ」彼は顎に生えてきたひげをこすった。「そうじゃなければ、もう神に頼むしかない。ウィルソン？　いるか?」

部屋の奥にいる男が立ち上がった。マーカス・ウィルソン。定年まであと二年の古株だ。

「おまえが——おまえだけでだぞ——少年の背景とダンロップ家で過ごしていたときのことを調べるんだ。言うまでもないだろうが、慎重に進めるんだぞ。好むと好まざるとにかかわらず、ダンロップ家には非常に重要な友人がいる。このなかのだれかさんがすでにその連中を怒らせてしまった。二度とそんなことが起きないようにするんだ」

ウィルソンはうなずいた。「わかりました」

「それからおまえ」彼はマッキーという警官を顎で示した。「ダフ屋、情報屋、だれかがこの件で何か知っているはずだ」そう言うとマレーは立ち上がって去ろうとした。が、立ち止まった。「ボーイフレンド。なんていう名前だった?」彼はマッコイを見ていた。

「ネアンのボーイフレンドのことですか? ボビーです」

マレーはうなずいた。「彼は自分のことを何か言っていたか?」

マッコイは、マレーがだれか女性警官を彼の事情聴取に差し向けたと思っていた。そう言おうとしたが、思いとどまった。「彼とは話していません」

「話していないだと?」マレーは首を振った。「今日はたいした働きじゃないか、マッコイ。見事な仕事ぶりだ」彼はワッティーを指さした。「おまえもそのボビーから話を聞くんだ。ミスター・マッコイがほかの重要な証人の事情聴取を忘れていないことを願うばかりだよ」

先生のお気に入りが叱られ、みんなの顔に笑みが浮かんだ。マレーは立ち止まって言った。

「おまえら、何をしてる？　さっさと動け！」

15

ベレー帽をかぶったチェ・ゲバラ。アフロヘアのアンジェラ・デイヴィス（米国の左翼運動活動家）。アメリカの国旗を掛けられた棺の写真の上に〝少年を故郷に〟と描かれている。カウィーのオフィスは、マッコイが最後に訪れたときから、ずいぶんと変わっていた。ポスターがオフィスの壁の半分を覆っていた。それでもまだ間抜けな金魚が濁った水のなかを泳いでいた。もう何年もそこにいた。もはや世界最古の金魚に違いない。カウィーは署の裏手にある古い馬具置き場を見つけて、二年前にそこに移り、その後出ていくのをずっと拒んでいた。その場所は日に日にジャンクショップと化していた。彼は古い机と色あせた絨毯を買っていた。マレーがときどきやってきて、このがらくたを捨てろと叫んでいた。カウィーはうなずいて、「はい、わかりました」と言うものの、何も動かそうとしなかった。

マッコイは坐らず、戸口に立ったまま、黄色いメッセージパッドを掲げた。「何か用か、カウィー？ マレーからケツを蹴られて、出かけなきゃならないんだ」彼はもう一度部屋のなかを見まわすと、壁の空いているスペースに眼をやった。顎で示すと言った。「ところでピレリのカレンダーはどうした？」

カウィーは微笑んだ。もうひとつの机に坐っている女性は笑っていなかった。小さなバッジをちりばめたコンバット・ジャケットに長いブロンドの髪。スタイルがいい。眼の前の机の上は本やフォルダーで埋め尽くされ、横の床の上にもあふれていた。

「マッコイは、見かけと違ってそこまでやなやつじゃない」とカウィーは言った。「強面（こわもて）はこの仕事にはつきものなんだ。あまり言いたかないが、実際にはとてもいいやつだ」彼はふたりのあいだを指でさした。「スーザン・トーマス、ハリー・マッコイ、初対面だったよな」

「女の子のカレンダーを見るのが好きなのね、ミスター・マッコイ？」彼女はイングランド人で、かすかにロンドンの訛りがあった。

彼はうなずきかけたが、首を横に振った。

彼女は微笑んだ。「まあ、少なくとも努力はしたようね」

「スーザンは大学で博士号を取っている」とカウィーは言い、古い椅子から書類の山をどけ、坐るようにマッコイに顎で示した。「逸脱した性行動とその商業的搾取について研究している。盗撮フィルムやフェティッシュ雑誌、特殊な売春、そんなもんだ。この数カ月間、娼婦たちとの連絡グループの手伝いをしてくれてる。正確には論文のタイトルはなんだったっけ、スーザン？」

「新たな商品としての逸脱したセクシャリティ——搾取、資本主義、フェティッシュ化および実体のない自己の台頭」

「要するに変態についてというわけだ」とマッコイは言った。「完成したらぜひ読んでみたいものだ。けど女性にしてはおもしろい題材だな」

スーザンは両手を広げた。「しょうがないでしょ？ 刺繍のクラスはいっぱいだったのよ」

「おまえも今そのひとつに取り組んでるんだろ」

「いま取り組んでるのは……ローナ・スカーヴィングの事件よね？」とスーザンが訊いた。「アラスデアから聞いたところによると、彼女の遺体にはSM行為の痕跡があったそうね。お金を受け取ってやっていた行為のような」

マッコイはあらためてうなずいた。SMが正確に何を意味するのかわからなかったが、それを彼女に言うつもりはなかった。「そのようだが、同居人の話では売春は素人レベルのものだったそうだ。街の外から来たビジネスマンにフェラチオをするような、そんな感じだ。鞭で打つような行為は、パークサーカスのマダム・ポロのところでやってると言ってなかったか？」

「スーザンには別の説があるそうだ。それをおまえも聞いておくべきだと思ったんでな」

「昔はたしかにそうだった」と彼女は言った。「論文のためにインタビューをした人のひとりに、エジンバラに住んでいる弁護士がいて、二週間おきに仕事でグラスゴーにやってくるの。彼曰く、ここにいるあいだは〝存分に愉しむ〟んだそうよ」彼女は金属製の煙草の缶から、少しくたびれた手巻き煙草を取り出して火をつけた。

「ベイビー・ストレンジと呼ばれる、あるいはそう名乗っている女性のことを聞いたことある？」

「ベイビー・ストレンジ？　なんだそりゃ、ふざけた名前だな？」

「もちろん本名じゃないわ。その名で通っているのよ。インタビューのなかで何度か彼女の名前を聞いたんだけど、だれも彼女のことはよく知らないようなの。ここ一カ月かそこら追いかけてるけど、ほとんどわかっていない」

「で、何者なんだ？」

「説明するのが難しいんだけど、新しい実践方法を作ろうとしているようなの」

「はあ?」とマッコイは言った。「彼は自分が思ってるほど頭脳明晰じゃないんだ。そうだろ、アインシュタイン?」

「黙れ、カウィー。新しい実践……」

「基本的に彼女はポン引きや売春宿のマダムの概念を再構築しているようなの。固定された施設はなくて、彼女のために働く決まった女の子もいない。彼女は売春をめぐる通常の商業的構造の外側の周縁部で活動している。まとめ役(フィクサー)というか、仲介役(コネクター)といったところね。より若い女の子とか、ドラッグ、オーダーメイドのポルノ映画といったような、より過激な行為に特化している。性革命にはいいことばかりじゃなくて、悪いこともあったようね。人々は飽きてしまい、何か違うものを求めるようになったの。彼女はそれを提供することができる」

「新しいマダム・ポロみたいなものか?」とカウィーが訊いた。

彼女は首を振り、髪の毛を耳の後ろにやった。「ううん、正直言って、全然違う。マダム・ポロにインタビューしたこともあるわ。彼女はマーガレット・カルバート(英国のグラフィック・デザイナー)みたいで、学校の先生のような話し方をした。彼女は、乳母に鞭でお尻を叩いてほしがったり、行為のあとはシェリー酒を飲みたがったりするような金持ちのビジネスマンや判事のための存在よ。だからパークサーカスにいるの。お客がくつろげるように。ベイビー・ストレンジは違う」

「どう違うんだ？」

「ゴシップとあちこちで聞いた話だけで言ってるんだけど、彼女はなんでも手配できるそうなの。女の子、男の子、乱交パーティー、盗撮。ありとあらゆるものを」

「ローナ・スカーヴィングは彼女のために働いていたのか？」

彼女は肩をすくめた。「わからない。けど、それなら彼女の傷の説明がつくかもしれない」

「住所はわかってるのか？」

「ごめんなさい、残念だけどわからない。彼女にはインタビューしたいと思っているの。もし彼女が、わたしが聞いたとおりのことをやっているとしたら、それは従来のモデルの経済的な再発明といってもよくて、わたしの論文にとってもすごく価値のあるものになる」

「けど……」とカウィーは言った。

彼の合図を受けて、彼女が微笑んだ。「けど明日、別のインタビュー対象者に会うことになってるの。来てくれればだけど。三回目の挑戦なの。その女性なら彼女のことを知っているかもしれない。少なくとも彼女を知っているだれかを」

カウィーは手を叩いて、こすり合わせた。どうやらインタビューは終わりのようだ。

「悪いなマッコイ、仕事をしなきゃなんない。おまえの事件の解決に役立ったら、あとでスーザンにお礼をしてやってくれ。今日の午後はやることが山のようにあるんだ」彼は立ち上がるとドアを開けた。「ジャッキーとおれは明日スーザンとカレーを食べに行く。スーザンはまだ〈シシ・マハル〉のすばらしさを経験してないんだ。いっしょにどうだ？だけど仕事の話はしないと約束してくれ。じゃないとジャッキーがパコラソースの皿の中身をおれに向かってぶちまけそうだ。本気だぞ」

「何時だ？」

「八時でどうだ？」

マッコイは立ち上がると、スーザンに微笑んだ。「いろいろとありがとう。じゃあ、また明日」

「愉しみにしてるわ」彼女はそう言うと、また髪を後ろにやった。そして微笑むと言った。「今度はその強面（こわもて）の下のいい男を見せてちょうだい」

16

ワッティーは半分走りながら、ブキャナン・ストリートを行くマッコイに追いつこうと必死だった。そこはちょうど歩行者天国になったところで、あちこちにある看板が誇らしげにそう教えてくれていた。それはつまり、そこそこ大きくてにぎわった通りを舗装し、いくつかベンチを置いて、枯れかかった低木を植えた桶をいくつかちりばめることを意味していた。

「なあ、わかってるのか？」と彼は言った。「殺されるよ。彼に見つかったら、殺されちまう」

マッコイは歩みを止めなかった。また降り始めた雪によって完全に凍りついてしまう前に目的地に着きたかった。ワッティーは追いつくと、彼の腕をつかんで引き寄せた。

「マレーは、ほかのことは放っておいて、少女に集中しろって言ったんだ。なのにあんたは〈ヴェイル〉に行って、デイヴィー・ウォーターズがトミー・マローンに銃を売ったかどうか訊き出そうとしてる。マレーは怒り狂うぞ」

ふたりは静かに降る雪のなかに立ってにらみ合っていた。マッコイは眼にかかった濡れた髪を後ろにやった。「マレーに言うつもりはないし、おまえも言わなければ、彼にはわからない。文句を言うのをやめるか、おれの前から消えろ。おまえしだいだ」

〈ヴェイル〉はクイーン・ストリート駅の向かい側にあった。デイヴィー・ウォーターズがそこを気に入っている理由もそこにあった。詮索好きな常連客はいない。客のほとんどはこれから列車に乗ろうとしているか、列車から降りてきた人たちだ。客は常に入れ替わっていた。パブの両開きのガラス扉の上にある大きなイルミネーションの看板が実際以上に店構えをよく見せていた。なかは奥にトイレのある縦長の造りで、二台のスロットマシンが悲しげに点滅し、バーカウンターの上のテレビには〝故障中〟の貼り紙が画面にテープで貼ってあった。マッコイはコートを脱ぐと、雪を払い落とし、周囲を見まわした。いつもと変わりはなかった。ハーフパイントのビールをちびちびと飲んでいる年老いた酔っぱらいたち、エジンバラへ帰る列車を待つピンストライプのスーツ姿のビジネスマンの一団、そしてデイヴィー・ウォーターズが奥の詰め物入りのベンチに坐っていた。

「あいつか？」とワッティーは訊いた。

マッコイはうなずいた。「一杯やろうじゃないか、どうだ？」彼はウォーターズのほうにゆっくりと歩いていくと、破れたクッションのついたスツールを引き寄せて、そこに坐った。

「こんばんは、デイヴィー」

デイヴィーは低くうなるように挨拶をすると、ビールをひと口飲み、そのまま壊れたテレビに眼を向けた。五十歳くらいで、特徴のないスーツを着ていた。テディボーイズ（英国で流行したサブカルチャーのひとつで、ロックに関心を持ち、エドワード七世時代のファッションを好んで着た若者たちをさす）だった頃の面影が残っているのは、べったりとポマードで固めたクイッフ（オールバックにして、前髪の一部を垂らす髪型）だけだった。マッコイは赤い手帳を取り出すと、新聞から切り抜いたトミー・マローンの写真を貼ったページを開き、デイヴィーの視線の先にかざした。

「テレビをお愉しみのところ申しわけないが、デイヴィー。これを見てくれないか」

デイヴィーはまた低くうなり、手帳を取ると写真を見た。「いや」と彼は言うと、手帳を返した。

「いや話せない、なのか、いや知らない、なのか、どっちだ？」

ワッティーがビールを二杯持って現われ、席に着いた。

「だれだ、こいつは？」ウォーターズはワッティーを上から下まで見てそう言った。

「ワッティー。学校を出たばかりに見えるかもしれないが、なかなか手強いぞ、デイヴィー。うちの有望新人だ。あっという間に容赦なくおまえをぶちのめす。ワッティー、デイヴィー・ウォーターズだ。この街で盗品が必要なら、彼に頼むといい」扉が勢いよく開いて、ツイードを着た赤ら顔の男たちが入ってきた。インバネスからの列車が到着したのだろう。「最近はいろいろと売ってんのか、ディヴィー？　写真の男に何か売ってないか？」

彼は首を振った。

「そうか、それはよかった。安心したよ。もしおまえが売ってたんなら、とんでもないクソまみれになっていただろうからな。こいつは、ここから数百メートル先で女の子を撃ったんだ。聞いてるだろ。そしてうちのビッグボス・マレーがえらくご機嫌ななめなんだ。さっさと解決しろって言ってな。だれがこいつに銃を売ったのか、探し出すよう全員に命じている。そして見つかったら……」マッコイは頭を振った。「とんでもないことになる。手始めにこのワッティーを差し向けてぼこぼこにする。そいつは間違いなくバーリニーで長いお勤めを食らうことになる。理解したか、ディヴィー？　これでもうわかったよな。こいつに銃を売ったのは大きな間違いだったんだ。とんでもなく大きな間違いだ」

ディヴィーは不安げな顔になってきた。「そのガキには銃は売っちゃいない。ほんとうだ。以上、終わりだ」

マッコイは坐りなおすと、ビールをひと口飲んだ。嘘をついているようには見えなかった。残念ながら。またも行き止まりだ。

ディヴィーは立ち上がった。「もういいか？」

マッコイはいけない理由を思いつかなかった。「こうしよう、デイヴィー。おれはマレーにおまえが銃を売ったとは思わないと報告するから、やつがほかにどこから銃を手に入れることができるか教えろ」

デイヴィーは首を振り、プロとしてのプライドを覗かせた。「グラスゴーではどこにもない。何も教えられることはない」彼はピンストライプのスーツを着たビジネスマンを顎で示した。「おまえらの問題だろ。ジミー・サヴィル（英国のテレビ司会者）が出てるCMを見たことないのか？　〝今は列車の時代だ〟ってやつさ。エジンバラやニューカッスル、マンチェスターには銃があふれてる。お好きなのをどうぞってな具合だ。格安の日帰り旅行の料金でなんでも手に入るんだ。さて、じゃあ失礼するよ。仕事があるんでな」彼は歩きだし、扉から出ていった。

マッコイは彼が出ていくのを見送った。「そりゃ、こっちのセリフだ」

「なかなか手強いって？」とワッティーが訊いた。

「なんだって？」

「おれのこと、ほめてるのか、ばかにしてるのかどっちなんだ？」

「あい、証明する必要がなかっただけ運がよかったと思え。ウォーターズならほんの数秒でおまえの歯をへし折っていただろうよ」

「次はどうするんだ？」ワッティーが訊いた。

「おまえは署に戻れ。トミー・マローンとローナ・スカーヴィングの関係を探る必要がある。彼の社会保障の記録を調べるんだ。保護施設にいて、そこで出会ったのかもしれない。男女いっしょの施設にいた可能性もある。ダンディーにひとつ、エジンバラにふたつ、ダイスの郊外にも大きな施設があったはずだ。ふたりが同じ時期にいたかどうか調べるんだ。ふたりはなんらかの形で知り合ったはずなんだ。それが終わったら——」

「冗談だろ、まだあんのかよ？」

「本気だ。ローナ・スカーヴィングのフラットを見てきてほしい。何か見つかるかどうか、探してくれ」

「トムソンがもうやったよ。何も出てこなかった」

「トムソンはいっしょに飲むにはいいやつだが、署で一番の切れ者ってわけじゃない」

「じゃあ、おれは？」ワッティーはニヤリと笑った。「そういうことなのか？」

「あい、そうだ」

「あんたはどこへ行くんだ？」

「マダム・ポロとおしゃべりをしに行く。カウィーが正しいかどうかわからないが、もしローナが変態じみた行為をしていたのなら、ふたりが出遭っていた可能性もある」

「じゃあ、おれがロイストンの被害者のフラットを調べてるあいだ、あんたは高級売春宿に行くってわけだ」

「役得ってやつだ。さあ行け」

パークサーカスはケルヴィン・グローブ公園を見下ろす丘の上に建てられた、荘厳なエドワード朝時代の長屋式家屋(テラスハウス)の一部だった。グラスゴーにはめずらしい存在で、エジンバラにあるのがふさわしいような建物だった。そこは高級な地区で、金持ちのタウンハウスや弁護士事務所、銀行の支店、そしてホテルもいくつかあった。

ドアにはブザーとインターフォンがあったが、名前はなかった。マッコイはブザーを押し、ジーン・ベアードに会いに来たと告げた。しばらく待つと、カチッという音がして扉が開いた。そこにはメイドの服を着た少女が立っていた。彼女がドアを大きく開け、彼はなかに入った。

マッコイは自分が何を予想していたのかわからなかった。赤のフロック加工の壁紙？シャンデリア？　だがそういったものはなかった。ダークウッドの羽目板、振り子時計のチクタクと鳴る音、大理石のテーブルの上に置かれた生花、そして階段の吹抜けに飾られた丘と谷を描いた絵画の数々。

メイドがついてくるように手で示した。羽目板に埋め込まれた扉は、そこにあることを知らなければ見過ごしてしまいそうだった。メイドが二回ノックすると、「どうぞ」というくぐもった声が聞こえた。メイドは扉を押し開けると脇によけた。

そこは小さなオフィスで、部屋の大部分をビクトリア朝の大きな机が占めていた。その後ろにひとりの女性が坐っていた。年は取っていたが、若さを保っていて、手入れの行き届いた髪をし、顔にも完璧な化粧が施されていた。彼女は机の前にある椅子を指さした。

「さて、ミスター……？」

「マッコイ」と彼は言った。

「さてさて、ミスター・マッコイ、わたしの気を引くことには成功したようね。最近ではもうその名前でわたしを呼ぶ人はあまりいないわ。どういったご用かしら？」

マッコイはポケットに手を入れると、身分証明証を差し出した。彼女はそれをちらっと見てうなずいた。彼はそれをポケットに戻した。

彼女は親しげに微笑んだ。「あなたは、わたしが警察の上層部とある種の……なんというか取り決めのようなものをしていることを知ってるわよね」

マッコイはうなずいた。「リベートの件でここに来たんじゃない、ミセス・ベアード」

彼女は手を上げた。「エレーヌよ。お願い。その名前ではもう何年も呼ばれてないの」

彼はローナ・スカーヴィングの小さな写真を取り出すと、磨き上げられた机の上を彼女のほうに滑らせた。彼女はそれを手に取り、一瞥（いちべつ）すると押し戻した。

「彼女がここで働いていたか知りたい」

彼女は、まるでマッコイの頭がおかしいというかのような眼で見た。「ミスター・マッコイ、あなたはわたしが経営しているこの施設がどんなところなのかご存じでしょう。わたしとわたしのお客様にとっては、秘密こそが最も重要なの」

ドアが開き、メイドがまた入ってきた。

「必ずノックするように言っているはずよ」エレーヌは言い放った。

メイドは怯えた表情で言った。「もういい」「ミスター・キャメロンが……」

彼女は手を上げて制した。「もういい」彼女はシッと言って黙らせた。立ち上がると、机をまわり込んだ。「もういいかしら、ミスター・マッコイ？　急ぎで対処しないといけないことが起きたようなので」

彼は微笑み、そのままの姿勢でいた。「大丈夫だ。待つので」と彼は言った。「差し支えなければ、まだいくつか訊きたいことがある」

彼女は迷っていた。マッコイをオフィスに残して、ミスター・キャメロン——どこのだれかは知らないが——を相手にしたものかどうか。家具が倒れるような音と、くぐもった叫び声がした。真上から聞こえているようだ。それを聞いて彼女は決意した。二、三分で戻ると言って、急いで出ていった。

二、三分あれば充分すぎるほどだった。マッコイは机をまわると、引出しを調べ始めた。一番上は請求書や事務用品ばかりで特に何もなかった。ほかも同様だった。一番下の引出しの奥にはウォッカのハーフボトルがあった。が、それくらいだった。机の足元に大きな段ボールの箱が押し込んであった。テープで閉じられ、印刷会社の請求書が貼ってある。宛先はパークサーカス十二番地だ。危険を冒さなければ、何も得られない。マッコイは机の上からレターオープナーを取ると、テープを切り、段ボール箱の蓋を開けた。なかには雑誌がたくさん入っていた。正確にはひとつの雑誌が何冊も入っていた。『イゼベル』。

マッコイは一冊取り出すと、ページをめくった。想像していたとおりのものだった。そこそこ高級なポルノ写真。ほとんどが縛られた裸の若い女性と鞭を持った男性だった。クリケットのバットを持っている男もいた。ダーティー・アリーなら喜ぶだろう。それを箱に戻そうとしたとき、彼女を見つけた。その写真のなかで、彼女は椅子に縛られ、ヒールの高いブーツ以外、何も身に着けていなかった。鞭を持ち、覆面をした男が大きなペニスを露(あら)わにして立っていた。どうやら物色した価値はあったようだ。彼は一冊ポケットに入れると、ふたたび箱を閉じ、段ボール箱を机の下に押し込んで席に戻って待った。

数分後、エレーヌが戻ってきた。さっきまでより落ち着きがないように見えた。深く腰かけると、乱れた髪を後ろに束ね、一番下の引出しを開けた。

「飲む？」彼女はウォッカを掲げた。マッコイはうなずいた。彼女はふたつのグラスに注ぐと、ひとつをマッコイに手渡した。

「トラブルか？」と彼は尋ねた。

彼女は首を振った。「対処できないことなんてないわ」そう言うとウォッカをひと口飲んだ。

「ほかに何が訊きたいのかしら、ミスター・マッコイ？」

彼はポケットから雑誌を出すと、少女の写った写真のページを開き、彼女の前の机の上に置いた。

「昨日、この少女がバスターミナルで撃たれた。犯人はわかっているが、動機がわからない」

エレーヌは彼を見た。動揺は見せなかった。「これがわたしといったいなんの関係があるのかしら、ミスター・マッコイ？」

「彼女はここで働いていたのか？」

答えない。

彼はため息をついた。簡単にはいかなかった。

「あんたは愚かな女性じゃない、エレーヌ。あんたがここで手に入れたものは何年もかかって築き上げたものだ。おれに全部台無しにさせたいのか？」

動揺はない。「言ったように、ミスター・マッコイ、あなたたち警察の上層部とのあいだには取り決めがあるの。間違いなくあなたよりもはるかに階級の高い人たちよ。自分の言っていることをよく考えたほうがいいわ」

マッコイはローナの写真を指で叩いた。「彼女はここで働いていたのか？」

エレーヌはウォッカをひと口飲むと彼をじっと見た。

「賢い方法を教えてやろう、エレーヌ。知りたいことを教えてくれたら、十分でここを出ていき、二度とあんたに会うことはないし、ここのことをどこかで話すこともない。誓うよ」彼はローナの写真を財布に戻した。それでも答えなかった。最後のひと押しだ。

「おれのボスはマレー警部だ」と彼は言った。「あんたは知らないかもしれない。彼はセントラル署のお偉がたや上級裁判所の連中とは付き合いがないからな。彼の関心は少女を殺した犯人を捕まえることだけだ。そのためにはだれがどうなろうと気にしない。白昼堂々、報道陣が表にいるなかでここを家宅捜索する必要があるなら、彼は喜んでやるだろう。ほんとうだ、彼ならやる。これは殺人事件なんだ。おれの力になってくれ」

口上は以上だ。あとは彼女しだいだ。嘘はついていなかった。マレーならこの場所を徹底的に捜索するだろう。だがそれには時間と令状が必要だった。マッコイには時間がなかった。彼女を見つめた。彼女が見つめ返してきた。ホールの時計の音が聞こえ、階上(うえ)のどこかの部屋でベッドがキーキーとリズミカルにたてる音が聞こえた。

「ローナ・スカーヴィング」ようやく彼女が言った。「十一月頃に一カ月ほどここで働いていた。なんていうか、うちの普通の女の子たちとは違っていて、もっと専門的な分野に興味を持っていた。そういう分野の需要もあった。けどだんだんトラブルのほうが多くなった。客のひとりが財布から金がなくなっていると言いだして、クビにするしかなかった」

マッコイはうなずいた。納得した。

「お客と個人的に会うことは禁止しているのに、ローナはそのルールも守ろうとしなかった。お客のひとりと仲よくなった。若い男だったわ。うちの客にはめずらしかった。中年か年配の客がほとんどだから。ローナは彼のことをとても自慢していて、ほかの女の子にも彼のことを話した。というか、ちょっと自由に話しすぎた」

「どういう意味だ」マッコイは訊いた。

「施設外で会うようになったと周囲に言いふらしていた。女の子にもお客にも安全じゃないから、厳しく禁止しているんだけど、ときどき起きるの。あの娘は欲に眼がくらんで、うちに金を払わずに仕事をするようになった。そのボーイフレンドと週末ずっといっしょだったと、ほかの女の子のひとりに言ったのよ」

「場所は？」と彼は訊いた。

「おかしな話だけど、ここからわずか二、三軒先よ。パークサーカスのタウンハウス。そのタウンハウスは普段は空き家なの。その男はほかにも家があって、そこはたまにしか使わないそうよ」

「番地は知ってるか？」

彼女は首を振った。「いいえ、でも〈ボン・アコード・ホテル〉の隣で公園を見下ろす場所だった」

「で、そのボーイフレンドは？」とマッコイは訊いた。

エレーヌは首を振った。「ほんとうに知らない。けど知っていてもあなたには教えない。それがここのやり方なのよ、ミスター・マッコイ。ドアを出た瞬間、匿名になる」

「彼女はその男のことをまわりになんと言ってたんだ？」と彼は訊いた。

「これまでに会った人のなかでは一段も二段も上だとだけ言っていたそうよ。ローナは悪い子じゃなかったけど、あまり頭がよくなかった。だからってあんな目に遭っていいとは

「彼女に何が起きたのか調べてちょうだい、ミスター・マッコイ」玄関ホールの灯りに照らされた彼女は、それまでより老けて見えた。疲れていた。「人々はここの女の子のことを見くだして、価値がないと思っている。でも彼女たちもただの女の子なの。ほかの女の子たちと少しも変わりはないわ」

彼はできるかぎりのことをすると彼女に告げて、静かなパークサーカスへと足を踏み出し、そして待った。ふたたびベルを鳴らした。メイドが扉を開けるとマッコイは自分の唇に指を当てた。しーっ。煙草を差し出した。彼女は自分の後ろを見て、通りの左右を見ると、階段の上に足を踏み出した。彼は火をつけてやった。

「ローナ・スカーヴィングを知ってるか？」と彼は訊いた。

彼女はうなずいた。

「そのボーイフレンドがだれなのかは？」

またうなずいた。マッコイはそのメッセージを受け取り、財布から二ポンド取り出した。彼女はそれを黒いスカートの下に押し込んだ。

「名前は知らない。彼女はだれにも言わなかった。彼が秘密にしたがってるって言って」

「くそっ、じゃあ何を知ってるというんだ。二ポンド渡したよな」

「その男は、なんて言うか、彼女がプロとして提供することが好きだった」

「痛み？」

彼女はうなずいた。「そういったこと。男は金には困っていなかった。どこか田舎のほうに住んでいたそうよ。アバーフォイル？ どこかそんな場所」

「ドライメン？ ブロートン・ハウス？」

彼女は肩をすくめた。「言わなかった」

マッコイは立ち去ろうとした。

「彼女言ってたわ。彼は逃げ出すためのチケットだって。なんとしてでも、彼を失うつもりはないって」

17

マッコイは自分がなぜデスクに戻ったのかわからなかった。署では考えることはできず、落ち着かなかった。それでもマレーに自分のデスクで働いているところを見せたほうがいいと思ったのだ。午後のほとんどの時間をぼんやりとして過ごしていたとしても。ワッティーが紅茶の入ったマグカップをデスクの上に置いた。マッコイはひと口飲むと、顔をしかめた。

ワッティーは首を振った。「全然愉しそうじゃないな、違うか？」

彼はワッティーが席に戻り、手帳を取り出してタイプライターの前に坐るのを見ていた。自分も何かしたほうがいいと思い、赤い手帳を取り出して開いた。ため息をついた。なんのインスピレーションも湧いてこなかった。彼はまずい紅茶を何度か口にした。もしローナ・スカーヴィングのボーイフレンドがドライメンかどこか、ブロートン・ハウスの周辺から来ていたのなら、彼女はトミー・マローンとも関係があったかもしれない。彼が知っているなかで、ドライメンで恋人の眼を盗んで十九歳の少女とセックスをするようなゲス野郎はだれだ？　ジミー・ギブス。考えれば考えるほど、彼しかいなかった。彼はダンロップの屋敷を管理している。ダンロップ家がパークサーカスのタウンハウスを所有しているなら、彼もそこを利用することができるだろう。ふと気づくとマレーが彼を見下ろすようにして立っていた。

「忙しそうだな？」とマレーは訊いた。

「ちょっと考えごとを――」

「あい、くだらんことを。ワッティー！　おまえもこっちへ来い」ワッティーが慌ててやってきた。「やつはどこに行っていたんだ？」とマレーが尋ねた。

「だれのことですか？」とマッコイは訊いた。

「マローンは四日間行方不明だった。どこかに行っていたはずだ。どこだ？」

「故郷にでも帰ってたんでしょう」とマッコイは言った。「故郷があればの話ですが」

「だれにだって故郷はある。どこか帰る場所が」とワッティーが言った。

「なんとも詩的なセリフだな、ワッティー。歌かなんかか？　なんとも幸せな話じゃ――」マレーは言いかけてやめるとマッコイを見た。マッコイはその先に来るものを理解し始めていた。「行き場のない人間がどこにいくか、おまえなら知ってる。そうだろう、マッコイ？」

「ちょっと待ってくれ。あれはクソみたいな事件だった。それだけだ」

「浮浪者、アル中、頭のおかしい連中――おまえはそいつらの偉大な救世主だと思ってたんだがな？」

「なんのことですか？」とワッティーは言った。

「聞いてないのか？　ここにいるマッコイは一九七〇年にどでかい殺人事件を解決したんだ。あるホームレスが別のホームレスを殺した。ここにいるゴールデンボーイ以外はだれも気にしやしなかった」

「それはフェアじゃないすね」

「暮らしに困ったろくでなしがクライド川沿いで別のホームレスを襲い始めた。生活保護の給付金を狙ったんだ。物乞いをするような連中から金を巻き上げた。金を巻き上げられていたうちのひとりが我慢できずにそいつを刺した。マッコイの心温まる証言のおかげで殺人の罪も情状酌量され、十八カ月の禁固刑ですんだ。それ以来、マッコイが通りを歩いていると、こいつのことをヒーローだと言ってホームレスが握手を求めてくるようになった。前に進めないくらいだ」

ワッティーは笑いだした。「ホームレスの王様ってわけだ、あん？」

「マッコイ、行って、お友達に会ってこい。彼がそこにいたかどうか、あるいは少なくとも何か知ってるかどうか確認してこい」

「ボス――」

「さっさと行け。ほかにすることもなさそうだしな。訊き込みしてくるんだ。何が出てくるかわからんだろうが。まったくこっちこそなんとか休みたいくらいだよ」

18

マッコイが知るかぎり、転落は段階的に起きる。家に住んでいる。追い出される。ほかの酔っぱらいのフラットに住む。簡易宿泊所に住む。救世軍の保護施設に住む。受け入れてくれるならどこの施設でもいいから住む。廃墟に住む。路上に住む。たいていはセントイーノック駅の裏の温かい空気が吹き出してくる鉄格子のハッチの上に。

そしてほんとうに希望を失う。そのレベルになると、だれも何にもこだわらなくなる。メタノール、配管から噴き出したガスを含んだ水、ミルクで濾したヘアスプレー。なんでもありだ。アフターシェーブローション、煮込んだ靴クリーム（いずれも代用酒として用いられる）。

そこでふたりは、理路整然とした答えが期待できるぎりぎりのラインとして、〝鉄格子〟から始めることにした。ふたりが話を聞いた人々は、そのほとんどがとにかく友好的だった。彼らは写真を見て、思い出そうとした。彼を見たことがあるかもしれないと言ったが、たしかではなかった。ほとんどはマッコイの力になろうとしているだけだった。ワッティーはほとんどの場合、脇のほうに立っていて、鼻にしわを寄せたり、いやな顔をしたりしないように努めていた。あまりうまくいっていなかったが。ふたりがそこをあとにして、ブルーミーローの炊き出し所に向かおうとしたとき、だれかが《ダニー・ボーイ》を歌っているのが聞こえた。コートと古い毛布にくるまったふたつの人影が、駅の下の歩道のほうから現われた。その歩道は回廊のようで、巨大な石柱がアーチを支えていた。その女性は頭を後ろに傾け、すべてを振り絞るように歌っていた。彼女の声は残響となって回廊じゅうに響き渡っていた。昔はすばらしかったのだろう。今はかすれて、高音がでなかったが、それでも感情がこもっていた。彼らが近づいてくると、だれもが話すのをやめて聴き入った。彼女は「オー、ダニー・ボーイ、アイ・ラブ・ユー・ソー！」と歌い終わると仰々しくお辞儀をしてくずおれた。男が彼女を立ち上がらせると、安物の赤ワインのボトルを彼女に握らせた。

彼女はもう一度お辞儀をすると、今度はなんとか立っていた。連れの男がマッコイの顔を覗き込んだ。港湾労働者か建設業者のようで、ウールの帽子をかぶり、赤ら顔のひげ面に明るい青い瞳をしていた。

「なんてこった、あんたなのか。ミスター・マッコイ、元気だったか？」

「元気だよ、イーモン。あんたは？」

「あいつが刑務所で死んだことは知ってるか？」

マッコイはうなずいた。「聞いたよ」

イーモンは十字を切った。「安らかに眠りたまえ。あんたはここでいいことをした。ほんとうにいいことを。忘れないよ」彼は体重を移動させると、歯がない小男の横の鉄格子のハッチの上に彼女を坐らせた。「ちょっと飲みすぎたか、あ？」そう言うとワッティーを見た。「こいつはだれだ」

「ワッティー、うちの署の新人だ。手伝ってもらってる」

イーモンはひどく汚れた手を差し出した。指が一本欠けていた。ワッティーはそれを握るとうなずいた。

「グラスゴー出身じゃないな、坊や？」

「なんでわかる？」とワッティーが訊いた。

イーモンは肩をすくめた。「ここにはなんの用だ、ミスター・マッコイ？」

マッコイは写真を差し出した。マローンを指さすと言った。「どこかで彼を見なかったか？　荒れた生活をしていたようなんだ」

イーモンは首を振った。「街で見かける若い連中と同じに見えるな。こいつが何かしたのか？」

「いや。死んだから、死ぬ前に何をしていたのかを調べようとしてるだけだ。これから一時間かそこら予定はあるのか？」

イーモンはにやっと笑った。「いや。抱きしめてほしいのか？」

マッコイが運転し、イーモンが助手席に、ワッティーが後部座席に坐った。雪が降っていて、激しくなっていた。ヒーターは全開だったが、ワッティーはふたりに気づかれないようにウインドウを降ろしていた。だが、イーモンは見逃さなかった。

「残念だが、あんたの出身地ほどは新鮮なにおいはしないぞ、若いの。エアシャーの先のジャガイモ畑で働いてたんだ。哀れなアイルランドの連中といっしょに。いいところだった。あんたの故郷はどこだ？」

「グリーノック」とワッティーは言った。「もっと北のほうだ」彼は〝鉄格子〟に着いてからというもの、ほとんど話していなかった。ショックを受けているようだった。

「ほんとうにいいところだった。畑仕事をして、二週間もすればキャンプでダンスをするようになった。みんなで酔っぱらった。グウィドーから来た女の子がおれの手を引っ張って――」

「左か？」マッコイが訊いた。どこを走っているのかわからなかった。ダルマーノック発電所の裏手のあたりだろうか。

イーモンは霧の立ち込めるフロントガラスの外を見た。「あい、次のビルで止まってくれ」

彼らは半分壊れかかった工場の門の前に車を止めた。側面の壁が崩れ、煉瓦や石材が雪崩となって、プールほどの大きさの泥だらけの水たまりに降り注いでいた。折れ曲がった鉄製の看板が水面から突き出し、薄い氷に囲まれていた。〝トムソンズ　西スコットランドで一番の……〟とあった。

「ここはなんなんだ？」とワッティーが訊いた。

「知るかよ。イーモン？」とマッコイは言った。

イーモンは安ワインのボトルをポケットから取り出すと、ひと口飲んでマッコイに渡した。マッコイも同じように飲んだ。イーモンはフロントガラスを拳（こぶし）で叩いた。「ここか？ここは人が行き着きたがらない場所だ」

彼らは凍った水たまりのあいだをゆっくりと進みながら、工場の裏手にまわった。ワッティーがマッコイを脇のほうに引っ張っていくと訊いた。「あんたはわかってるのか？おれには何が起きてるのかさっぱりわからない」彼は怯えた口調でそう言い、体重を片方の脚から、もう片方の脚へと移動させながら遠くを眺めていた。「そもそもここはいったいなんなんだ？」

マッコイは廃墟と化した工場を見まわした。「ここか？　ここは終着点だよ、ワッティー。呪われた軍団（リージョン・オブ・ザ・ダムド）（一九六九年のイタリア映画『激戦地』の原題）のいるところだ。警察もここには来ない。救世軍ですらここには来ない。危険すぎるんだ。だからイーモンが必要だった。もしマローンにほんとうに行くところがなかったのなら、ここにたどり着いていたかもしれない」

ワッティーは眼をそらし、手の甲で口元を拭った。

「こうしよう」とマッコイは言った。「おまえはここにいてくれ。一時間以内に戻ってこなかったらパトカーを二台呼ぶんだ、いいか？」なんといっても、まだ配属されて三日目なのだ。地獄のような三日間だ。

ワッティーは喜んでうなずいた。「それでいいのか？」

ほんとうはよくなかったが、全員を危険にさらすよりは、ワッティーにここにいてもらうほうがいいだろう。「そうしてくれ」

イーモンは一階の板が張られた窓の下で彼を待っていた。最後のひと口分が残ったワインのボトルをマッコイに手渡した。「準備はいいか？」

マッコイはワインを飲み干した。「いつでもいいぞ」彼は前に進み出たが、イーモンが手で制した。「写真の男のことを聞くだけだ。ほかのことは気にしない。いいな（ディール）？」

マッコイはうなずいた。「わかった（ディール）」

イーモンがゆるんでいた板を二枚はずし、ふたりはなかに入った。内部は暗く、眼が暗闇に慣れるまでしばらくその場に立っていた。イーモンが建物の奥に見えるぼんやりした光を指さした。階段がかすかに見える。ふたりは光のほうに進んだ。足元に気をつけながら、ゆっくりと。床は古い機械の破片、割れたボトル、かなりの数のハトの死骸で覆われていた。階段の一番下に男がひとり坐っていた。中年、ぶ厚い眼鏡、レインコート、手にはメモ帳を持っている。ページを埋め尽くすように小さな文字がびっしりと書き込まれていた。ふたりが通り過ぎても顔を上げず、小さな声で何かつぶやきながら文字を書き続けている。

階段を上るにつれて物音が聞こえてくる。低いラジオの音。だれかが泣いていた。二階に着くとマッコイは周囲を見まわし、驚いた。工場の内壁が壊され、テニスコート二面ほどの大きさの部屋になっていた。焚火がいくつかあり、そのまわりを人々が囲み、犬が何匹か歩きまわっていた。背後から笑い声が聞こえ、振り向くとひとりの女性が暗闇から現われた。その女性は全裸で、太った体が揺らめく灯りに青白く輝いていた。彼女は片方の手に持ったタオルで股間を拭き、もう片方の手に握ったボトルからサイダーを勢いよく飲んだ。彼女は奥の壁際に並んだ年配の男たちに近づくと、そのうちのひとりにうなずいた。男は立ち上がると彼女のあとを追って暗闇に消えていった。

マッコイは何か言おうとしたが、イーモンが首を横に振った。取引したのだ。自分たちには関係ない。イーモンは隅の小さな焚火を指さした。人々がそのまわりに坐り、ボトルをまわしていた。

「あんたはあそこに坐っていてくれ。長くはかからない。写真は持ってるか？」

マッコイが写真を渡すと、イーセンは一番遠い隅に向かって歩きだした。マッコイは焚火に近づき、うなずいて挨拶をした。そこに坐っている人々はマッコイのことをほとんど気にしていないようだった。イーセンといっしょのところを見た。それで充分だった。彼はあちこちが破れている大きなソファに坐った。隣にはお腹の大きな少女がいて少年の手を握っていた。少年の顔はほとんどが赤いあざに覆われていて、怒っているように見えた。マッコイは煙草を差し出した。全員が一本ずつ取り、何人かは感謝のことばをつぶやいた。どんなときでも最も簡単に仲よくなる方法だ。ひとりの老女――剃り上げた頭に大きな縫い目が走っていた――が煙草で汚れた爪の指で持ったボトルを彼に手渡した。彼はそれを受け取ると、あまり深く考える前に勢いよく飲んだ。岩で殴られたような衝撃があり、思わず吹き出した。まるで希硫酸だ。その女性が彼に微笑んだ。歯がなかった。

「美味いだろ、あ？」

彼はうなずくと、ボトルを返そうとしたが、老女は妊娠した少女を指さした。ボトルを少女に渡すと、彼女はひるむことなくぐいっと飲み、顔にあざのある少年に手渡した。

マッコイはソファに背をもたせかけ、何が起きているのか理解しようとした。《トップ

・オブ・ザ・ポップス》（英国BBC制作のテレビ音楽番組）に出てくるバンドのようにメーキャップをし、けばけばしいシャツにバギーパンツ、黄色い上げ底ブーツを履いた十代の少年が階段の上に現われた。彼は笑いながら、きちんとした身なりの中年男の手を引いていた。スーツ、オーバーコート、ぴかぴかの黒い靴は奥さんが磨いてくれたに違いない。少年は男の手を引いたまま窓際まで歩き、眼の前の厚板の上に缶やボトルを並べた小柄の女性の前に立った。少年は振り向くと男の唇にキスをし、ウォッカのボトルを指さした。男は財布を取り出すと、ためらうことなく五ポンドを渡し、ふたりで暗闇のなかに戻っていった。少年はリバプールから来た長い髪の恋人の歌（ジミー・オズモンドの《リバプールから来た恋人》原題：Long Haired Lover from Liverpool）を歌いだした。何も気にしていないようだ。

マッコイは少年が去っていくのを見ながら、イーモンとのあいだで合意した取引を思い出した。彼はマローンのためにここに来たのだ。それだけだ。彼はまたまわってきたボトルの中身――それがなんであれ――を何口か飲み、お返しにまた煙草を差し出した。時計を見た。イーモンがいなくなってから三十分が経っていた。手作りの司祭服を着た老人が現われ、旧約聖書を何度も何度も暗唱していた。気がつくとマッコイも暗唱を始めていた。過去の記憶が呼び覚まされた。「創世記、出エジプト記、レビ記、民数記……」彼は小さな声で繰り返していた。気づくとイーモンがそこに立って首を振っていた。

「あっという間になじんだみたいだな、あ？　彼を見たやつを見つけたぞ」

マッコイは彼のあとについて、ごみだらけの階段を上った。すぐに下の階が居心地よく見えることに気づいた。その階には焚火はなく、ろうそくが何本かあるだけだった。うめき声や泣き声が聞こえ、あちこちから小便のにおいがした。イーモンが奥に進み、マッコイも離れまいとついていった。ひとりの少女が隅の汚れたマットレスの上であぐらをかいて坐っている。その横には少年が酔いつぶれていた。ろうそくが十代半ばの少女の可愛らしい顔を照らし、また彼女の細い腕にある傷や手首の切り傷を映し出していた。彼女はカーディガンのなかに子犬を抱いており、子犬はボタンのあいだから頭を覗かせていた。

「この娘はビージーだ」とイーモンが言った。「あんたの探している男を見たそうだ」

「ほんとうか？」マッコイはそう言うと、しゃがみこんだ。「どこで彼を見た？」

彼女はマッコイを見たが、無言のままだった。隣の少年がうなり声をあげ、寝返りを打った。マッコイはポケットに手を入れると二ポンド取り出して渡した。

「〈ハミルトン〉を知ってる？」彼女はそう尋ねながら、金をマットレスの下に押し込んだ。「パークヘッドの北の」

マッコイはうなずいた。何年も前に閉鎖された古い感染症病院だ。今はほとんど廃墟になっている。

「そのなか。人が住んでいて、警備員が二週間おきに退去させるんだけど、全員を見つけるのは無理なの。とても大きいから。あたしとアイヴァンが泊まったときに、えーとトミー?」

「あい、トミーだ」

「彼が泊まっていた。お金を全然持ってなかったから、わたしたちのパンを半分あげた。LSDを持ってないかって聞かれた」

「なんて答えたんだ?」

彼女は後ろを手で示した。「アイヴァンが持ってた。あたしは好きじゃないんだ。トミーはここ数日ずっと飲んでたって言ってた。驚かなかった。だって完全にイカれてたから」

「どんなふうに?」とマッコイは訊いた。

「自分の〝使命〟についてずっと話していた。それに自分がどうして選ばれたのかについて。意味不明だった。アリステアって男が自分を導いていて、別の次元から彼に交信してくるんだって。よくあるLSDの幻覚よ」

「その使命とやらがなんなのか言ってたか?」

アイヴァンが起き上がり、体を乗り出して言った。「だれかを自由にしなきゃいけないって言ってた。そうすれば自分を自由にすることができるんだそうだ。去るときが来たとも言ってた」

「去る?」マッコイは訊いた。「どこを去るんだ? 〈ハミルトン〉か?」

アイヴァンは首を振った。「ここだよ。地球だ」

その男たちはマッコイのフラットの外で待っていたに違いない。じっくりと時間をかけ、いい場所を選んで待っていた。運も彼らに味方した。ガードナー・ストリートの街灯が壊れていて、通りは真っ暗だったのだ。マッコイはイーモンを〝鉄格子〟で降ろし、ワッティーを下宿に送り届けていた。車のドアを閉め、あくびをしてベッドに横になることを愉しみにしていたところ、何が起きたか気づく前に、腕を後ろ手にねじ上げられていた。通りを押されて進み、フラットのあいだの路地に押し込まれた。振り向いて、だれなのか確認しようとしたが、男のほうが一枚上手(うわて)だった。振り向こうとするたびに腕を締めあげられ、痛みが増した。背後から複数の人物の声が聞こえた。ふたりか三人はいるに違いない。彼らはマッコイを壁に激しく押しつけ、頭を壁に叩きつけた。鼻から血が流れ落ちるのを感じた。倒れたところを彼らはさらに蹴り始めた。マッコイは両手を上げたが、その前に何発か頭に食らった。蹴りは続いた。歯が折れたのがわかった。腎臓をブーツで蹴られ、うめき声をあげ、激しく息を吐いた。壁に体を寄せて、できるだけ小さくなろうとしたが、男たちのひとりが足をつかみ、彼にもっと簡単に蹴りを入れることができるよう路地の真ん中に引っ張り出した。彼は顔を上げた。見覚えのある人物を見たと思った。そしてブーツが頭の側面にまともに入った。そこまでだった。音がしだいに小さくなり、すべてが遠くで起きているように聞こえた。彼らが蹴りを入れるときのうめき声はまだ聞こえていたが、だんだん小さくなっていった。口のなかに血が溜まっているのを感じていた。蹴りを入れる音がまだ聞こえた。そして何も聞こえなくなった。

19

一九五一年七月八日

彼女がキッチンのドアから出てくるのを見て、彼は泣きだした。彼女は料理の皿を自分の前に差し出した。白いリネンの布巾がその上にかかっていた。見まわしてスティーヴィーを見つけたが、彼はうつむいていた。これについては彼も何もできなかった。だれにもった。まともに息ができなかった。彼女が布巾を取った。そのにおいが彼を襲い、胃がひっくり返りそうになった。まともに息ができなかった。彼女の声はやさしく、理性的だった。

「さあ、これを食べるんでしょ、マッコイ？」

彼はすすり泣きながら、首を振った。涙と鼻水が顔を伝った。

「アフリカには飢えた子供たちがいるというのに、あなたは神様から給わったおいしい食事を食べようとしない」彼女は料理を彼の前に置いた。いやがる彼の手にスプーンを押しつけた。「あなたの行ないはわたしや飢えた子供たち、そして神に対する冒瀆よ。あなたが食べ終えるまでこの料理は何度でも出てくるわ。さあ、食べるのよ」

彼は涙でにじんだ眼で料理を見つめた。冷たい子羊の肉のシチュー。水のように味の薄いスープのなかに脂肪と軟骨の塊、それらすべてが、昨日彼女がスプーンを使って無理やり彼の喉に流し込もうとしたときの嘔吐物と混じり合っていた。彼は母親を求めた。父親を、だれでもいいからこれを止めてくれる人を求めた。食堂の窓は開け放たれ、夏の陽光が木のあいだから射し込んで、壁をまだらにしていた。だれもが無言だった。およそ二百名の少年たちは頭を下げて、それが自分に起きていないことを幸運に感じていた。少なくとも今日は。マッコイは震える手でスプーンを取り、皿の上のどろどろのなかに押し込んだ。シスター・アグネスは彼を見下ろし、その若く愛らしい顔に励ますような微笑を浮かべた。彼はスプーンを口の途中まで運んだものの、落としてしまった。えずいたが何も出ず、痙攣が体を襲った。彼女は彼の後頭部を殴った。激しく。

「泣くのはやめなさい。おおげさね。何も問題はないんだから、さっさと食べるのよ。早ければ早いほうがいいわよ、食べ終わるまでここを離れませんからね」

「失せろ、このクソ女、こいつに手を出すな」

いっせいに息を呑む音が聞こえ、全員のフォークが口に向かう途中で止まった。スティーヴィー・クーパーが立ち上がっていた。怒りと痛みに満ちた十一歳の少年は両脇のあたりで拳を固めていた。彼は体を乗り出すと、シチューの入った皿をテーブルから突き落とした。皿は石の床の上に叩きつけられ、シチューと嘔吐物がシスター・アグネスの脚に飛び散った。

「おまえはクソ女だ。このクソが！」

スティーヴィーは彼女に向かって叫んだ。あらゆる罵詈雑言を浴びせ、テーブルを越えて彼女に近づこうとした。ケリー神父がホールの奥からふたりのほうに向かって駆けだしていた。スティーヴィーは走りだし、開いているドアに向かって逃げ出した。逃げ切れると思ったそのとき、クリスチャン・ブラザーのひとりがテーブルの背後から飛び出してきて、彼に足をかけた。彼はつんのめって、椅子の列に突っ込んだ。クリスチャン・ブラザーがあっという間に彼の上に乗って押さえつけた。

マッコイは彼のほうに走ろうとしたが、シスター・アグネスのほうが早く、爪を彼の腕に食い込ませるようにしてつかんだ。もがいたが、彼女の握力は強く、逃れることはできなかった。ケリー神父は、ズボンから太い革のベルトをはずしながら、大きな足取りでスティーヴィーのほうに向かって歩いた。彼はベルトを頭上に掲げると、スティーヴィーの顔面に思い切り振り下ろした。彼は痛みに悲鳴をあげた。その声が大きなホールに響き渡った。マッコイのまわりでは、子供たちが自分の食事に覆いかぶさるようにしていた。決して見ようとせず、泣いている者もいた。ケリー神父が床の上をスティーヴィーを引っ張って、両開きのドアの向こうに連れていくあいだも、できるだけ早く料理を口のなかに押し込んでいた。

彼はなんとか逃げ出してきたに違いなかった。彼がどこに連れていかれたのかは、だれもが知っていた。地下室の〝独房〟だ。少なくとも三日は閉じ込められる。だれもそこから逃げ出すことはできない。南京錠が掛けられ、その鍵はケリー神父がベルトにぶら下げて持っていた。だが、彼は逃げてきた。眼を覚ますと、ベッドの端にスティーヴィーが立っていたのだ。マッコイは彼を見るなり泣きだしてしまった。スティーヴィーは血まみれだった。体じゅう。髪の毛、体、白いパンツも赤く染まっていた。片方の眼も真っ赤で、白眼の部分が充血していた。

「奥に詰めろ」とスティーヴィーは言った。彼は這うようにしてベッドに上ると、シーツの下にもぐり込んだ。「なんでおまえが泣いてるんだ」と彼は言った。「やられたのはおれだぞ」

ふたりはひと晩じゅうそこに横たわっていた。ふたりともあまり眠れなかった。スティーヴィーはあまりの痛さのため、そしてマッコイはあまりの恐怖のため。血はしだいにシーツに染みていき、マッコイもしだいに血まみれになっていった。彼はベッドの反対側に転がろうとしたが、血がどんどん流れてきて、逃げることはできなかった。腕に血が冷たく貼りつくのを感じ、そのにおいを嗅いだ。振り返ったら、スティーヴィーの髪の毛も顔も、いたるところが血にまみれているのが見えるだろうとわかっていた。

さらに悪いことに、彼は恥ずかしかった。スティーヴィーにまだ独房にいてほしいと思っていることが恥ずかしかった。彼の血にまみれていたくないと思っていること、朝、ケリー神父が、スティーヴィーがいないことに気づいたとき、彼にここにいてほしくないと思っていること、そして自分がそれに関係していたくないと思っていることが恥ずかしかった。

なんとかして眠りに落ちたようだった。眼を覚ますと、明るく、朝になっていた。そしてケリー神父がベッドの脇に立っていた。神父はスティーヴィーの腕をしっかりと握っていた。スティーヴィーは怯えた表情をしていた。

「おまえもだ、小僧」とケリー神父は言った。「クソ仲がいいじゃないか」彼はマッコイの腕をつかんだ、長い爪が肉に食い込む。「さあ。来るんだ」爪がさらにマッコイの腕に食い込む。さらに、そしてさらに……

マッコイは眼を開けた。明るい光。看護婦が彼に覆いかぶさるようにして立っていた。手に注射器を持ち、綿で腕を拭いていた。

「すぐ終わって、また眠くなりますよ、ミスター・マッコイ。すぐ眠くなりますからね」

一九七三年一月五日

20

むっとするようなパイプの煙のにおいがした。〈ラルゲックス〉（筋肉痛などに効く鎮痛剤。スプレー、クリームなどがある）のにおいもする。マレーに違いない。マッコイが眼を開くと、案の定、彼がそこにいた。ベッドの脇のオレンジのプラスチック椅子に坐り、折りたたんだ『グラスゴー・ヘラルド』を膝の上に置いていた。

「ということは、まだ生きてるんだな」とマッコイは言った。

体を起こそうとしたが、腕も脚も重く、体全体がだるかった。話そうとしたが、喉がからからに渇いていて話せなかった。マレーがベッドの脇にあった〈ルコゼード〉（英国の清涼飲料水）のボトルの黄色いセロファンを剝がしてグラスに注ぎ、マッコイの唇に持っていった。

飲んだ。炭酸が効いていて、信じられないくらい甘かった。

「ここはどこですか」彼はなんとかそう言うと、周囲を見まわした。

「西病院だ。ここに連れてこられたことを覚えてないのか？」

彼は首を振った。ベッドのまわりに白いカーテンがあり、遠くから話し声や皿のカチャカチャと鳴る音が聞こえた。「ひどく蹴られたことは覚えてますが、ここに来たことは覚えてません」左手がおかしな感じがした。持ち上げて見ると二本の指が包帯で巻いてあり、そのあいだに副え木が挟んであった。

「だろうな。仕方ない。しばらく意識がなかったんだ。おまえが路地に倒れているのを隣人が発見して通報した」彼は椅子に深く坐った。「眠りながらうめき声をあげて、わけのわからないことを叫んでいた。だれかに逃げろと言ったり、血がどうとか、アグネスという女性についても何か言っていた。いったいなんなんだ？」

彼は首を振った。「わかりません。ほかには？」

そう言うと、彼はボトルを手に取り飲み干した。やっと人間らしく感じてきた。シーツを持ち上げた。パジャマを着せられている。縞模様だ。上着をめくってあざや切り傷があるのをたしかめると、すぐにまた下げた。ズボンのウエストのゴムを引っ張って覗くと、睾丸はいつもの二倍の大きさに腫れあがっており、きれいな茶色がかった青をしていた。何度も蹴られたに違いない。

「合計で十二針縫い、指を二本骨折、打撲は交通事故の被害者のようだったと医者は言っている。数日間安静にしているようにとのことだ」

マッコイは首を振った。マレーはため息をついた。「そう言うと思っていたよ」彼は立ち上がると自分の時計を見た。九時四十九分。「今日はここにいろ。六時に戻ってくる。いいな？（ディール）」マッコイはうなずいた。「だれがやったかわかってるのか」

「そのなかのひとりには見覚えがあるような気がした。頭を蹴られる前に、数秒間見ただけだが」

「だれがおまえを殴りたがってる？　いつもの順番待ちか？」

彼は首を振った。痛い。「最近はおとなしくしてたから」

「そりゃいいことだ。連中はおまえの財布と時計を奪っていった。結局はただの強盗だったのかもしれない」

マッコイの表情が曇った。「財布？」

マレーは空（から）の財布を差し出した。「制服警官が路地で見つけた。写真は残ってる。心配するな」彼は財布をベッドの脇の棚の上に置いた。彼はマッコイを見た。傷を縫った痕と骨折した指を見た。そして去っていった。

夕方、医師らは、マッコイに自らの意思で退院する旨の書類にサインをさせた。若い医師は頭がおかしいとでもいうかのような眼でマッコイを見ていた。〈コデイン〉六錠を持たされ、いくつかの厳重な指示のもとに家に帰された。突然の頭痛や光を敏感に感じるようになったらすぐに戻ってくること。小便に血が混じっていたらすぐに戻ってくること。包帯で留めた指が黒くなってきたらすぐに戻ってくること。マッコイは医師のことばにうなずきながらも、実際には何も聞いておらず、ただ説明が終わるのを待っていた。マレーはかたわらで、片方の手に車のキーを、もう片方の手に服の入ったビニール袋を持って立っていた。子供を迎えに来た父親のようだった。自分のフラットの階段を上がるときは、マレーに手伝ってもらったにもかかわらず、優に二十分はかかった。玄関にたどり着いた頃には汗が吹き出していた。こんなにも痛みを覚え、疲れたのは初めてだった。

よっぽど具合悪そうに見えたに違いない。マレーはその晩、大丈夫かどうか確認するために電話をしてきた。電話は部屋の反対側のサイドボードの上にあったが、それでも二十回鳴ったあとなんとか電話を取った。マレーには万事問題ないと言ったが、嘘だった。体じゅうが痛み、視界の隅がぼんやりしていた。だが病院でもうひと晩過ごすわけにはいかなかった。

なんとかソファに腰かけた。小便と気分が悪くなったときのためのバケツを横に置き、チョコレートを見つけて半分食べ、マレーが置いていった〈ルコゼード〉をボトルから飲んだ。彼は坐ったままベッドカバーを体に掛け、〈コデイン〉を三錠、〈ベル〉で流し込んだ。すぐに眠れることを願って。あの夢が戻ってこないことを願って。

ホームの夢を見るのは久しぶりだった。それはシスター・アグネスの夢のこともあれば、ケリー神父がふたりを地下室に入れたあとに、スティーヴィーの腕を折ったときの夢のこともあった。だがそこにはいつも血があった。夢のなかでマッコイは血まみれで、拭おうとしても拭えず、自分ではどうすることもできなかった。今でも泣いて眼を覚まし、自分がどこにいるのか、何が起きているのかわからないことがあった。〈ナザレの家〉のクソ神父と話したことで、記憶が甦ってきたのだろう。

薬が効いてくるのを感じ、心が漂い始めた。ヘロインを飲むとこんなふうになるのだろうかと思った。もしそうなら、ジェイニーのことを責めることはできない。痛みがゆっくりと引いていった。蹴られたときに一瞬だけ見た男がだれなのか思い出せなかった。もう少しで思い出せそうなのに手が届かない。彼はベッドカバーを持ち上げると、また睾丸を見た。元に戻りつつあると、自分に言い聞かせようとした。ウィスキーをもうひと口飲むと、テレビを見た。ジョン・ウェインが出演している映画だ。ストーリーはわからなかったが、気にしなかった。ただ色彩を眼にし、声を聴き、枕の綿を頰の下に感じているだけで幸せだった。うとうととしてしまい、ウィスキーのグラスが手から滑り落ちて、絨毯の上を転がった。ジョン・ウェインかだれかを撃ち、マントルピースの上の時計が時を刻んでいた。マッコイは眠りに落ちた。

一九七三年一月六日

21

目覚めると、テレビには〝砂の嵐〟が流れていた。ソファの肘掛けにもたれかかって寝ていたため、首筋がこわばっていた。気分はよかった。まだ痛みはあったが、だいぶよくなっていた。包帯を濡らさないようにしながら、一時間かけて風呂に入った。体を拭くと、衣装だんすの鏡の前に立った。全身に黒と黄色のあざが斑点のように広がっている。腎臓のまわりのあざはディナープレートくらいの大きさだ。血尿が出るのも不思議ではなかった。睾丸はだいぶよくなったようだ。彼は鏡に近寄ると、顔を覗き込んだ。あまりいい見栄えではなかった。鼻が腫れあがり、チャズから受けた眼のまわりの青あざもまだ残っていた。

うめき声やうなり声をあげながら十分ほどかけて下着を着たところで、ノックの音がした。マレーが様子を見に来たに違いない。毛布にくるまって、壁で体を支えながら、ゆっくりと玄関まで歩いた。またノックの音がした。

「いま行く、いま行く、ちょっと待ってくれ」と彼は言った。鍵をまわしてドアを開けた。そこにはアンジェラが立っていた。

彼女はサングラスをはずすと、彼を上から下まで見た。「なんてこと、なかに入れてくれる？」

彼はドアを持ち、彼女はおなじみの香水と煙草の香りをさせながら、彼の脇をすり抜けた。マッコイは彼女のあとを追ってリビングルームに入り、ソファに坐った。立ってドアを開けただけで死にそうになった。彼女は部屋のなかを見まわしていた。ソファには丸まった毛布、その横には空のウィスキーのボトルがあり、コーヒーテーブルの上にはバケツと新聞、吸殻であふれた灰皿があった。

「きみが来ると知っていたら、もう少しきれいにしといたのに」と彼は言った。

彼女は黒のマキシコートを脱ぐと、ひざまずいて彼を見た。「いったい何があったの、ハリー？」彼女は彼の顎に手をやり、顔の片側を光のほうに向けた。「まるでトラックに轢かれたみたいよ」

「そこまでひどくはない」

彼女は腎臓のあたりにある大きなあざに触れた。彼は顔をしかめた。「病院に行くべきよ」

「行ったよ。ボーイフレンドの汚れ仕事の結果をたしかめに来たのか？」

彼女は立ち上がると、窓際まで歩いた。「今日は六日よ」と彼女は言った。「なぜあそこに来なかったのかと思って」

突然、彼女の黒いコートとドレスの意味がわかった。「くそっ、薬のせいですっかり忘れていた」

「また花があったわ」と彼女は言った。「大きな花束」

「きみのお母さんか？」

彼女は首を振った。「わからない」

「おれじゃない。それだけはたしかだ。スティーヴィーかもしれない」

「いつもスティーヴィーおじさんには満面の笑みを向けていたわよね」と彼女は言った。

「だれにでも満面の笑みを向けていた。きみもあの子がどんなだったか覚えてるだろ」

「わたしたちみたいな惨めな愚か者が、なんとか世界で一番幸せな赤ちゃんを授かった」

彼女は彼がまだアイロンを掛けていない衣類の山を椅子からどかし、テーブルについた。眼の前に広げられた新聞を片付け始めた。

「三年ね」と彼女は言った。

「信じられない」

彼女はハンドバッグを開け、ハンカチを取り出すと、化粧が崩れないように注意しながら眼元を拭った。うまくいかなかった。涙が多すぎた。黒いマスカラが彼女の頰を伝う。

「泣くなよ、アンジェラ。おれたちのせいじゃない。きみのせいでも、おれのせいでもない。事故だったんだ。わかってるだろ」

彼女は肩をすくめた。

「乳幼児突然死症候群だったんだ。わかってるはずだ。医者がそう言ったじゃないか。きみは自分の傷口をナイフでえぐっているだけだ。おれたちがどういう状態であっても変わりはなかったんだ」

彼女は彼に向かって微笑んだ。「わたしはそうは思わない、ハリー。そう思えたらいいと思うけど、できないの。もしわたしたちがあんなにハイになっていなければ、何かに気づいたかもしれないし、泣き声が聞こえたかもしれない。わからない……」また涙が流れ出した。彼女はハンドバッグのなかを探ると、折りたたみ式の鏡を取り出した。それを開くと舌打ちをし、眼元を拭いた。「ひどい顔、今のわたしにぴったりね」

マッコイは、以前に何度もしていたように、彼女が化粧をなおすのを坐って見ていた。

彼女は、キッチンに一番近い自分の席に坐った。習慣は変わらないものだ。彼は、彼女が妊娠を告げたときにふたりがそのテーブルに坐っていたことを思い出した。そのとき彼と彼女のどちらがより恐れていたかはわからなかった。彼女はすべてをハンドバッグに戻すと、ぱたんと閉めて立ち上がった。ふらついた。マッコイは手を差し出して彼女の体を支えた。

「それでもきみは自分を責めずにはいられないんだな」と彼は言った。

彼女はソファのそばにある〈ベル〉の空き瓶を顎で示した。「あなたもね。おたがいにそうなのよ。ずっとそうだった。それが問題だった」彼女は彼に微笑んだ。「それでも夜を乗り越えられるならなんでもよかった。違う？」

それは習慣になっていた。金曜日の夜に幼い息子を彼女の母親のもとに預け、日曜日の午後に迎えに行く。週末にしたいことをする自由ができ、ふたりのしたいことはいつも同じだった。彼が風紀犯罪課から手に入れることができるものならなんでも、彼女が母親の薬箱からくすねることができるものならなんでもよかった。ほかにはだれも必要なかった。週末はずっとフラットにふたりきりで、テイクアウトの料理とドラッグをやって過ごした。レコードをかけ、眠いぼんやりとした頭でセックスをし、たがいにくだらない話をする。多くの人が考えるすばらしい週末ではなかったが、ふたりにはお似合いだった。幸せだった。

彼女はマントルピースまで歩いていくと、アラン島の砂浜で撮った三人の写真を見た。彼らは通りすがりの男に写真を撮ってもらった。マッコイは水着にTシャツ、アンジェラは水着姿で、タータンの敷物の上に坐り、あいだに赤ん坊を支えて坐らせていた。子供はカメラに向かって、小さな顔に満面の笑みを浮かべていた。幸せな家族。彼女はその写真を手に取ると、赤ん坊の顔に指をやった。

「あの子はあなたに似ていた」そう言うと彼女は微笑んだ。「可哀そうな子」

マッコイは彼女のところに行こうとしたが、ソファから離れることができなかった。全身が痛かった。彼はクッションに体を沈めると顔をしかめた。「こうしたらどうだ。ギブスを喜ばせるんだ。おれがあざだらけで、血のにじんだ小便をしてるって教えてやってくれ」

彼女は写真を置いた。「ジミー？　どうして彼がそんなことを気にするの？」

「やつかどうかはわからなかったが、連中のひとりに見覚えがあった」

彼女は首を振った。「あなたにそれをしたのがだれにせよ、ジミーじゃない。あなたは彼にとってそんなに重要じゃないのよ、ハリー。あなたはいつも自分を過大評価してる」

「ありがとう」と彼は言い、顔をしかめた。折れた肋骨が死にそうなくらい痛かった。彼はコーヒーテーブルの上の薬瓶に手を伸ばした。

「ところでそれは何？」と彼女は訊いた。彼が薬瓶を差し出すと、彼女は軽蔑するようにそれを見た。「アマチュアの飲むものね」彼女は坐ると、ハンドバッグを開け、なかを探して黄色い錠剤を二錠取り出した。馬も倒せそうなしろものに見えた。「一錠飲んだら、少なくとも二十四時間経つまではもう一錠は飲んじゃだめよ。わかった？」

彼はうなずくと〈ルコゼード〉の残りといっしょに飲んだ。「ジミーはまだきみのことを殴ってるんだろ、そうじゃないのか？」彼女は答えなかった。ただ黙ってコートを着た。

「それでおれを捨てたのか？　彼はきみにおれよりもいいものを与えてるのか？」挑発してみたが、乗ってこなかった。

彼女はかがむとキスをした。「自分を大事にしなさい、ハリー」

マッコイは彼女の腕をつかむと手にキスをした。彼女の顔をもう一度引き寄せようとした。が、彼女は彼の手から逃れた。

「うまくいかないわ、ハリー」

「頼むよ、アンジェラ。少なくとも一杯だけでも飲んでいってくれ、いいだろ？」

彼女は首を振った。「いい考えとは思えない。あなたにもわかってるはずよ」彼女はコートのボタンを留め終わると言った。「また会いましょう、ハリー。気をつけるのよ、いいわね？」

「どういう意味だ？」と彼は訊いた。が、彼女は行ってしまった。香水と煙草の香りだけを残して。

彼はしばらくのあいだ、そこに坐ったまま、アンジェラと赤ん坊について、ジミー・ギブスについて、そして自分を追い払いたいと考えているのがだれなのかについて考えた。立ち上がると、アンジェラからもらった錠剤が効いてくるのを感じた。どうにかソファに戻ると、灯りが消えるように気を失った。


彼は激しい尿意とドアを叩く音で眼を覚ました。眼をしばたたき、眠気を払おうとした。マントルピースの上の時計は午後五時を示していた。四時間かそこら眠っていたことになる。玄関のドアを開けるとワッティーが立っていた。手には湯気を立てている茶色い紙の包みを持っていた。彼はそれを差し出すと言った。「腹が減ってるだろうと思って」

ふたりはキッチンのテーブルに坐った。マッコイは急に空腹を覚え、フィッシュ・アンド・チップスをむさぼるように食べた。四十八時間何も食べていなかった。ワッティーは食べながらおしゃべりを続け、署で何が起きているかをマッコイに話した。予想していたとおり、銃の入手経路についてはまだわかっていなかった。警視正はかんかんで、マレーが望むかぎりの残業を許可した。新聞は頭がおかしくなったかのような大騒ぎで、記者がパトカーを追いまわしたり、警察署の前をうろつきまわったりしている上に、〝血塗られた一月〟に関する情報を持っている者に賞金まで提供していた。刑務所がハウイー・ネアンに関するニュースを発表してからというもの、事態はさらに悪化した。情報提供者の線も成果はなく、トミー・マローンと少女についてはだれも何も知らなかった。ワッティーは半日を費やして、アバディーン警察に電話をし、ローナ・スカーヴィングとダンロップ家になんらかの関係がないか、何か手がかりになることはないかを探っていた。

「成果は？」とマッコイは訊いた。

「特に役に立つものはなかった」

「どうした、おまえもひどい目に遭ったのか？」

ワッティーはため息をついた。「だからグラスゴーみたいな都会の人間はいやなんだ。アバディーンはグリーノックとは全然違う。まったく違う土地だってわかってないんだ」

「おれには全部いっしょだ。どちらもグラスゴーとは違う。それだけのことだ」

「ありがとうと言っておくよ」

「社会保障記録については何かわかったか？」とマッコイは訊いた。

「時間の無駄だった。ローナ・スカーヴィングは保護施設や更生施設にいたことはない。

そこでトミー・マローンに出遭ったわけじゃない」

「ならブロートン・ハウスに違いない」とマッコイは言った。

「え？」

「マダム・ポロのところの女の子が、ローナには田舎に住んでいるボーイフレンドがいたと言っていた」

ワッティーは彼を見た。「だからってそのボーイフレンドがブロートン・ハウスに住んでるって言うのか？　田舎は広いんだぞ。まさかこの件がダンロップ家に関係あると決めつけて、なんでもかんでもその考えに無理やり合わせようとしてるんじゃないだろうな？」

「ダンロップじゃない。ギブスだ。ほかにふたりの接点はあったのか、名探偵殿？」

ワッティーは首を振った。「ない。彼女のフラットに行ってみたけど、何もなかった」

「どんな感じだった？」とマッコイは訊いた。

「クリスティーン・ネアの部屋を覚えてるか？　あそこをもっとひどくしたようなもんだった。服に化粧品、雑誌、小さなラジオ。惨めなものだ」

「時間の無駄だったというわけだ」

ワッティーは微笑んだ。「そうでもない。運がいいことに隣人がやたらと詮索好きだった。四六時中、ドアの覗き穴に釘付けになってたに違いない。ドアを叩いたらなかに入れてくれて、こと細かに教えてくれた。ローナには男性の訪問者が何人かいて、ひとりは常連だったそうだ。その男のことをこう言っていた」彼は手帳を見た。「〝だらしない恰好で、ことばづかいの汚い男〟。そいつは夜にしか来なかったから、顔はよく見えなかったそうだ。廊下の灯りはもう何年も壊れてるんだ。そいつがドアを蹴ろうとしたことも何度かあったそうだ」

「トミー・マローン？」

「かもしれない？」

「だとしたらどういうことになる？」

「ひょっとしたら、おれたちは難しく考えすぎていたのかもしれない。トミーは彼女のボーイフレンドで、彼女はその〝田舎の男〟に乗り換えるためにトミーを振ったのかもしれない。トミーはそれを知って彼女を撃った。彼女が彼に用なしだと言い、彼はおかしくなったんだ。おそらく捨てられて頭がおかしくなったんだろう」

マッコイはワッティーの食べかけのチップスを自分のほうに引き寄せるとそれも食べた。

「ただの不細工じゃないんだな、ワッティー坊や。壮大な仮説も、結局はただの痴話喧嘩かもしれないってわけだ」彼はそう言うと、チップを包んでいた紙についた塩と油を舐めてから、丸めてごみ箱に放り込んだ。

マッコイは首を振りながら痛む体でシンクに向かい、手についた酢のにおいを洗い流した。

「ダンロップがやったと思ってるのか？」ワッティーはマッコイのあざを顎で示しながら訊いた。

「どうかな。連中はおれを合法的に消し去るだけの充分な影響力を持っている。マレーが怒り狂ってたのを見ただろう。電話一本ですむ。一瞬見ただけだったが、たしかにひとりに見覚えがあった。だが思い出せない。ジミー・ギブスかもしれないとも思ったが、どうやら違うようだ。頼みを聞いてくれるか？」

「なんだ？」とワッティーが訊いた。

マッコイは包帯を巻いた手を上げた。「服を着るのを手伝ってくれるか？」

優に三十分かけて着替えたあと、ふたりはマッコイの家からガードナー・ストリートへ出た。マッコイはワッティーに手伝ってもらって、なんとかジーンズにズック靴、セーターにコートを着て、クリスマスにおばさんからもらったスカーフを首のまわりに巻いていた。

「ほんとうに大丈夫なのか？」

マッコイはうなずいた。「問題ない。ちょっと〈ビクトリア〉まで行ったらベッドに戻る。家から出たいだけだ。あそこにいると頭がおかしくなりそうだ」少なくともワッティーにはそう言った。

「いっしょに行きたいけど、今夜はサッカーの試合があるんだ。うちとフィニエストンの……」

「それは見逃せないな。行ってこい」

「いいのか？」

「あい、行ってこい。おれはタクシーで丘の上に戻る。タクシーじゃないとたどり着けそうもない。明日の朝、会おう」

中年の女性が毛糸の手袋をはめながら、隣の小路から出てきた。「服を着るのを手伝ってくれてありがとう、ワッティー」とマッコイは大きな声で言った。女性が振り返ってふたりを見ると、そそくさと坂を上って去っていった。

「ほとんどぼろぼろなくせに、あいかわらず笑わせてくれるじゃないか。明日の八時に迎えに来るよ」

22

マッコイはガードナー・ストリートを歩きながら、ワッティーのことばを思い出して、まだひとり笑みを浮かべていた。あざや痛みはあったものの、普通の状態に戻りつつあると感じていた。隣の通りにあるセント・ピーターズ教会で六時のミサの鐘が鳴っていた。いつもより静かに聞こえる。雪が音をくぐもらせているのだ。老夫婦が坂を急いでいる理由がわかった。彼はのんびりとした気持ちでゆっくりと歩き、いざというときはアパートメントの壁にもたれることができるよう、ずっと歩道の内側を歩いた。足を滑らせて、歩道から転げ落ちることは避けたかった。ズック靴のなかが濡れてきたのを感じて、なぜずっと履いていなかったのか思い出した。底に穴が開いていたのだ。

坂を半分ほど下ったところで、ふたりの男に気づいた。ふたりとも背が高い。ひとりは痩せていて派手な恰好をし、しっかりと上着を着込んでいた。もうひとりはかなりの巨体で、古いジーンズにTシャツという姿で寒さに耐えていた。マッコイのことを気にしているようには見えなかった。

彼らは数軒先で待っていた。煙草を吸いながら、彼をちらっと見ると、気づいていないふりをした。マッコイは暗い気分になった。どうやら彼らは自分たちが始めたことを終わらせるために戻ってきたようだ。彼は通りの左右を見渡した。だれもいない。自分と彼らふたりだけだ。最後に残っていた男もセント・ピーターズ教会に入っていった。雪は激しくなり、犬を散歩させる人も、売春宿に向かう人もいなかった。

こういう状況は考えていなかった。病院を出なければよかった。このふたりから身を守るすべはなかった。ふたりはアパートメントの壁から離れると、マッコイのほうにふらふらと近づいてきた。彼は小声で悪態をついた。逃げようとしても無駄だった。この状況では二秒で捕まってしまう。彼はその場に立ったまま、避けられない事態を待った。早く気を失うことを願いながら。

ふたりは近づいてくると、彼の前に並んで立って歩道をふさいだ。大男のほうはまるで自分が悪党であるか、頭がおかしいか、あるいはその両方であるかのようにマッコイに微笑んだ。肉の塊のような拳を開いたり閉じたりしていた。両手の指にC・O・D・Yと青いインクでタトゥーが彫ってある。もうひとりの男は通りの左右を見て、人がいないことをたしかめていた。マッコイは叫んで助けを求めようかと考えたが見込みはなさそうだ。だれも彼の声を聞いていないだろう。

「マッコイ」と派手なほうの男が言った。

彼はうなずいた。否定してもあまり意味はなさそうだ。大きな男が体を乗り出し、マッコイの眼のまわりのあざを覗き込んだ。「痛そうだな」と男は言った。「何があったんだ?」そう言うとクスクスと笑った。百キロを超える大男というよりも五歳の子供のような口調だった。

「黙ってろ、ジャンボ」と派手な男のほうが言った。「行儀よくしてろ」

マッコイは聞いていなかった。ただジャンボという男が最初のパンチを繰り出すのを待ち、別の行動を取れるか考えていた。

「そんなつもりじゃなかったんだ」派手男(はでおとこ)が恥ずかしそうな表情で地面を見ながら言った。「正直なところ、スティーヴィー・クーパーの店だと知っていたら、あんなことしなかった。絶対に」

やっとわかった。〈ベン・ダンカン〉。スティーヴィー・クーパーの帳簿の件だ。ダーティー・アリー。マッコイは緊張が解けるのを感じた。安堵のあまり泣きだしそうだった。

「煙草はあるか?」と彼は訊いた。

派手男はうなずくと、革のボマージャケットのポケットから〈ケンシタス〉をひと箱取り出した。煙草に火をつけるために体を乗り出すのを見て、マッコイは彼がまだ十七か十八歳であることに気づいた。ライターを持つ手が震えていた。彼の指にもC・O・D・Yのタトゥーがあった。

「ビリー。ビリー・リーソンだ」と彼は言い、濡れた髪を顔から払った。

「ジャンボ」ともうひとりの男が言い、自分の胸を指さした。「ジャンボだ」

「黙ってろ、ジャンボ」とリーソンが反射的に言った。ジャンボは言われたとおりにした。黙って微笑み続けていた。リーソンはもう一度ポケットに手を入れ、マッコイに封筒を渡した。なかには小さなハードカバーのノートと数百ポンドの金が入っていた。

「十ポンド足りない」と彼は言った。「ミスター・クーパーにほんとうにすまないと言っておいてくれ。来週には返す。知らずに使ってしまったんだ。今はないだけで、手に入れる。ほんとうだ」

ジャンボはじっと耳を傾け、うなずいた。「ほんとうだ」と言い添えた。

マッコイはその封筒をコートのポケットに入れ、首を振った。「おまえら、自分たちがどれだけ幸運かわかってるのか？　クーパーがおまえらを見つける前におれを見つけられたことを。もしおれがおまえらだったら、すぐにでも十ポンドを返すよ」ふたりはうなずくと、その場に立ったまま、マッコイを見ていた。「どうした、さっさと消えて、どこかで金を手に入れてきたほうがいいんじゃないか？」

マッコイはふたりが通りを急いで去っていくのを見ていた。大きいほうの男のズック靴った〈コデイン〉を一錠取り出すと、水なしで飲んだ。何か飲むものがほしかった。

彼女に会いたいと思った。彼が眼を覚まして署に来ていることを知ったら、マレーは怒り狂うだろう。だから通りの数軒先で待った。おそらくワッティーの言うとおり、ローナ・スカーヴィングは痴話喧嘩の果てに殺されたのだろう。朝になったらマレーに話そう。捜査は規模が縮小されるかもしれない。これ以上何をしても意味がないように思えた。家に帰ろうとしたとき、彼女がカウィーといっしょに出てきた。少し話をしたあと、カウィーは手を振って車に乗り込んだ。彼女は空を見上げて傘を差し、マッコイのほうに歩いてきた。小路から出ると彼女が彼を見た。微笑んだ。そして怯えた表情に変わった。

「なんてこと。大丈夫なの？　襲われたって聞いたけど」

彼はうなずいた。勇敢なる兵士。「大丈夫だ」

「もう、自分がいやになる。昨日の晩はアラスデアとジャッキーにあなたが来ないことをひどく無作法だって言ってたの。ほんとうに大丈夫なの？　ひどい顔をしてるわ」

「ありがとう」

「ああ、もう。ごめんなさい。そんなつもりで言ったんじゃないの」

「大丈夫だ。ほんとうにひどい顔だからな。何か飲まないか？」

「ええ、いいわね。それにあなたはそんなにひどい顔じゃないわ」

彼は通りの先を指さした。「あそこにパブがある。〈グローヴ〉？　少し汚い店だが」

「ここに来た最初の週に〈サリー・ハイド〉に連れていかれたわ。あそこよりひどいところはないはずよ」

〈グローヴ〉は少し汚いが、年寄り向けのちゃんとしたバーだった。女性はスーザンだけだったが、彼女は気にしていないようで、年寄りの頑固者たちの不平不満や怒った顔つきを愉しんでいるようだった。ふたりで奥のテーブルに坐ると、彼女はコンバット・ジャケットを脱いで、髪から雪を払い落とした。レースがついていて、首までボタンのあるビクトリア朝風のブラウスを着ていた。

マッコイはビールをひと口飲んだ。突然、どう切り出したらよいかわからなくなった。

「つまり、きみはフェミニストなんだな？」彼はそう尋ね、すぐに間違いを犯したことに気づいた。

「告発のとおり有罪よ」と彼女は言った。微笑みながら。

「正確にはどうなんだ？」

彼女は彼を見た。彼が冗談を言っていないと悟った。「簡単よ。わたしは男女同権を信じている。同一賃金、同一機会を。バランスを正す必要があるのよ。数世紀にも及ぶ独断的な家父長制度に対して」

彼は最後の部分については何も言わなかった。要点を理解した。「きみの言うとおりだ。間違ってないと思うよ。けど、ほんとうに実現するとは思わない。違うかい？」

彼女は眉をひそめた。「それはどうして？」

「警察を見てみよう。現実の世界では女性は適切に仕事をこなせない。できないんだ。充分な強さがない。喧嘩の仲裁も、だれかを追いかけることも」

「オーケイ、あなたの方程式では、すべての警官にとって真に必要なのは、腕力と体力で、狡猾（こうかつ）さや知力のようなものではないというのね。警察官の採用はそういう基準でされていると言うのね？」

「あい、ほとんどは」

彼女は笑った。「少なくともあなたは正直ね。論文のために何人かの警官にインタビューしたけど、すてきな経験とはいえなかった。神よ、グラスゴー市警からわれらを守りたまえ」

「なんだい？　おれも含まれるのか？」

「あなたは違うかもしれない。見てみましょう」

彼は自分の空(から)のグラスを揺らした。「お代わりは？」

彼女がうなずき、彼はバーに向かった。ビールを待っているあいだ、こっそりと振り返った。彼女は小さな鏡を取り出し、髪の毛をなおしていた。なんだかんだ言っても、見込みはあるかもしれない。

彼は酒を置くと、彼女に煙草を勧めた。彼女は首を振ると、手巻き煙草の入った自分の小さな缶を取り出した。

「おれには作れない」と彼は言った。「不器用すぎて」

彼女は紙の光沢のある縁を唇で濡らし、巻き始めた。「そんな難しくないわ。ちょっと練習が必要だけど」

「それとバナナの房みたいじゃない手もな。グラスゴーに来てどのくらいになるんだ？」

彼女は考えた。「十月の初めから」

「気に入ったかい？」

彼女は彼を見て微笑んだ。「あなたはよくいる気の短いタイプじゃないわよね？」

「ああ、違う」

「よかった。なら言うけど、あんまり好きじゃない。暗すぎるし、寒すぎるし、雨が多すぎる」

彼は激しい戦慄を覚えたようなふりをした。「まさかグラスゴーが嫌いだと言ってるのか？」

「忘れてちょうだい……ああ、しまった！」彼女は自分の額を叩くと、折りたたんだ紙をジーンズの前ポケットから取り出した。「住所を手に入れたの。ベイビー・ストレンジ。あなたに話した女性よ」

マッコイはそれを受け取った。「ケルヴィン・コート。ひどくしゃれたところだ。ジャック・ブキャナン（スコットランドの舞台および映画俳優）もそこに住んでたんじゃなかったか？」彼は顔を上げた。「知らない」彼女は無表情だった。「彼のことを知らないのか？」

「知らない」彼女は微笑んだ。「あなたなら少し力になってくれると思ったの。グラスゴーで実際に売春ビジネスを営んでるのはだれなのか、真の金の流れはだれのところに向かっているのかを知りたいの。取るに足らないポン引きじゃなく、大物よ。その人物のところに連れていって、インタビューさせてもらえない？」

「おれと取引しようというのか？　最初からそのつもりだったのか？」

彼女は首を振った。少し気まずそうだった。「わたしはあなたといっしょに飲みたかった。あなたが大丈夫なのかたしかめたかった……」

「けど……」

ない？」彼女は身を乗り出すと、まじめな顔をした。「より多くの情報を集めれば集めるほど、わたしの論文の精度が高まる。女性の性を搾取する男性、最も正直で最も醜い形の資本主義」

「けど、ベイビー・ストレンジの住所を手に入れたのよ。好意を期待したっていいんじゃ

「なんてこった、そこまでひどくはない。なかには大金を稼ぐ女性たちもいる」

「ポン引きよりも？」

「それはちょっと……」

「違う？」

「おれは毎日、そういったことに対処している。ポン引きと女たち。きみが考えるようにまっぷたつに分かれるわけじゃない」

「搾取は搾取よ。わたしにはとてもはっきりしてるように見える」

「なら、もう少し調査をするべきだ」と彼は言った。「人々の生活は複雑だ。彼らは——

——」

「彼女たちの生活の実態はよくわかってるわ」

「ほんとうに？　大学には搾取的な資本主義がたくさんあると言うのか？　ポン引きや娼婦が教室のまわりをうろついてるとか？」

言ってすぐに後悔した。

彼女は坐りなおした。「いいえ、でもそこにはあなたみたいな男たちがいる。自分自身の生まれながらの性差別の先にあるものが見えていない男たち。女性として生きること、家父長制度の世界で努力して働くことがどういうことなのかわかる？　わたしがフェミニストについて説明しようとしているあいだ、ずっと胸を見られているのがどういう気持ちかわかる？」

自分は違うと言おうとしたが、言えなかった。「待ってくれ、おれたちは愉しい会話をしてると思っていた。結局きみがほしいのは、名前と電話番号、それからおれに自分がどれだけいやなやつ（カント）か教えたかったんだな」

「そのことばがどれだけ侮辱的なのかわかってるの？（カントには女性器の意味もある）」彼女は静かに尋ねた。

「待ってくれ、おれはただ――」

「いいえ、違わない。ただのことばじゃない。あなたみたいな人がいつも口にすることばよ。それを使うたびに、わたしを侮辱し、すべての女性を侮辱している」

「待ってくれ……」

「言ってることとわかる？　次はなんて言うつもり？　〝ユーモアのセンスはどこに行った

んだ〟とか、〝そんなに深刻に考えるなよ〟とか？　もう聞き飽きたわ」

「なんてこった、おれは第三次世界大戦を始めちまってたのか！」

「ずっと昔に始まってたわ」

彼は笑った。彼女は笑わなかった。

「待ってくれ、すまなかった」

スーザンはコンバット・ジャケットを手に取った。「帰ったほうがいいわね」

「気にしないで」と彼女は言うと、長いウールのスカーフを首に巻いた。「大丈夫よ、忘れてあげるから」

彼はため息をついた。「何が起きたのかわからない。体じゅうが痛くて、鎮痛剤と酒のせいだ。普段はこんなにいやなやつ（カント）……いや、ばか（アース）じゃないんだ。ほんとうだ」

彼は最高のナイスガイ的笑顔を見せようとした。が、うまくいかなかった。彼女は靴についたクソを見るみたいな眼で彼を見ていた。ポケットから小銭を取り出すと、テーブルの上に置いた。

「わたしの飲み代よ」

マッコイは彼女がパブをあとにするのを見送った。自分がこんなにあっという間に、ここまで完全に失敗したことに驚いていた。自分のビールを飲み干すと、彼女のウォッカ＆

コークの残りも飲んだ。まわりを見た。ハンチングをかぶり、ひどい入れ歯をした老人たちがバーカウンターにたむろして、くだらないことを話していた。ここはほんとうにクソみたいな場所だ。指が痛かった。脇腹が痛かった。全身が痛かった。スーザン・トーマスとは二度と会うことはないだろう。することはただひとつだった。彼はバーテンダーにタクシーを呼んでもらうと、〈ベル〉をダブルで注文した。その〈ベル〉で〈コデイン〉の残り二錠を飲んだ。十分後、タクシーが到着する頃には薬が効き始めていた。

23

「いいかげんにしろ」

スティーヴィー・クーパーが彼を突っついた。寝てしまったのだろう。

「そいつをやってしゃきっとしろ」

マッコイは体を揺すって眼を覚ますと、筒状にしたメモ用紙を手に取り、小さな包みのなかに入れると、鼻で深く吸った。すぐに覚醒剤（スピード）が効いてくるのを感じ、あっという間に疲れが吹っ飛んだ。ビールをひと口飲み、喉に残った金属のような味を消そうとした。彼った。
　ロニー・ネスミスとスティーヴィーは〈グローヴ〉を出たあと、スティーヴィーを探しに行き、いくつかのパブをめぐったあと、ここにたどり着いていた。ビリー・チャンの夜会が開かれており、白人は彼らだけだった。

　月に一度、ビリー・チャンはさまざまな場所でカジノを開いていた。厳密には違法なカジノで、どんな賭けでも受けた。マンチェスターやリバプールといった、チャイナタウンのあるあらゆる都市から客が集まった。今夜はゴードン・ストリートのレストランで開催されていた。ドアには改装のため一時閉店中という貼り紙があった。マッコイが以前にビリーの夜会を訪れたのは、タウンヘッドにある古いパン屋で開かれたときで、数時間後には全員が小麦粉まみれになっていた。今夜はさらに盛況で、五十人から六十人の中国人がテーブルを囲み、自分たちの命が懸かっているかのようにギャンブルをしていた。ビリーのことだから実際にそうなのかもしれない。

　ふたりは奥のブースに案内された。六人が、飲み物や葉巻、挨拶代わりのポーカーチップの山でいっぱいのテーブルを囲んでいた。スティーヴィーとその連れであるマッコイは、ロニー・ネスミスのゲストということになっていた。ネスミスはショーバンドやエキシビションダンサーが隆盛だった時代から、何年もこの街でクラブを経営していた。彼の店はひとつだけではなかったが、川の南側で商売をしてきていたので、マッコイはあまり彼に会う機会はなかった。

今、ネスミスとスティーヴィーは自分たちの帝国の構築についての話に夢中になっていた。ふたりともスピードが効き始めて、おしゃべりになっていた。マッコイの知るかぎり、ネスミスはスティーヴィーに毎月金を払うことで、クラブを問題なく営業し、スティーヴィーはドアマンを提供して、彼らに薬物とスピードを供給していた。たがいにいいことずくめだった。マッコイの隣には銀色の襟ぐりの深いトップスを着た女の子——名前は覚えていなかった——が坐り、彼の手を握っていた。彼女がマッコイを奥のオフィスに連れていこうとし、ネスミスが彼女に彼をハッピーにしてやるようにと叫んでいたのを覚えていた。彼女はマッコイにフェラチオをしようとしたがうまくいかなかった。〈コデイン〉と酒、そして痛みのせいで勃たなかった。彼は離れるとズボンのチャックを閉めた。

彼女はブラジャーとトップスを床に置いたまま、怯えた表情で彼を見上げた。「ロニーにはよかったって言ってくれる？ お願い」

彼はうなずいた。「愉しかったよ」

だが、彼女はあきらめが悪かった。今度はズボンのポケットに手を入れ、布越しに彼のペニスに触れた。今度はうまくいったようだ。彼が彼女にキスをすると、クーパーがまた彼を突っついた。

「ところで、おまえの署のワッティーとかいう野郎は何をしようとしてるんだ？」

マッコイはクーパーのほうを見た。女の手はまだ彼のポケットのなかだった。「ワッティー？　うちのワッティーのことか？」

「十八歳くらいのでかい野郎で、エアシャー訛りのやつだ。デイヴィー・ウォーターズにうるさくつきまとっている。〈ヴェイル〉にやってきて、〝保護〟を提供すると言ったそうだ」

「あいつは何をしてるんだ？」とマッコイは言った。自分の耳が信じられなかった。

「聞いただろ。うぬぼれてんじゃないのか？　チップをくれるなら眼を光らせてやるって言ったそうだ。ばかな野郎だ。だれを相手にしてるのかわかってんのか？」

マッコイは首を振った。「あいつはまだ来たばかりの新米だ。何もわかっちゃいない」

「じゃあ、そのばかにおとなしくしとくように言っておけ。ウォーターズもばかじゃない。二週間もすればどつぼにはまるぞ。自分の仕事をするように――」クーパーは口を閉ざした。葉巻の煙を顔から払って、前方を見つめていた。「あそこで何か起きてるようだ」

マッコイは顔を上げた。ドアのそばで何か小競り合いが起きていた。眼を凝らそうとしたが、ぼうっとして遠くが見えなかった。タキシードを着た若い男たちの一団が見えた。五、六人が声を張り上げて争っている。なかに入ろうとして止められているようだ。用心棒が彼らを押さえ、そのうちのひとりの襟をつかんで大きな水槽に押しつけて立たせていた。

ロニーの女の子のひとりであるイザベルが、タキシードを着ている男たちのひとりと知り合いだったようで、彼らを落ち着かせようとしていた。彼女は用心棒に若者を解放させると、若者を叱り、ドアから出ていかせようとした。彼女は、若者たちは帰ると用心棒に告げていた。

マッコイのポケットのなかでは女の手がまだ動いていた。

「オフィスに戻りたい？」彼女は耳元でささやいた。

彼はうなずくと立ち上がり、ジャケットで勃起を隠そうとした。ビリーの用心棒も何人か現われ、若者たちをドアから追い出していた。ひとりはまだ何か叫んでいて、イザベルがなだめようとしていた。オールバックの髪に大きな顎。マッコイはもう一度よく見ようとした。ダンロップ・ジュニアに似ていた。テディ。女に腕を引っ張られ、もう一度振り向いたときには、彼はもういなかった。イザベルが何か叫びながら彼のあとを追って、階段を下りていった。銀のトップスを着た女がまた彼の腕を引っ張った。オフィスが呼んでいた。

24

一九七三年一月七日

薄っぺらいガウンの前が開いているのに彼女が心配していないということより、彼女の乳首が青いグリッター（光を反射してきらきら輝く小さな素材）で囲まれているという事実のほうが気になった。

マッコイはプロらしく振る舞おうとしていたが、ワッティーはあきらめて、ただ口を大きく開けて見つめたままつっ立っていた。

「いいえ、わたしは彼女のルームメイトよ。彼女はいないわ、ダーリン」

女はアパートの戸口にもたれかかり、愛想よく微笑んでいた。心ここにあらずといった様子で、まだ何かでハイなのかもしれない。上品な訛りの英語で、彼女が黒人であることを考えれば、なおさら驚きだった。彼女は大きなあくびをした。「もう失礼していいかしら。いま帰ってきたところで、長い夜だったの」そう言うとクスクスと笑った。「彼女はサウンドチェックをしてるんじゃないかしら」

「サウンドチェック？」とマッコイが訊いた。

「ええ、デヴィッドとは長年の友人なの。リンゼイ・ケンプ（英国出身の舞踊家）を通じて知り合ったのよ」

「すまない、お嬢さん、なんのことを言ってるかよくわからないんだが」

彼女はまたクスクスと笑った。「デヴィッドのこと？　今夜でしょ？　街で演奏するんじゃなかった？　グリーンズ・プレイハウスで。始まる前に少し寝ておきたいの」

「なんだって？　デヴィッド・ボウイのことを言ってるのか？」とワッティーが訊いた。やっとなんとか彼女の顔を見ていた。

女は当惑した表情をした。「ほかにだれがいるの？」

「わお、彼女は彼と知り合いなのか？　デヴィッド・ボウイと？」

「ベイビーはだれでも知ってるわよ、ダーリン。だれでもよ。ほんとうに驚きよね。さて失礼するわ。夢の国が呼んでる、チャオ！」

彼女はふたりに投げキスをすると、アパートメントのドアを閉めた。

「信じられない」とワッティーは言い、首を振った。「あれを見たか？」

「見逃すわけないだろ。くそダッファルコートでも掛けられるほどだったな。さあ、行くぞ、おまえに話しておくことがある」

ふたりはケルヴィン・コートの入口を出ると、コンクリートの日よけの下に立った。眼の前のバラ園と芝生は雪に覆われて凍っていた。マッコイは煙草に火をつけると咳き込んだ。今日の最初の一本だ。

「デイヴィー・ウォーターズ」と彼は言った。

ワッティーは突然、通りをアニーズランドの方向に向かうごみ収集車の作業に強い関心があるふりをした。「あの銃の男か？　彼がどうした？」

「あいつには近づくな。それだけだ。運がいいことにだれかがおれの耳に入れてくれた。デイヴィー・ウォーターズのような男は、何が起きたのかさえ知らないうちに、おまえを嚙みつくして吐き出す。わかったか？」

「なんのことを言ってるのかわからないよ」とワッティーは言った。眼はまだごみ収集車を見ていた。

マッコイはため息をついた。そう来るのか？「うぬぼれるんじゃない。あいつには近づくな。自分を偉そうに見せるのはやめろ。デイヴィーが一日じゅうただあそこに坐って、おまえのことを怖がるとでも思ってるのか？　あいつは数えられないくらい暴行で逮捕されてきた。捕まえることができていたら、殺人でも何度か食らってただろう。やつは放っとけ。近づくな。ここはグラスゴーなんだ。くそブリガドーン（一九五四年のヴィンセント・ミネリ監督の映画『ブリガドーン』に由来する、現実離れし、百年に一日だけ現われる牧歌的な地のこと）じゃないんだ。わかったか？」

「あんたに言われたことをやっただけだ」彼はすねたようにそう言った。

「なんだって？」

「コネクションだよ。言っただろ、ゲームでのし上がるためには必要だって」

「なんてこった、そこまでばかだとは思わなかった」

「あの事件が恋人同士の痴話喧嘩だと考えているなら、どうしてベイビー・ストレンジを追いかけるんだ？」

「考えるということと知るということは違うからだ。物事を追いかけて、絵を完成させる。おれたちの仕事をする。マレーが言ってたことを聞いてなかったのか？　さあ、さっさと車をまわしてこい。サウンドチェックとやらに行かなきゃならないんだ。それがなんであろうとな」

グリーンズ・プレイハウスに足を踏み入れるよりもフォートノックス（米国にある軍事基地。金塊保管所がある）に入るほうが簡単だっただろう。入口までたどり着くのに一時間近くもかかった。泣き叫ぶ十代の少女たちをかき分けて進まなければならなかったのだ。レンフィールド・ストリートの人の流れはのろのろとしか進まず、会場のドアに向かおうとして道路を横断する別の少女たちの波に阻まれ、定期的に止まらなければならなかった。何度も押し合いへし合いしたあと、ようやく会場の入口にたどり着いた。マッコイが身分証明証をガラスにかざすと、厳めしい顔をした用心棒がドアを開け、ふたりをなかに入れた。大きなメインドアが背後で閉まると、外の叫び声が突然遮断された。

ワッティーはすっかり興奮していた。過去のコンサートのポスターを指さし、コードの束を運ぶ、太った男たちが通り過ぎるたびに微笑みかけていた。外と同様、建物のなかも寒かったが、客のいない会場を暖めるのはどう見ても金の無駄だった。マッコイはデヴィッド・ボウイのことをよくは知らなかった。女性の宇宙人のように着飾っているところをテレビで何度か見たことがあったが、変人のようだった。だが大物だ。彼に会うのはまるでローマ法王に謁見するようなものだ。ふたりは色あせた案内係の制服を着た男から、マネージャーが来るまで待つように言われた。彼が〝バックステージ〟とやらに案内してくれるはずだった。それが何を意味するにせよ。

ロビーには、何度も何度も繰り返しドラムを叩く音が響いていた。二日酔いのマッコイには少しつらかった。ワッティーは技術者のひとりを呼び止め、ショーの開始時刻を訊いていた。もしこのままだと、無料のチケットを要求しそうな勢いだった。彼はワッティーを呼び寄せた。

「おまえは警官なんだぞ、くそティーンエイジャーじゃない。それらしく振る舞え」

「すまない、ちょっと興奮しちまった。ここに来るのは初めてなんだ。あんたはあるのか？」

マッコイはうなずいた。「去年の夏。フェイセズ」

「ロッド・スチュワートのバンド？」

マッコイはひそかにため息をついた。「ロッド・スチュワートが歌っている、バンドだ」

ワッティーは困惑した顔をした。「あい、そう言いたかったんだよ。よかったか？」

そのときの彼とジェイニーは会場に入る前にマリファナを二本、それぞれを半分に分けて吸っていた。ハイになっていた。警備員の男が元警官だったことから、最前列の席に案内してくれた。ふたりはハーフボトルからワインを飲みながら踊った。バンドは彼らのすぐ近くにいて、同じようにハイになっているようだった。ロッド・スチュワートはマイクスタンドを頭の上でまわしながら、満面の笑みを浮かべていた。《ステイ・ウィズ・ミー》を二回演奏した。最高の曲だ。彼とジェイニーは、汗を流しながらにっこりと笑って、たがいにこの曲を大きな声で歌った。まだハイな気分のまま外へ出ると、道路を挟んだ路地の大きなごみ箱の後ろでセックスをした。

「悪くなかった」

髪にブリルクリームを塗りたくっているようだ。彼は階段の上にある大きなドアを指さした。

「よろしければこちらに」

ふたりは彼のあとをついてドアを通り、だれもいない観客席に入った。「ワンツー、ワンツー」と言う声とドラムの音がここからでもいくぶん大きな音で聴こえ、赤と金色で飾られた古い劇場のなかに響いていた。その場所はビールと湿気、そして煙草のにおいがし、べとべとした絨毯と同じくらい擦り切れたベルベットの席がステージに向かって並んでいた。彼らはステージの横にある階段を上がり、さまざまな小さな廊下やドアを通り抜けた。マッコイはもはや自分たちがどの方向に向かっているのかさえわからなくなっていた。彼らはもうひとつの廊下の途中にあるドアの外で立ち止まった。きらきらした文字で〝スター・ドレッシングルーム〟と書いてあった。その奥から話し声と笑い声が聞こえてきた。小柄なマネージャーはどうしたらいいかわからないようだった。マッコイはしだいに疲れてきて、これらすべてにうんざりしてきた。彼がドアの取っ手に手を伸ばすと、後ろから声がした。

「やめたほうがいい」

「刑事さん?」

ぴちぴちのタキシードを着た小柄な男が現われた。これでもかというほどコテを使って振り向くと、そこには重量挙げの選手のような男が腕を組んで立っていた。カウボーイハットに白いシャツ、ループタイといういでたちだった。案の定、アメリカ訛りだった。

「どういった用かな？」と男は言った。

「いや、結構だ」とマッコイは言い、バッジを見せた。

彼はマネージャーに説明を任せ、楽屋のドアを押し開けた。部屋のなかは人でいっぱいだった。化粧を顔じゅうに塗りたくった若い男たち、ギターをかき鳴らしている少女、線香とヘアスプレーのにおい、大音量の音楽。隅ではスパンコールのついたジャケットにブロンドの長い髪をした男が冗談を言っており、オチになると甲高い笑い声をあげた。マッコイが大きな音で咳払いをすると、全員が彼のほうを向いた。デヴィッド・ボウイ本人がここにいるはずだったが、だれがそうなのかわからなかった。

「ベイビー・ストレンジという人物を探している」と彼は言った。その名前を口にすること自体、ばからしい気分になっていた。

部屋はまた息を吹き返したようになり、そこにいる人たちの頭が隅にいる少女に向けられた。彼女は自分の前に坐っている男の肩をマッサージしていた。男は骨ばった白い肩を露わにしており、ウールの水着のようなものしか着ていなかった。男が顔を上げた。明るいオレンジ色のとがった髪、奇妙な眼。彼がデヴィッド・ボウイだ。女性がマッサージをやめた。その女性は彼と同じくらい風変りに見えた。背が高く、棒のように痩せている。真っ白な髪はちりちりで、ピエロのような狂った化粧をしていた。「配達の人？　よかった。「わたしよ、ダーリン」と女が言い、ピンクの煙草を吸った。みんなちょっと心配してたのよ」

「残念だが」とマッコイは言った。「警察だ。話が聞きたい」

彼らは二階の客のいないディスコに行った。マネージャーは彼らを〈クラウズ〉と書かれた灯りのついていないネオンサインの下のテーブルに案内した。清掃員が舌打ちをしながら、ダンスフロアから乾いたビールと嘔吐物の混ざったようなものを拭き取ろうとしていた。テーブルを囲む湾曲したシートは煙草の火で穴が開いており、黄色いスポンジがはみ出ていた。ベイビー・ストレンジはうんざりした表情でそれを見ていたが、やがて机に突っ伏して、明るい青をした爪の端を噛み始めた。緊張しているようだ。当然だ。

「何が届くと思ってたんだ？」とマッコイは訊いた。

彼女は肩をすくめた。「化粧品。持ってくるのを忘れてしまって。デヴィッドにあげるって約束してたの。日本製なのよ」彼女のアクセントは半分がアメリカ、半分がイギリスだった。特定の単語が抜け落ちたり、そうでなかったりする。

「なんてこった」とマッコイは言った。「おれがクソ化粧品の配達員に見えたっていうのか？」

「わかんないわよ」と彼女は言った。「配達員が普段どういう恰好してるっていうの？」

もっともだ。変人のようではあったが、ばかではなかった。

「で、実際には何をしてるんだ。仕事という意味だ」

「ああ、いつも説明するのが難しいの。人々のためにものを手配してる。みんなが盛り上がるようにね」彼女はふたりに微笑んだ。反応がないのでそのまま続けた。「パーティー、ファッションショー、プロモーション・イベント……」

「娼婦はどうだ？」とマッコイが言った。「そう聞いたぞ。男、女、なんでもありだそうじゃないか。きみに準備できないものはない。そうなんだろ？」

雰囲気が一変した。彼女の顔はこわばり、指をテーブルに打ちつけ始めた。もう笑顔はなかった。

「はっきりいって今日はなんのお役に立てるのかしら、刑事さん？」

「ほんとうなのか？」とマッコイは言った。「娼婦たちのことについても？」

彼女は立ち上がった。「そろそろ失礼させてもらうわ。またやって来て、ばかな話をしたいのなら、どうぞご勝手に。好きにしてちょうだい。アーチー・ロマックス。知ってるわよね？　有名人だから。わたしの顧問弁護士よ。喜んでわたしの隣に坐って手を握ってくれるでしょうね。さてよければ……」

マッコイは動かなかった。「アーチー・ロマックスだと。ほんとうか？　誕生パーティーを手配してるだれかさんにしては、ずいぶんとやり手の弁護士じゃないか？　まあ、坐って話をしよう。さもなければ、配達が届くのを待って、それがどんな化粧品なのかはっきりさせてもいいんだぞ、どうだ？」

彼女は大きな赤いプラスチックの指輪をまわしながら立っていた。どう振る舞おうか迷っていた。ため息をつくと坐った。「これはオフレコ？」と彼女は訊いた。

「ああ」とマッコイは言った。嘘だ。

彼女はピンクの煙草をもう一本取り出すと火をつけた。「説明させて。この街には金持ちがいる。退屈な生活を送っている金持ちが。彼らを元気づけるためにときどきパーティーを開く。わたしは彼らにスパイスを与えるの。膨大な人名簿（ローロデックス）がある。膨大なゲストリストよ」

「娼婦も含めて？」

「ときには。でもほとんどはおもしろい人たちばかりよ。かっこいい男の子、タダメシを食べたいアーチスト、街に来たバンド。退屈した金持ちが突然、もう退屈じゃなくなって、ヒュー・フレイザー（英国の俳優）やルル（スコットランドの歌手）といっしょに『ヘラルド』や『スコッツマン』の社交欄に載るのよ。彼らは突然、流行の最先端を行く人になるの」

「そして彼らはきみに金を払う？」

「ええ、そうよ、ハニー。彼らはお金を払う。気前よく。最近ではだれもがヒップでグルーヴィーになりたがる。退屈な銀行家のじいさんたちでさえね。だれもが有名なミュージシャンに会いたがる。犯罪者にさえ会いたがる。たぶんあなたにも力になってもらえそうね。だんだん流行ってきてるの」

「あい、わかった。じゃあ、人々が求めているものはなんでも提供するのか？　それが商売なのか？」

彼女はうなずいた。「理にかなった範囲で」

マッコイはポケットからローナ・スカーヴィングの写真を取り出し、テーブルの上の彼女の前に置いた。「彼女も？」

彼女は写真を手に取り、眺めるとマッコイに返した。首を振った。「パーティーで何度か見かけたことはあるけど、たいていは太って汗をかいたビジネスマンにまとわりついていた。わたしの趣味じゃない。ちょっと低俗な感じ」

「ブロートン・ハウスのパーティーを手配したことは？」

表情が変わったのは一瞬だけだったが、マッコイは見逃さなかった。恐怖が浮かんだのを。「いいえ、残念だけどわたしとはリーグが違う。彼らはほとんど王族みたいなものよ」

「おっと、謙遜してるようだな。きみのような頭のいい女性が？　きみなら彼らが探しているものを提供することができるはずだ。実際、そうしたんじゃないのか？」

彼女はまた首を振った。「いいえ、わたしじゃないわ」

彼女がそう簡単にダンロップ家をあきらめるわけがない。だがマッコイは彼女の言うことにも一理あると思った。もっと頑張って、アーチー・ロマックスの口座にもっと金を払えるようにならなければ、ダンロップ家と付き合えるようにはなれないのかもしれない。

彼女はあらためて立ち上がると、腕時計を見た。「デヴィッドのリムジンが来るわ。みんな〈オールバニー〉に戻るの。行ってもいい？」

マッコイは微笑むと、首を振った。

「置いてかれたくないの」彼女は不安そうな顔でもう一度微笑んでみせた。「ロックンロールの第一のルールがわかる？　取り残されないことよ」

マッコイはポケットを探って煙草を見つけた。「そうなのか？　いいか、きみの商売についてちゃんと調べてみることもできるんだぞ。『デイリー・レコード』の連中の耳に入れるってのもいいな。社交欄があるかどうかは知らんが、いい記事を書いてくれそうだ。すてきな服を着たきみの写真も大きく載る。そんなことになってきみの金持ちの客がさっさときみを見捨てるのを坐って見ていられるのか？　それがきみの望みなのか？　ダンロップについて話したくないならそれでいい。おれも大人だ。我慢しよう。代わりに何か教えてくれ」

彼女は唇を噛んだ。明るい紫色の口紅が前歯についた。決心して腰を下ろした。

「もう一度写真を見せて」

彼女はそれを見てから返した。「仕事をしたことがある。一年ほど前に一回だけ。わたしの客のひとりがスウェーデン人の仕事仲間を街に連れてきた。彼は自分の特殊な趣味を受け入れてくれる人、普通よりも少し踏み込んだことをしても気にしない人を探していた。彼女の名前が挙がって、セッティングをした。きちんと仕事をこなし、問題はなかった。それ以来、けど行為のあと、彼がシャワーを浴びている隙に、財布から三十ポンド盗んだ。それ以来、彼女とは仕事をしていない」

「彼女は死んだ。犯人は彼女を白昼堂々撃った。なぜそんなことをする？」

彼女は居住まいを正した。「知ってることはすべて話した。だれが彼女を殺したのかを見つけるのはあなたの仕事であって、わたしの仕事じゃないわ」

「だれが殺したかはわかっている。トミー・マローンという若者だ。おれたちは理由を知りたい。彼女はダンロップ家とは面識があるのか？」

「わたしは手配していない」彼女は冷静に言った。

「質問の答えになっていない」

「わかってるわ」と彼女は言った。

マッコイは深く腰かけるとため息をついた。「ワッティー、セントラル署に電話をしてパトカーを呼んでくれ。もううんざりだ」

ワッティーはうなずくと立ち上がった。彼がダンスフロアを半分ほど横切ったところで彼女が口を開いた。

「わかったわ」

小さなひとこと。充分だ。マッコイは彼女を見た。彼女が話し始めた。

「その娘は彼らのために多くのパーティーに参加してる。わたしは手配していないけど、彼女がそこにいるのを見た」

「何をするんだ？」

肩をすくめた。「金を払えばなんでも。女と男、女と女、緊縛、SM、求められればなんでも。支配人を通しているみたいだった。赤みを帯びた髪の毛の男……ジョン？」

「ジミー?」

彼女はうなずいた。「その人。冷たそうな気味の悪いやつ。もうひとり女性がいた。その家で働いている娘だと思う。だれからも好かれようとするばか女。彼はその女にクスリを飲ませて、だれ彼かまわずヤラせてそれを撮影していた。その女は、別の男に呼ばれると愛玩犬みたいに駆け寄っていた」

彼女はことばを切ると、色のついた煙草をもう一本取り出して火をつけた。

「男はその女に腕を出すように言い、彼女がそうすると煙草を腕に押しつけた。笑いながらそれをやってた。二階に行って待ってるように言った。彼女のことをおもちゃと呼んでいたわ」彼女は煙を吐き出した。煙草の煙を通して弱々しく微笑んでみせた。「見ていられなかった」

「なぜ何もしなかったんだ?」とマッコイは訊いた。

「怖かったから」

「だれが?」

彼女は首を振った。「その数日後、その女が首を吊ったとだれかから聞いた。それ以来、ブロートン・ハウスには行っていない」

「その男はだれなんだ?」とマッコイは訊いた。

答えはなかった。彼は待った。彼女はマッコイから眼をそらしたまま、床を見つめながら言った。

「テディ。ダンロップ卿の息子よ」

25

カーブを曲がるときの遠心力で、マッコイは車のドアに強く押しつけられた。ワッティーはほとんど彼に覆いかぶさっていた。

「くそっ」マッコイは小声でつぶやいた。

「しょうがないじゃないか」とワッティーが言い、車がカーブを抜けるとなんとか体をまっすぐにした。サイレンを鳴らし、ライトも点滅させ、全速力で車を走らせていた。前の座席から「バス一台分の隙間がある」と聞こえたあと、車は二台のバスのあいだを鋭くアクセルを踏んですり抜け、赤信号に突っ込んだ。

「吐きそうだ」次のカーブを六十キロのスピードで曲がると、マッコイはそううめいた。なぜそんなに急ぐのかわからなかった。もし彼女が死んでいるのなら、それまでで、彼らにできることはなかった。急ブレーキがかかり、マッコイの体が前の座席の背もたれに激しくぶつかった。彼はうめき声をあげた。すぐになぜ止まったのかわかった。前の通りがグリーンと白のマフラーをした人々であふれており、人々がロンドン・ロードを車のほうに向かってきていた。馬に乗った警官が、それらの人々を、ワインレッドのマフラーをした相手チームのサポーターから引き離そうとしていた。

「試合があることを知らなかったのか？」マレーが運転手に怒鳴った。

彼は首を振った。「すみません、警部」

ボーダーズの訛り。このアホはマレーのラグビーチームの一員に違いない。連中はだれもサッカーのことを知らないのだ。マッコイはグラスゴー市警がグラスゴー出身者を雇うことについて何か言ってやろうと思ったが、考えなおした。

「おまえが彼に教えてやるべきだったんだ、マッコイ。おまえのせいだぞ」とマレーは言った。

「おれのミスだと言うんですか？」とマッコイは言った。

マレーは答えなかった。ただ恐ろしい顔でそこに坐っていた。

車は大きな食肉処理場を鋭く右に曲がり、ダルマーノックに向かった。グラスゴーは小さな地区が集まった都市で、ギャングが縄張り争いをしており、それぞれの地区がだれの縄張りかについて古くから争いがあった。ダルマーノックについてはだれが主張していたか思い出せなかったが、そこを縄張りにしたいと望む者はいなかった。

彼らは、水たまりやがれきによってくぼみのできた泥の区画にそびえ立つフラットの外に車を止めた。入口と一階の窓は、市によって板でふさがれていた。スプレーで書かれたギャングの名前の下に、〝立入禁止――危険〟という注意書きが見えた。だがその効果はあまりないようだった。板の半分は蹴破られたり、こじ開けられたりしており、破片が地面に散らばっていた。

「子供たちがその女性を見つけた」マレーがウインドウの結露を手でこすりながら、外を覗いて言った。「かくれんぼをしていたんだ。叱るわけにもいかない。このあたりじゃほかにすることもないからな」

雪はほとんど横なぐりで、風が車のウインドウに強く打ちつけていた。どうしようもない。走るしかなかった。マッコイがドアを開けると、ほとんど風に持っていかれそうになる。彼は数台のパトカーと救急車のあいだをフラットに向かって走った。トムソンがレインコートを頭からかぶって廊下から出てくると、階上（うえ）を指さした。

「最上階です」と彼は言った。

一見して、その建物のなかにいたのが子供たちだけではなかったことがわかった。フラットのドアは蹴破られ、部屋のなかには古い毛布と〈ペールエール〉の缶が散乱していた。壁紙や床板には火がつけられ、黒く焦げていた。階段吹抜けの屋根のガラス窓があったところから、雪が吹き込んでいた。新鮮な空気が入ってきているにもかかわらず、その場所は小便のにおいがした。彼らはコートから雪を払い落としながら、重い足取りで階段を上った。上のほうでおおぜいの人々が歩きまわって指示を出していた。最上階では、ライトがスタンドに取り付けられ、大きなバッテリーパックがブンブンと音をたてていた。彼らはその横を通り抜けてフラットの部屋のなかに入った。ワッティーが舞台装置のように照らされている部屋を指さした。激しいほどの白い光が部屋じゅうを照らしていた。彼らがここに来た目的であるものを含めて。

何かが血のついたシーツにくるまれて、割れた窓の下の一番遠くの隅に置かれていた。それが女性であることを示す唯一の手がかりは、シーツから突き出ている細い足首と足だけだった。ツイードのスーツに白衣を羽織った五十代後半の女性が、その横の床にひざまずいていた。彼女は振り向くと、彼らを見上げた。「みんな、尊敬するミスター・マレーに見てもらうために、なんにも触れずに待っていたのよ」

「クソようやく来たわね」と彼女は言った。「みんな、尊敬するミスター・マレーに見てもらうために、なんにも触れずに待っていたのよ」

「フィリス」とマレーは言った。「いつもすまない」

フィリス・ギルロイは大柄な女性で、背が高いだけでなく体格もよかった。マッコイがこれまでに聞いたなかでも、一番気取った感じのグラスゴー訛りの持ち主だった。マッコイが警察に加わったときからずっと検察医をしていた。マッコイが辞めたあともしていることだろう。彼女は少し力を入れて立ち上がった。「この天気は膝にはよくないわ、ほんとうに。新鮮な空気を吸いに外に行く。近くにトイレがあるといいけど。あとは任せたわよ、刑事さんたち」

彼女は彼らのあいだを通って出ていった。マッコイは意識的に呼吸をした。効果があることを期待して。一、二、三。一、二、三。彼はライトの光を手でさえぎるようにしてなかに入り、ひざまずいてシーツの隅を引っ張った。血が見え、眼をそらした。一、二、三。マレーが悪態をつくのが聞こえた。マッコイの横に来て、彼を押しのけた。「くそっ、おまえがそんなだと、一日じゅうここにいることになるぞ」マレーは身を乗り出して、シーツの隅をつかみ、ゆっくりと剝がした。シーツはタフィーの包み紙のように皮膚にくっつきながら離れていった。マッコイは奥の剝がれた壁紙を見つめて、ゆっくりと息をしようとした。ワッティーが「なんてこった」とつぶやくのが聞こえ、視線を下ろした。

その女性は裸で、両手を後ろ手にネクタイで縛られていた。二十歳かそこらだろうか、若くて背が高かった。体のあちこちにこびりついた血の下にあざが見えた。黄色。青。黒。

後頭部は、骨が砕けてぐしゃぐしゃになっていて、ブロンドの髪が血にまみれていた。

マレーは靴で彼女の後頭部を示した。「あの女王様が違うことを言わないかぎり、死因は明らかだ。その前にも少し殴られているようだ」

「身元はわかってるのか？」マッコイは死体を見ないようにしながら、そう言った。

「いや。何もわかっていない」とトムソンが言った。「歯の治療記録を調べなければならないから、時間がかかるかもしれない。発見した少年たちもまだショックを受けていて、あまり話が聞けていない」彼はキャリーバッグを指さした。ビールの空き缶から中身が床に流れていた。「例によってアル中の連中もいたようだが、連中がこれに関係あるとは思えない」

マッコイは思い切ってもう一度見た。「ここで殺されたようには見えない。あまり血痕がない」

「それに彼女の衣服はどこだ？」とマレーが付け加えた。「見つかったのか？」

トムソンが首を振った。「彼らが建物の内部をくまなく探しましたが、何も見つかりませんでした」

「彼らだと？」とマレーが聞いた。「そのクソ彼らというのはだれのことだ？」

「制服警官の何人かです」トムソンは恐る恐るそう言った。

「ほう？　で、おまえは何をしてたんだ？　大物気取りか？」

「いえ、そういうつもりでは――」

「行って、自分の眼でたしかめてこい。すぐにだ！」

トムソンは恥ずかしそうに彼らの脇を通って出ていった。マレーは首を振った。「あいつは役に立つのか？　疑問に思えてきたぞ」

「終わった？」

ギルロイがふたたび現われた。その後ろでびしょ濡れの救急隊員ふたりが折りたたみ式の担架を運んできた。マレーがうなずくとギルロイは脇にどいて救急隊員を通した。

「今、何時だったかしら？」ギルロイはそう言うと、自分の腕時計を見た。「六時ね」彼女は宙を見つめ、心のなかで計算していた。「九時頃になる。彼女をきれいにして、何が起きたのかを調べなければならない。だから、それまでは……」

刑事部屋は静かで、背後でラジオが流れていた。数時間前に戻ってきていたが、ギルロイを待つ以外にマッコイにできることはなかった。ワッティーは自分のタイプライターの上に覆いかぶさるようにして、集中しているのか、舌を出しながら報告書を仕上げていた。マッキーがぼんやりしながらビスケットを紅茶に浸し、サッカーくじを記入していた。

「どこまでわかった？」何か言いたくてマッコイが訊いた。彼はいくつかの報告書に眼を通し、電話をし、カウィーのところにお茶を飲みに行った。もう退屈していた。

ワッティーは自分のデスクから彼を見た。「何も」と彼は言った。「ここ数日、彼女の特徴に合った行方不明者の報告は受けていない。あれを家と呼べるのなら、くまなく家探しをしたが、何も出てこなかった。パブがあるだけでまわりには家もない。パブにも行ってみたが、だれも何も見ていないし、車の音も聞いていない。もっともあそこで飲んでる連中のほとんどは、今日が何日かもわかっちゃいないけどな」

「パブのスタッフはどうだ？」

「何も見ていないし、聞いていない」

「すばらしい」とマッコイは言った。「で、何をすりゃいいんだ？」

ワッティーはドアのほうを顎で示した。

「完璧なタイミングだ」記録保管係のファット・ビリーがそこに立っていた。あふれんばかりの段ボール箱を三つ抱えている。「くそっ、手を貸してくれ。死にそうだ」

ワッティーは一番上の段ボールを取ると、自分の机の上に置いた。埃がそこらじゅうに舞い上がった。

「過去六カ月間の行方不明者の捜索願を持ってきてもらった」

ツイードのジャケットの袖に腕を半分通しているところだった。「今回だけは、あのご婦人も仕事が早かったようだ。来い」
「おい、おまえら、行くぞ」ふたりは振り向いた。マレーが自分のオフィスから出てきて
「なんてこった、ワッティー。まだ出世をあきらめてなかったのか?」

マッコイは署の外にいる男から夕刊を買い、車のなかで読み始めた。マレーとワッティーはラグビーの試合についてとりとめのない話をしていた。ローナ・スカーヴィングの記事はどこにもなく、すでに過去のニュースになってしまったようだった。彼はページをめくった。ベルファストでは男がロールスロイスの外で撃たれていた。欧州経済共同体。列車の機関士たちがストライキをすると脅していた。ブルースとアンシア(英国のゲーム番組《ジェネレーション・ゲーム》の司会者ブルース・フォーサイスと番組アシスタントのアンシア・レッドファーンのこと。ふたりは一九七三年に結婚した)の幸せな結婚の秘密。いつものくだらない記事だ。彼はふたたびページをめくり始めて手を止めた。ダンロップ卿と中年の男が握手をする大きな写真。その記事に眼を通した。〝ダンロップ一族とマッケンジー・トラストが『アライド・ニュースペーパー』のTOBを発表。新たな血が必要だ。協力できることを愉しみにしている。株価については明日発表〟。
「これを見ましたか?」彼は体を乗り出すと、マレーに新聞を渡した。彼はそれをちらっ

と見てから返した。

「あい、今朝見た。おまえには関係ないことだ、マッコイ。おまえに関するかぎり、ダンロップ家は存在しないも同然だ」マレーは肩越しに彼を見た。「わかったか？」

「はっきりと」と彼は言い、ため息をついた。

「スカーヴィングとあのマローンというガキに関して新しいニュースは？　何かわかったことはないのか？　警視正がさっさとファイルをクローズするよう迫っている」

「まだ何も。痴話喧嘩が殺人に発展したんじゃないかと思っていました。マローンは何度か彼女の家に来て大声で叫んでいたそうです」

「思っていました？」とマレーは訊いた。

「思っています」とマッコイは言った。「ほかにたしかな証拠はありません。ただ彼女にはほかにもボーイフレンドがいたかもしれない。金を受け取ってプライベートなデートをしたり、鞭や痛みといった変態的なことをしていたかもしれません」

「そのボーイフレンドというのはだれなんだ？」

「わかりません。なんとか調べてますが、トミー・マローンが嫉妬して彼女を殺したというだけじゃない気がしています。そうとは思えません」

「あい、わかった。おれにはクソの平方根程度にしか思えんがな。朝までに何も出てこなければファイルはクローズする。痴話喧嘩の線で」

遺体安置所はクライド川沿いのソルトマーケットにあった。グラスゴー・グリーン・ガーデン（グラスゴーの東にある公園）に面した、どこか奇妙な低層の小さな建物だった。ワッティーが外に車を止め、マレーは車を降りた。ワッティーは彼が立ち去るのを見ていた。手を上げて、マッコイに車のなかにいるように示した。

「どうした？」

「おれたちがまだ話をしていない人物がいるのを覚えてるか？　ネアンのボーイフレンドのボビーだ」ワッティーは自分の胸を指さした。ネアンの胸のタトゥーがあったところだ。

「マレーには会うと言ったんだろ？」

「くそっ」とマッコイは言った。「すっかり忘れてた。頼むからマレーには言わないでくれよ。なんでもっと早く思い出させてくれなかったんだ」

ワッティーはあきれたというように眼をぐるりとまわした。「勘弁してくれよ。時間の無駄だと思ったんだ。そもそもネアンのボーイフレンドが何を知ってるって言うんだ？」

「クソ、たしかに。だが調べておいたほうがいい」

マッコイは部屋の奥に立ち、口で呼吸するように心がけていた。眼の前で起きているこというわけかもっとひどかった。白いタイル、エナメル加工のバケツ、そして漂白剤のにおいのせいだ。見ないようにすればするほど気分が悪くなった。ギルロイが彼のほうを見てニヤニヤ笑いながら首を振った。

「放っておけ」とマレーは言った。「彼なら大丈夫だ。少なくとも今回は建物のなかにはなんとか入ってこられたようだ」

ワッティーはマッコイを見てニヤリと笑い、「びびってんのか」と口元で伝えた。

三人は台の上の死体のまわりに集まった。マッコイには好都合だった。少なくとも三人が視界をさえぎって、何が起きているかを見えなくしてくれていた。時折三人の隙間から、手や緑のシートがちらっと見えるだけだった。ギルロイが脇によけると、斑点のある肌と陰毛が見えた。彼はすぐに下を向くと、床のタイルを数えて息を整えた。気を紛らわせるためならなんでもよかった。それでもギルロイの上品そうな声が耳に入ってきた。

「頭蓋骨骨折。驚くことじゃないけど、充分興味深い。すごく軽いものよ。軽く叩いたような」

「は？」とマレーが言った。「どういうことだ？　後頭部の半分が陥没してるんだぞ」

ギルロイは白衣の胸ポケットからペンを取り出し、頭蓋骨の横の部分を指さした。「彼女は以前から生え際に沿って骨折があった。レントゲンを撮ればはっきりすると思う。何年も前からあったけど、気がつかなかったんでしょう」

「じゃあ原因はなんなんですか？　殴られたとか？」とワッティーが訊いた。

ギルロイは興味深そうな表情で言った。「そのほかの状態を考えると、まったくの事故だったわけではなさそう。でも優秀な弁護士ならそう主張するでしょうね」彼女はテーブルのまわりを移動すると、ふたたびペンで指し示した。「胸と内股、臀部に集中してあざがある。攻撃は間違いなく性的なものよ。膣と肛門の壁が傷つき、裂けている」

「レイプされたのか？」とマレーが訊いた。

ギルロイは首を振った。「そうは思わない。少なくとも従来の意味では。精液もコンドームの痕跡もない。加工していない木製の大きな何かを使っている。それをやったのがだれにしろ、ただ痛みを与えようとしたのね。激しい痛みを」

マッコイは彼らのほうに近づこうとしたが、一歩踏み出したところでめまいを覚えて立ち止まらなければならなかった。タイルの壁に手をついて体を支えた。

「前にもあった」と彼は言った。

「ローナ・スカーヴィング」とマレーが言った。

ギルロイはうなずいた。「今、言おうとしていたのよ」

マッコイは台に近づいた。ゆっくりと歩いた。頭のてっぺんが剝がれそうな気分だった。長い道のりを大急ぎで進むような感覚だ。マレーが振り向くと首を振った。「大丈夫か、マッコイ？　ひどい顔だぞ」

マッコイはうなずいた。口のなかに溜まった唾を飲み込もうとした。「見せてくれ」

マレーはうなずき、彼とワッティーが脇によけた。一瞬、マッコイは気を失ってしまうかと思った。視界の隅がぼやけ、背中を汗が伝うのを感じた。スチールのテーブルの端をつかんで見ようとした。死体は古い傷の上に新しい傷が覆っていた。腕のそばにのこぎりが置かれていて、それも見ないようにした。こめかみが脈打っていた。マレーが彼女の顔からガーゼの布を持ち上げた。そこまでだった。

「飲め」マレーはプラスチックカップに入った水を差し出した。マッコイはひと口飲むと、冷たい一月の空気に息を吐いた。気分がよくなった。彼らは隣の高等法院の砂岩でできた大きな階段に坐っていた。マッコイはどうやってここまで来たか記憶がなかった。検視室を出られたことがただうれしかった。

「すみませんでした」と彼は言った。

マレーは肩をすくめた。「自分でもどうしようもないんだろう」

「死んじまうかと思ったよ」ワッティーが会話に入ってきた。「台の角に頭をぶつけないだけでも運がよかった」

「あの女のところには行ったのか？」とマレーは言った。

「どの女ですか？」とワッティーが訊いた。

マッコイは首を振った。

「最悪の考えというわけではないかもしれない」とマレーは言った。「行っても害はない。おまえの――」マレーは、そこに坐って全身を耳のようにして聞いているワッティーを見て、最後まで言わなかった。

「あい、そうですね」とマッコイは言った。彼はトレンチコートのポケットから煙草を見つけると火をつけた。気分がよくなったが、同時に悪くもなった。頭がくらくらしたが、今度はニコチンのせいだ。〈エンバシー・リーガル〉。最初の一服はいつもそうなる。

「イザベル」とマッコイは言った。

「なんだ？」とマレーが言い、彼を見た。

「彼女の名前です。イザベル」

「彼女を知ってるのか？」とマレーは訊いた。「どうやって？　名字は？」

「名字は知りません。実際には知ってるとはいえない。ロニー・ネスミスの女のひとりで、やつのクラブで働いている。エスコートの仕事もしていたはずです」

バスが通りの反対側で止まり、人々が苦労して乗り込もうとしていた。乗客は多く、スペースは少なかった。

「気に入らないと思う」とマッコイは言った。

「何をだ？」とマレーは言った。

「これから言うことを。昨日の晩彼女を見た。おれはビリー・チャンのカジノにスティーヴィー・クーパーといっしょに――」

「お願いだ、マッコイ。何度言ったらわかるんだ。あんなやつと付き合うのは――」

「ダンロップ」とマッコイは静かに言った。「息子のほうだ。彼女はテディといっしょだった。それにだれかが言っていた。彼は前にもやったことがあると」

一九七三年一月八日

26

「これ以上、何が必要なんですか？」

「いま話した以上のことだ、マッコイ。もっとだ」

マレーが入ってきたとき、彼は自分のデスクで待っていた。そのことにだれもが驚いていた。この何年ものあいだ、マッコイが八時前に署にいることなどなかった。トムソンは信じられず、写真に撮って掲示板に貼っておくとさえ言った。

マッコイは昨日の夜、ずっと考えた。ひげを剃って服を着ているあいだもずっと考えた。何を言うか、どうマレーを説得するか。マレーはいつものとおり、八時三十分過ぎに現われた。機嫌がよさそうには見えなかった。マッコイは彼が落ち着くまで五分待ってから、オフィスのドアをノックした。始まりはよかった。理性的で分別もあった。マレーのデスクの向かいに坐り、なぜ自分たちが扱っている事件が単なる痴話喧嘩ではないと考えているかを静かに説明した。なぜダンロップ・ジュニアを調べなければならないのか。が、うまくいかなかった。もう一度説明しようとした。それでもうまくいかなかった。今、彼は叫んでいた。怒っていた。それがなんの助けにもならないことをわかっていたが、自分を抑えることができなかった。

「イザベル・ガーヴェイはおとといの晩、ダンロップ・ジュニアといっしょに店を出ていった。ダンロップ・ジュニアには女を虐待した過去がある。そしてイザベル・ガーヴェイが死んだ。ローナ・スカーヴィングはダンロップ家で目撃されている。彼女は同じ傷を受けて死んだ。同じあざがあった。なのに、彼らから話を聞く必要はないと言うんですか?」

「そんなことは言っていない。だから坐って二分間だけ話を聞け」

彼はただそこに立っていた。怒りのあまり、言われたとおりにすることができなかった。

「坐れ! すぐにだ!」

彼は坐った。足を前に投げ出して腕を組んだ。

「もし、もしだぞ、ダンロップ家と関係があるのなら、おれたちはそれを見つけて——」

「やつはカジノで彼女といっしょだったんだ!」

「ほかの五十人ほどの人間といっしょにな。おまえも含めて」マレーは静かに話した。ゆっくりと。落ち着きを取り戻そうとしていた。「彼女はほんとうに彼といっしょだったのか？　それとも男たちの一団をその場所から連れ出そうとしていただけなのか？」

「やつは彼女といっしょだった」

「百パーセントそうなのか？　彼女はその男たちと話していて、彼はそのなかのひとりだったんじゃないのか？」

「やつは彼女といっしょに出ていった」彼は断固として言い張った。

「たしかなのか？　半分酔っぱらって、鎮痛剤漬けの状態で、それでも何があったかわかると言うのか？　おれはそうは思わん」マレーはパイプを取り出し、怒ったように煙草をボウルに詰めた。彼はようやく気づいたように顔を上げた。「そうだ、それにスティーヴィー・くそ・クーパーには近づくなと何度言わせるんだ？」

「待ってくれ、マレー。今はそのことは関係ないだろう。同じ傷を受けていた。それが問題だ。クソ同じ傷なんだぞ！　やつが女の子を傷つけるのを見ていた目撃者がいる。おもしろ半分に煙草を女の子の腕に押しつけたんだ」

「その目撃者は名乗り出て、証言をするんだろうな？」

「そう簡単には――」

「だろうな！」彼は手を上げた。「戯言（たわごと）はもうたくさんだ。ダンロップ・ジュニアにも話を訊くことになるだろう。その夜、クラブにいたほかの連中と同じように。それだけだ。そしてわかってるだろうが、それをするのはおまえじゃない」

「頼む、マレ――」

「黙れ。決定だ。おれが決めた。以上。おまえは近すぎるんだ、マッコイ。過去にいろいろとありすぎた。連中がおまえに何か話すと思うか？」

マッコイにはおそらくマレーの言うとおりだとわかっていた。ダンロップ家の弁護士は彼をふたりの一マイル以内には近づけさせないだろう。「じゃあ、だれが？」

「おれだ。それとワッティー」

「ワッティー？　あいつに何がわかるというんだ？」

「たしかに。だがおれにはわかっている。それで充分だ。違うか？」

マッコイは肩をすくめた。「かもしれません」

「まったく、十代のガキを相手にしてる気分だぞ、マッコイ。家にもうふたりいるんだ。職場には必要ない」

ドアをノックする音がした。

「なんだ！」マレーが吠えた。

ドアが開き、ワッティーが覗き込んだ。「ボス、いま話せますか？」

「今はだめだ」

「大事なことなんです」と彼は言った。

マレーはあきれたように眼をぐるりとまわした。「なんてこった、入ってこい」

ワッティーは入ってくると一枚の紙を差し出した。「あの女の件です」と彼は言った。

「イザベル・ガーヴェイ。たった今イースタン署と話をしてたんですが、男が自首してきたそうです」

マッコイは一時期イースタン署に勤務していたことがあった。腐敗した警官であふれたひどい署で、マッコイはすぐに異動願いを出した。二度と戻りたくはなかった。わかったのはだれかが出頭してきて、イザベル・ガーヴェイを殺したと自供したということだけだった。死体を遺棄した場所と死体を包んだシーツの種類を話したということだった。ダンロップ・ジュニアでないことはたしかだった。

イースタン署の玄関フロアは以前と同じだった。ニコチンで黄色くなったクリーム色のペンキ、擦り切れたリノリウムの床、壁にボルトで固定されたベンチ。受付の巡査部長はエジンバラの宿屋の女主人なみの冷ややかな歓迎ぶりで、彼らをそこに立たせたまま、じっくりと電話に時間をかけていた。彼はパーティック・シッスル（グラスゴーのプロサッカーチーム）の勝つ可能性についておしゃべりをしたあと、電話を置くと、カウンターを持ち上げて脇によけ、彼らを通した。

レイバーンが自分のデスクに足を上げて坐っており、三人が刑事部屋に入っていくと、両手を頭の後ろで組んだまま、満面に笑みを浮かべていた。

「マッコイ、ここで何をしてる？　サウナは二軒先だぞ」彼の取り巻きの何人かが笑った。

マレーは笑わなかった。にこりともせず、ただ彼を見た。

「ガーヴェイ殺しで逮捕した男だ。どこにいる？」とマレーが尋ねた。

レイバーンは立ち上がった。行儀よくしたほうがいいと悟ったようだ。「まだ取調室です。出頭してきて事故だったと言っています。殺すつもりはなく、突き飛ばしたら頭を打ったんだそうです。彼女がどこにいたか、どこに捨てたか、事情をすべて知っていました。完璧に」

「なんという男だ？」

レイバーンは自分の手帳を見た。「チャールズ・アレクサンダー・ガウという男です」

「待て。チャズ・ガウのことか？　ビッグ・チャズ？」とマッコイは訊いた。

「だれだそいつは？」とマレーが訊いた。

酒場で用心棒をしている男だ」

「スティーヴィー・クーパーの下で働いている。カンバーランド・ストリートのもぐりの

「おまえのいかがわしいお友達のひとりってわけだな？」とレイバーンが言った。

「あい、そうだ。だがあいつがあの娘を殺すわけがない」

「ふざけんな、マッコイ。そいつは自首してきたんだぞ」

「彼と話せるか？」

レイバーンは首を振った。「冗談だろ。おまえには関係ない」

「なんのために？」マレーがレイバーンを無視してマッコイに訊いた。

「チャズとは古い付き合いなんです。彼の言い分を聞いてみたいだけです」

「それなら無理な注文というわけでもないんじゃないか、ミスター・レイバーン？　彼を取調室に連れてきてくれないか？」とマレーは言った。

レイバーンは動かなかった。マレーが体を乗り出して言った。「すぐにだ、このクソ野郎」彼はやさしくそう言った。「今すぐだ」

「ひどく汗をかいているな」とマレーが言った。

「あいつはいつも汗をかいている。百三十キロはある」マッコイは両手を眼の上にかざす

ようにしてガラス越しに見た。チャズは使い古されたテーブルの前にあるオレンジ色のプラスチックの椅子に坐っていた。その前には吸殻でいっぱいになった〈マキューアン〉（スコットランドのビールの銘柄）のブリキの灰皿が置かれていた。不安そうに首を掻いていた。

「ところで、ありがとうございました」

「礼はいらん」とマレーは言った。「あのレイバーンは自分をなにさまだと思ってるんだ？　バッジをつけたただのデブガキだ」彼は一歩あとずさると、小さな覗き部屋の壁にもたれかかった。「何をするつもりだ、マッコイ？　やつはやったと認めているし、詳細も知っている」マレーがガラスを叩くと、チャズが困惑したように周囲を見まわした。

「そこにいるデブは出頭してきて、吐いたんだ。いただき物の詮索はするな」

「だからこそ心配なんです。さあ、話を聞きましょう」

「元気か、チャズ？」マッコイはドアを開けるとそう言った。

チャズは顔を上げると驚き、同時にマッコイの顔を見て安堵の表情を浮かべた。ひどい状態だった。眼のまわりにあざができ、顔の横には擦り傷があった。小さすぎるスーツは破れ、黄色いナイロンのシャツが透けて見えた。「マッコイ、ここで何をしてるんだ？」

「おまえに会いに来たんだ、チャズ」彼はチャズを上から下まで見た。「イースタン署の連中はあいかわらずのもてなしぶりのようだな。大丈夫か？」

「おれは大丈夫だ。たしかに連中に少し殴られたが、心配はいらない。アイルランドの男が刑務所に入ればよくあることだ」

マッコイはチャズの向かいの椅子を引き出して坐った。「自白したと聞いた」チャズがうなずいた。「そこに立っているのがマレー警部。おれのボスだ。彼はいい警官だ、チャズ。おれがアマチュアに見えるほどに。だから正直に話したほうがいい、どうだ？」

チャズはマレーを横目で見た。「嘘は言っていない。もう警官に話した。おれが彼女を殺した。事故だったんだ。言い争いになって彼女を突き飛ばしたら、頭を壁にぶつけた。強くは当たってないのに。気がついたら彼女は死んでいた。パニックになっちまった」

「ほんとうか？　おまえとイザベルは付き合ってたのか？」彼は机に彫られた〝CUMBIE〟（グラスゴーのギャングの名前）の文字を指でなぞり、顔を上げた。「失礼なことは言いたくないが、チャズ、おまえはもぐりの酒場の用心棒をしているデブの中年だ。彼女のタイプじゃない。いったいどうしたらこんなことになるんだ？」

「おれのタイプなんだ。おれが好きになった」彼は顔を上げた。黒くなった上唇に汗をにじませた。それを拭き取ると言った。「ガールフレンドじゃない。金を払った。いつもの二倍払うと言ったんだ」

マッコイは椅子の背にもたれかかった。「それで？」

「彼女がいやがった。おれが臭くて、太りすぎてると言って。できないと言いだしたから

おれは怒った。無理やりベッドに連れていこうとして、そのときに彼女が頭を打った」

「それだけか？　セックスができなくてもみ合ってるうちに彼女が頭を打ったと言うの

か？」

彼はうなずいた。

「オーケイ、おまえのシナリオを信じるとしよう。じゃあどうして彼女の服を脱がせ

た？」

答えない。

「チャズ？　なんのために彼女の服を脱がせた？」

何も答えない。マレーが一歩進み出た。「彼の質問に答えるんだ、ミスター・ガウ」

チャズはふたりを見ると、太い手を脂ぎった髪の毛にやり、咳をした。「彼女を見たか

ったんだ」

「見たかった？」

彼はうなずき、眼を拭った。「彼女はきれいだった。ただ彼女を見たかった。彼女がど

んなふうなのか見たかった」そして彼は顔をしわくちゃにした。マッコイはポケットから

ハンカチを取り出して手渡した。

「お願いだ、チャズ。どうしてこんなことになっちまったんだ。これはおまえがやったんじゃない」

チャズは頭を振った。今は泣きじゃくっていた。「わからない」

「彼女の服はどうした？」

「ごみ箱に捨てた。あそこに行く途中で車を止めて、どこかのごみ箱に捨てた」

「どこだ？」

彼はまた頭を振った。「覚えてない」

「彼女にはどうしてあざがあったんだ？」とマレーが訊いた。

彼は急に顔を上げると言った。「おれじゃない。おれが服を脱がせたときにはもうあった。ほんとうだ」彼はふたりの顔を交互に見た。ふたりを信じさせようとしていた。「神に誓う、おれはあの娘を殴ってない」

彼らは署の外でパトカーがまわってくるのを待った。タオルを脇に抱えた子供たちの列が彼らの前を通り過ぎていく。先頭には笛を持った女性がいた。もう学校が始まってるのだろう。休日は終わりだ。

「どう思う？」マレーが訊いた。

マッコイは肩をすくめた。「一時間前に訊かれていたら、信じていないと答えたでしょう。法医学的なことや時間的なことは調べてあるんですか？」

「今やってるところだ」とマレーは言った。

「もしそうなら、議論しても仕方ないでしょう」

「だが……おまえにはいつも〝だが〟がある」

「おれはチャズのことを何年も前から知っています。あいつは人生の半分を売春宿やもぐりの酒場で働いてきた。女の子に囲まれ、特典や無料奉仕の分け前をいただいてきた。突然、そのうちのひとりに夢中になることはないでしょう。木にはほかにもたくさんの果実が実ってたんだから」

「彼女は美人だった」

「ロニーのほかの女とそう変わらない。彼女たちはまともなエスコートガールだ。あのあざの説明がつかない。あいつがつけたんじゃなければ、だれがやったんです？」

パトカーが眼の前に停まり、マレーが後部座席のドアを開けた。「おれたちには関係ない。彼が彼女を殺したのなら、だれもそんなことは気にしない。乗っていくか？」

マッコイは首を振った。「歩いていきます」

マレーは暗い空を見上げた。雪が激しくなっていた。「勝手にしろ。だが無駄な捜査はここまでだぞ」

ワッティーはカフェに入ってくると、周囲を見まわした。店のなかは暖かく、コーヒーマシンから出る湯気と揚げ物のにおいが漂っていた。ふたりの年配女性が紅茶を飲んでいた。ふくよかな赤ん坊を膝の上に乗せた女性もいた。マッコイを見つけるのにしばらくかかった。彼は店の奥に坐って宙を見つめたまま、心ここにあらずといった感じで〈パイレックス〉のカップに入った紅茶をかきまわしていた。ワッティーは彼の前に坐り、顔の前で手を振った。

「地球からマッコイへ」

マッコイはかきまぜるのをやめ、スプーンを置いた。「じゃあメッセージは受け取ったんだな」

「あい。見つけるのに時間がかかったよ。どうした？」

マッコイは肩をすくめた。「別に。チャズ。あざのある女の子たち。ダンロップ家のこと。何もかもだ」

「チャズってやつが自首してきたんだろ？　みんな署に戻ってのんびりしてるよ。一日であっという間に解決だ」

「自白した。カナリアみたいに歌ったよ。だがおれはやつがやったとは思わない」

「なんてこった、満足ってことばを知らないんだな。なぜやってもいないことで自首してくるんだよ？」

顔じゅうににきびがあり、ブラウスにデヴィッド・キャシディ（米国の俳優・歌手）のバッジをつけた若い娘が現われた。手帳と端に噛んだ痕のあるボールペンを胸元まで上げると訊いた。

「何にします？」

「紅茶を」とワッティーは言った。「それと笑顔を」

「ないよ」と彼女は言い、去っていった。

「可愛いな」彼は赤いブースを見まわし、ラミネートされたべとべとのメニューを見た。

「なじみの店のひとつなのか？」

「以前から頭蓋骨の骨折があった」とマッコイは言い、ティースプーンで自分の頭を叩いた。

「なんのことだ？」

「イザベル・ガーヴェイ。彼女は初めから頭蓋骨骨折があり、チャズに暴行の前科はない。自白は充分信頼できる。彼は美しい娘にのぼせ上り、その娘は彼のことを汗臭いデブと呼んで、いつもより高い金を払ってもヤラせてくれなかった。そして思わず突き飛ばして——」

「そのあと、死体から服を脱がせてマスをかいた——」

「——悲劇的な事故だ。自責と慚愧（ざんき）の念に堪えない。過失致死。いい弁護士なら六年の刑だ。四年で仮釈放になるだろう。刑務所のなかでは気を配ってもらえる。そういった取引ならチャズのようなやつにとっては一万ポンドでやる価値があるだろう」

「だれが一万ポンドも持ってるって言うんだ？」ウェイトレスが彼の前に紅茶を置くと、ワッティーは椅子に深く腰かけた。「ああ、ちょっと待て。わかった。あの悪魔のようなダンロップが殺して、代わりにチャズに自首させたと言うんだな」彼は頭を振った。「頼むよ、マッコイ。トミー・マローンがローナ・スカーヴィングを撃った。チャズ・ガウがイザベル・ガーヴェイを殺したんだ」

「チャズ・ガウがイザベル・ガーヴェイを殺したと言っている。そのふたつは違う」

「オーケイ、じゃあダンロップはどうやってチャズを見つけたんだ？　おれの覚えてるかぎりじゃ、ブロートン・ハウスに酒場の太った用心棒はたむろしていなかったはずだ」

「ダンロップが彼を見つけたんじゃない。彼らには自分たちに代わってその手のことをするやつがいる。ジミー・ギブスは元警官だ。どこに行けばチャズのような男を見つけられるか知っているはずだ」

「あんたの奥さんと駆け落ちしたジミー・ギブスか？　あんたにはまったく恨みがないと言えるのか？」

「トミー・マローンに銃を与えたのもやつかもしれない」とマッコイは言った。

「あい、バイブル・ジョンも彼なのかもしれない。この事件に関しては、あんたは木を見て森を見ていない。事件は解決した。彼は自白した。終わったんだ」

マッコイはカップを押しやった。「まだだ。まだ今晩が残っている」

「あい？　何をするんだ？」

マッコイは心臓のところを叩いた。「ボビーだ。まだボビーと話していない」

27

マッコイとワッティーはホーソーン・ストリートの渋滞にはまっていた。雪はまだ降り続いており、フロントガラスのワイパーは、雪が積もるのに追いつこうと奮闘していた。ヒーターは最強で、湿ったコートのにおいと煙草の煙が車内に充満していた。マッコイはウインドウを降ろして頭を突き出し、何が起きているのか見ようとした。が、すぐさまウインドウを上げた。凍えそうだった。

「どうしてまだボビーのことを気にしなきゃいけないんだ？」とワッティーが尋ねた。

「気にしてるわけじゃない」マッコイはあくびをしながらそう言った。「だが今のマレーの感じだと、彼と話していないことがばれたら、おれたちふたりともまずいことになりそうだからな」

「ハウイー・ネアンがホモだなんてまだ信じられないよ」とワッティーは言った。

「それはそれは。一九七三年へようこそ。時代は変わってるんだ」

前の車が動きだし、マッコイはギアを入れた。アクセルを踏み込むと、凍結した道路にタイヤが空（から）まわりしてから路面を捉えるのがわかった。ホーソーン・ストリートはポッシルからスプリングバーンまで走っている。人々は自分がどちらの側に住んでいるかをとても気にしていた。スプリングバーンに近ければ近いほど高級な地域だ。その違いはマッコイにとってはどうでもよかった。どちらの端にも一ブロックに四世帯が入った公営住宅や、小さな店、小汚いパブがあった。人々は常にだれかを見くだしていたいのだろう。彼はそう思った。

彼らは鉄道橋をくぐると、グレイハウンドレースのスタジアムの大きな看板下に車を止めた。マッコイがイグニションからキーを抜くと、ラジオが切れた。エルトン・ジョンの《ロケット・マン》がサビのところで途切れた。

ふたりは急いで車から降りると、コートを頭からかぶり、大きな扉を勢いよく開けた。玄関ホールに立って、服から雪を払い落とした。

「ここなのか？」ワッティーが周囲を見まわしながら訊いた。

マッコイはうなずいた。

「ラスベガスじゃないみたいだな？」

「どういう意味だ？　ここは〈アッシュフィールド・クラブ〉だ。もっといいところだ。ビリー・コノリーもここで演奏した。知ってるだろ？　チック・マレー。グレン・デイリー。ほかにも多くの有名人が」

ワッティーはほとんど人のいないクラブを見渡した。「今晩は違うみたいだな」

だれかがクリスマスの装飾にかなりこだわったようだった。きらきらしたテープがまだバーカウンターに掛かっていた。〝シーズンズ・グリーティングス〟の看板やプラスチックのサンタクロース、雪だるまがあちこちに飾られていた。隅で銀色の巨大なクリスマスツリーが点滅している。ふたりは階段を下りると、奥にある長いバーカウンターに向かった。

「ツリーはもう片付けたほうがいいんじゃないのか？」とワッティーが訊いた。「縁起がよくないんじゃなかったっけ？」

「運が悪いのは、むしろそいつを片付けるよう命じられた哀れなやつのほうだろうよ。さあ、行くぞ」

ハチの巣のようなブロンドの髪に、キャッツアイ・グラスをした中年の女性が、酒量分配器と、ペールエールの描かれた鏡に囲まれたバーカウンターのなかに立っていた。ふたりが近づくと、彼女が前に進み出た。

「お客さんたち、何にする？」

マッコイは〈テネンツ〉のタップを顎で示した。「パイントをふたつ」

〈アッシュフィールド・クラブ〉はグラスゴーの名所のひとつだった。マッコイが覚えているかぎり、ずっとそこにあった。ディナーダンス、バンド、コメディアン、ビンゴナイトなど、さまざまなイベントをやっていた。マッコイも何度か来たことがあり、誕生日や仲間とのパーティーで。アンジェラとも一度だけ来たことがあった。とても愉しい時間を過ごした。だが今夜はそうではないようだった。フロアのテーブルの半分は空席で、ステージに近い前のほうの席だけがにぎやかだった。酒をちびちびと飲む年金生活者であふれたテーブルの上のほうには煙草の煙が雲のように立ち込めていた。

「最近はいつもこうよ。テレビのせいでね。今日みたいな夜は特に。けど金曜と土曜は悪くない。まだ混んでるわ」彼女はビールをふたつカウンターの上に置いた。「あんたたち、なんの用でここに来たんだい？」マッコイがポケットに手を入れると、彼女は首を振った。「警官はタダよ。いつもそうしてきた」

マッコイはビールをひと口飲んだ。「そんなにわかりやすいか？」

彼女は微笑んだ。「三十年近くこのカウンターのなかにいるんだ。見逃しやしないよ」

「ボビー・ソーンに会いに来た。いるか？」

彼女はステージのほうを顎で示した。暗闇からピアニストが現われ、赤いスポットライトに照らされた。「ちょうどよかった。彼の登場だ。あんたたちふたりはボビーを見に来るには少し若すぎると思ってたけどね。年寄り連中は彼のことが好きだよ」

彼女の言うとおりだった。彼が金色のカーテンの後ろから現われるとすぐに拍手と歓声が沸き起こった。ボビー・ソーンはミッドナイトブルーのタキシードにフリルのついたシャツ、ベルベットの蝶ネクタイというでたちで、まるまるとした両手にピンキーリングをした小柄な中年男だった。微笑むと、真珠のような歯が光を受けて輝いた。マイクを握った。

「調子はどうだい、みんな？」彼が叫んだ。彼の後ろでピアニストが鍵盤を上下させて奏でる。うっとりした歓声があがると、彼はそのまま《グラニーズ・ハイランウ・ハーメ》を歌いだした。

ワッティーががっかりした顔をした。「なんてこった、ずっと坐って聴いてなきゃなんないのかよ」

「そのようだな。彼をステージから引きずり降ろすのは無理なようだ」

ふたりが席に着くと、年配の女性たちが彼らに向かって微笑んだ。彼女たちはボビーがステージに現われる前から手拍子をして、歌詞を口ずさんでいた。マッコイはビールをちびちびと飲みながら、自分たちはここで何をしているんだろうと思った。もうだれもローナ・スカーヴィングのことなど気にしていなかった。マッコイは自分が気にしているのかどうかさえわからなかった。正直に言えば、彼を突き動かしているのはダンロップ家だけだった。マレーの言うとおりだ。トミー・マローンが自分の頭に銃弾を撃ち込んだ時点で事件は終わっていたのだ。理由や経緯は彼らの問題ではなかった。彼は眼をこすった。疲れ、体が痛み、ベッドが必要だった。あと五曲と二杯のビールでもう限界に達するだろう。彼は隣のテーブルの女性のひとりに体を寄せた。

「休憩はあるんですか？」

女性はうなずいた。ステージから眼をそらしたくないようだった。「《ジィーズ・アー・マイ・マウンテンズ》と《ア・スコティッシュ・ソルジャー》を歌ったら十五分の休憩よ。ショーは愉しんでる？」

マッコイはうなずいた。「あい、すばらしい」

マッコイの趣味ではなかったものの、たしかにボビーは悪くはなかった。観客を喜ばせる方法を知らずに、労働者クラブやバラエティー番組を三十年間も生き抜くことはできない。彼の声は驚くほど深いバリトンで、かなりいけた。それにおしゃべりもうまかった。義母のジョークやアイリッシュ・ジョーク、ビンゴ大会に参加したグラスゴーの女性の話をし、女性のひとりをステージに上げて、セレナーデを歌ってあげることまでした。彼が《ア・スコティッシュ・ソルジャー》を歌い始めると、ワッティーが体を寄せてきた。

「おれたちが会いに来たのが彼だとは思わなかった。母親が彼のレコードを持ってるんだ。ホモだと知ってるんだろうか」

ボビーはエンディングを歌い上げて深々とお辞儀をすると、一杯飲んだら戻ってくると〝仲間たち〟に告げて、ステージを降りた。

近くで見るとボビーはそれほどいい男ではなかった。ズボンを脱ぎ、ようやく自由になって腹を突き出していた。くたびれたエナメルのパンプスの上で脚を組んでいて、小さな楽屋は蒸れた靴下のにおいがこもっていた。顔はメーキャップでオレンジ色をしており、艶やかな頭髪は明らかにかつらだった。彼はウィスキーを飲むと、ふたりを上から下まで見た。マッコイはバッジを見せた。

「おまえらがだれなのかはわかってる。ポリ公。おまえらが来るのをずっと待ってたんだ。やっとだれがやったかわかったんだな、そうだろ？」

「すみません、ミスター・ソーン。捜査はまだ継続中です。ここに来たのは別の件です」

ボビーは手を差し出した。「バッジ」

マッコイは渡した。ボビーはそれを見ると顔をくしゃくしゃにした。「よくここに来れたな、マッコイ。いい度胸じゃないか。彼はおまえのせいで死んだんだぞ。あいつがおまえに話したせいで」彼はバッジを床に投げ捨てた。「出ていけ。おれの楽屋から出ていけ」

マッコイは自分のバッジを拾い、微笑んだ。「あんたのために言っておこう、ボビー、あんたはまだやれるよ。おれが小さい頃、〈キングズ〉であんたを見たのを覚えている。『わが谷は緑なりき』（一九四一年のジョン・フォード監督の米国映画。アカデミー賞作品賞、監督賞等を受賞した）のあんたはよかった。まあ、オスカーの話はさておいて、本題に入ろうじゃないか、あ？」

ボビーはしばらく考えてからウィスキーをもう一杯注ぎ、壁の鏡の上の時計を見た。「あつかましい野郎だ。十分やる。そうしたらステージに戻る」彼はウィスキーをいっきに飲むと、顔をしかめた。「クソまずいな、防虫剤のにおいがする」

「だれがハウイーを殺したか知ってるのか？」

ボビーは首を振った。

「バーリニーのシャワー室でだれか彼の喉を切り裂いたかを言ってるんじゃない。だれがそいつらに金を払ってやらせたかだ。おれはタトゥーを見たんだ、ボビー」彼は胸を叩いた。「心臓の真上。彼がタイルの上に横たわっているときに見た。血が彼から流れ出していた。だれかがやらせたんだ、ボビー、だれかが彼を殺す必要が……」

涙を流していた。ボビーは化粧台の上の箱からティッシュを何枚か取り、眼を拭った。

「二十二年間、おれたちはいっしょだった。クソ二十二年だ。たいていの夫婦より長い。なのにだれも気にかけてくれなかった。おれは新聞であいつの死を知らなければならなかった。だれも教えてくれなかったんだ。連中はあいつの姉に伝えた。あのクソ女はおれに葬式に来るなと言った。あの女とスコットランド国教会かどこかの牧師がやってきて、ふたりともさげすむような眼で見て、おれが葬式に行けば家族が動揺すると言いやがった。おれが！　あいつは家族を嫌っていた。十四歳のときに父親に家を追い出されてから、あの女にもだれにも会っていなかったんだぞ。それなのにあいつらおれを遺体にも会わせちゃくれなかった」

マッコイは体を乗り出した。「助けてほしい、ボビー。怖いのはわかる。連中がハウイーに何をしたかも知っている。だがあんたの力が必要なんだ。あんたがいなければ、やつらを捕まえることはできない。ハウイーは連中のために働いていた、違うか？　刑務所に入る前に？」

ボビーはもうほんとうに泣いていた。ただうなずくだけだった。

「なのに、あのクソ野郎どもはあんたを助けようともしなかった、そうだろ？　連中にどんな借りがあるというんだ、ボビー？　何もないだろ。教えてくれ。頼む」

ボビーはふたりを見た。口を開きかけたとき、彼らの背後でドアが開き、女性が顔を突っ込んで言った。「五分前――」

「出ていけ」とワッティーが言い、ドアを閉めた。

「頼む、ボビー。いったいどういうことだったんだ？　ローナ・スカーヴィング。教えてくれ」

ボビーが煙草を取り出し、ワッティーがライターを持って近寄った。ボビーは震えないようにするために両手の太い指で煙草を持っていた。

彼は深く吸い込むと、口の横から煙を吐き出した。「おまえらは連中がどんななのか知らないだろう。あのふたりは邪悪だ。真のクソ邪悪だ。父親と息子。タッグチーム。それがやつらだ。ひとりの女の子がいた。やつらは荒っぽいのが好きだ。とても荒っぽいのが。だれも止めようとさえしなかった。ハウイーは止めた。その少女を助けようとした結果、自分に何が起きたのかを見た。ほんとうだ、マッコイ。その行為にはおまえの命以上の価値があった」

ピアノの音楽が始まり、ボビーはパニックになった様子で化粧をなおし、靴を履いた。

「頼む、ボビー」

「できない、マッコイ。おれには無理だ。怖いんだ。おれを見ろ。自分の影にも怯える太った中年のホモだ。もし連中があんなに頑強なハウイーをあんな目に遭わせたのなら、おれなんかに何ができる?」

「ふたりが彼女をファックした。そう言ってるんだな? ボビー」マッコイはボビーに覆いかぶさるようにして声を張り上げた。限界まで追い込もうとしていた。「彼らがローナをファックした。彼らふたりが。次に何があった、ボビー? ローナ・スカーヴィングに何があった? ハウイーに何があった?」

ボビーは首を振った。「言えない」と彼は言った。また泣き始めていた。鼻水が流れ出していた。「だめだ、マッコイ。おれにはできない。言えないんだ」彼は肩を上下させながら、そこに坐ってすすり泣いていた。

マッコイはため息をついた。ティッシュを箱から取り出すと、彼に渡した。やりすぎた。あせりすぎたのだとわかっていた。

ふたりはバーカウンターのところに立ち、ボビーがステージに戻って別のナンバーを歌っているのを見ていた。音程は完璧。なにごともなかったかのようだ。さすがベテランだ。

「で、どうする？」《ユー・ニード・ハンズ》の歌声越しにワッティーが尋ねた。

「出よう。ここじゃ自分の声も聞こえない」

外に戻ると、まだ雪が降り続いていた。街灯を見上げると、オレンジ色の光の輪のなかを大きな雪片が回転していた。手も肋骨も痛かった。鎮痛剤はもうない。ワッティーは日よけの下に立って、道の反対側にある、煌々と灯りのついたフィッシュ・アンド・チップスの店に人が出入りするのを見ていた。マッコイはレインコートのボタンを閉めると、マフラーを少しきつく巻いた。

「で、これからどうするんだ？」とワッティーが訊いた。

「何も」とマッコイは言った。「もう何もない」

「どういう意味だ？　ボビーの話を聞いただろ」

「あい、ボビーの話は聞いた。ダンロップは変態的なセックスが好きなようだ。だがあいつが言ったのはそれだけだ。おれたちに使えるものは何もない。どこにも連れていっちゃくれない。ボビーはおれたちに何も話すつもりはない。やつはクソ臆病者だ。心から怯えている。やつを責めることはできない。これでまた振出しに戻った。時間切れだ」

「どうしちまったんだよ？」

マッコイは頭を振った。「おれがどうしたかって？　おれをなんだと思ってるんだ？　おれは死ぬほど蹴られて、手も痛けりゃ体じゅう痛い。おまけにマレーときたら」彼は腕時計を見た。「あと二時間足らずでこの事件をクローズすると言ってる。マレーにとっちゃふたつの殺人事件を解決したことになる。殺人犯のひとりは死に、もうひとりはカナリアみたいに歌っている。そして不機嫌なホモのじじいは、ダンロップ親子が同時にひとりの女の子とファックしたと言う。ほめられた話じゃないが、おれの知るかぎりじゃ犯罪ではない。要はすべてクソだというわけだ。おれに何をしてほしいと言うんだ？」

ワッティーは思わずあとずさった。「くそっ、わかったよ。落ち着けったら。ただ、あきらめるなんてあんたらしくないと思ったんだ」

「この前は頑張ったさ。それでどうなった？　クビになりそうになった。だから今回は言われたとおり、楽な道を行くさ。みんなハッピーだ。クソが。だれも気にしないのに、なんでおれが気にする必要がある？」

ワッティーは肩をすくめた。「じゃあ終わりなんだな？　一件落着。次に進むんだな？」

「ああ、そういうことだ。それで気がすんだか？」と彼は言った。短気なティーンエイジャーみたいに聞こえるのはわかっていたが、自分を止められなかった。

「頼むよ、マッコイ。何をそんなに怒ってるんだ。ダンロップ家のせいにしておれを引きずりまわして時間を無駄にしたのはあんただろ。ボビーがもう少しで何か話しそうなのに、あんたは手を引いた。それで今度は全部おれのせいか？　クソ食らえだ。あんたが前回あきらめたのはおれのせいじゃ――」

「おれはあきらめなかった。おれは――」

「あい、ブロートン・ハウスに行って連中を怒らせたと聞いたぞ。ダンロップにあんたをつぶす完璧な口実を与えた。墓穴を掘ったんだ。驚きはしないけどな」

足を滑らせなければ、マッコイの拳はワッティーの顎をまっすぐ捉えていただろう。実際には肩を中途半端に殴っただけで、雪のなかに尻もちをついてしまった。ワッティーは何も言わず、彼を置き去りにして立ち去った。ホーソーン・ストリートを歩きながら、手を上げて通りかかったタクシーを止めた。

彼女がいるかどうかさえわからなかった。電話をかけるにも番号も知らなかった。ヒルヘッド・ストリートに車を止めて、歩道に降りると体じゅうが痛んだ。見上げると、少なくとも灯りはついていた。いい兆候だ。追い返される可能性のほうが高かったが、やってみる価値はある。

階段を上った。あにはからんや最上階だ。ドアをノックする。鍵を開けるガチャガチャという音がして、スーザンがドアを開けた。そこに立って彼を見ていた。

「もう一度試してみないか？」と彼は訊いた。「ばかなことを言ってすまなかった。もう一度おれに会ってもらえるかわからなかった」

「会いたくない」

「頼むよ、失うものはないだろ？」

「得るものもないわ」彼女はそう言うとドアを閉めた。

彼はそこに立ったままドアを見つめていた。剝がれたペンキとその上に貼られた〝トーマス〟という手書きのラベルを見ていた。

最後の挑戦。彼はかがんで、郵便受けを押し開けると叫んだ。「グラスゴー市警の一員を間近で観察することができる。とことん不愉快な敵について」

答えはない。もう一度やってみた。「おれは正真正銘いやなやつだ、信じてくれ」

足音、そして鍵がまわる音がし、ドアがふたたび開いた。

スーザンが半笑いの顔で立っていた。「それだけ？　あなたの提案はそれなの？　どれだけいやなやつなの？」

「運がいいと思ったほうがいい。おれを論文の主役にできる。ひとりのグラスゴーの警官がどれだけきみに最悪の恐怖を味わわせたかをみんなに伝えるんだ」

彼女は考えた。「もし飲みたいなら、そしていやなやつにならないって約束してくれるなら、十分だけ入ってもいいわ」

彼が敷居をまたごうとした。彼女は手を上げて制した。「はっきりさせておきましょう。もしわたしがあなたと寝ると思っているなら、あなたはわたしが思っている以上のばかよ」

「おれはたぶんきみの言うとおりのばかなんだろうけど、メッセージは受け取ったよ。はっきりとね」

彼女がドアを大きく開け、彼はなかに入った。

彼女はグラスをふたつ、キッチンのテーブルに置き、赤ワインのボトルを開けて坐った。

フラットは暖かく、テーブルの上のろうそくが古いレンジと壁に貼られた巨大なキューバの国旗をぼんやりと照らしていた。レコードプレイヤーがカチッと音をたて、新しいアルバムが始まった。ボブ・ディランの《ブロンド・オン・ブロンド》だ。

「はい、一杯だけよ」

彼女はワインを半分ほど注いだグラスをテーブルの向こう側にいる彼のほうに押した。

「ほんとうのところ、何をしに来たの、マッコイ？」と彼女が尋ねた。

「きみに会いに」

彼女は椅子の背にもたれかかった。納得していないようだ。「どうしてわたしに会いたいと思ったの？　あなたにならいろんな種類の警官好きの女友達がいるでしょうに」

「ああ、いる。列を作ってるよ。でもきみに会いたかった」

「ほんとうに？　それが理由？　家父長制がいかに男の望むことを女性にさせることを期待して構築されているかについて、もっと話してみたかったっていうの？」

「それが第一志望ってわけじゃない」

「オーケイ、署の女性警察官が、男どものためにお茶を淹れることにほとんどの時間を費やしてることとか？」彼女はワインをひと口飲んだ。「最悪なのは彼女たちが自分でそうしてることよ」

「それも違う」

「オーケイ、女の子があまり期待をせず、現状に満足するように条件付けされているにもかかわらず、社会がそれを認めようとしないことについて延々と議論したいとか？」

「もう終わりか？」と彼は訊いた。

「あるいはただわたしとセックスしたいとか？」

「そうかも」

「あなた、脚を引きずって、グラスを持ち上げるのにも顔をしかめているのよ。全身ぼろぼろであざだらけじゃない。ほんとうにできるの？」

彼はうなずいた。

「残念だけど、できるかどうかわかることはないわ」

マッコイはがっかりして顔を伏せた。顔を上げると、彼女がニヤニヤと笑っていた。

「どうしたの？　冗談が通じないの？」

彼女はふたつのグラスを取り、彼の手を取るとキッチンから連れ出した。ボブ・ディランの歌が流れ、悲しい眼をした少女に自分は待つべきかと尋ねていた。

眼を覚ますと、彼女が片肘をついて彼を見ていた。彼は手足を伸ばしてあくびをした。

まだ彼を見ていた。

「なんだい？」

彼女は微笑んだ。「あなたはここでわたしのベッドに横になっている。なのにわたしはあなたのことを何も知らない」

「ああ、そうだな。おれは警官で、きみはおれを男性優位論者のブタ野郎だと思ってるみたいだが、きみの心配に反して、おれはこの仕事にかなり向いてるんだ」

彼女は首を振った。「傲慢なクソ野郎というのも加えて」彼女はベッドサイドテーブルに体を乗り出すと、小さな煙草の缶を手に取り、蓋を開けて、煙草を巻き始めた。「何か話して」

「何を？　何が知りたい？」

「カウィーはあなたが辛い子供時代を過ごしたって言ってた。保護施設で育ったの？」

「あいつが言ったのか？　カウィーのやつ。ああ、あまり愉しくはなかったな」

「ご両親に何があったの？」

彼はため息をついた。今は思い出したくなかった。あるいはいつであっても。

「親父はアル中だった。おふくろはおれが三歳のときにいなくなった。親父はなんとかしようとしたが無理だった。酒を飲むのに忙しかった」

「ひどいわね。ほかにまわりにだれかいなかったの？」

「ああ、叔父さんのトミーがいたけど、親父よりひどかった」

「じゃあ、どうやって……」

「ほんとうに聞きたいのか？」

彼女はうなずいた。

「父親を探してサラセン・ストリートを夜中の十一時にうろついているところを、警官に保護された」

「なんてこと」

「親父は児童虐待で逮捕され、おれは児童養護施設に送られた。十六歳になるまでずっとそこにいた。里親を見つけるには年を取りすぎていた。ようやくおれの里親になってくれた人は、おれが出会ってきたなかで唯一いい人で、おれを署に連れていってくれた。以上だ」

彼女は手巻き煙草に火をつけて吸うと、それを彼に手渡した。

「おれは警察に入った」

「そうすればきっと自分と同じような少年たちを助けることができるから？」

「いいや、おれは言われたことをするのに慣れていたからだ。保護施設にいるとそうなる。

殴られずにすむから」

「お母さんはどうしたの？」と彼女は訊いた。

答えなかった。

「ごめんなさい、もし話したくないのなら――」

彼は手を上げて、彼女のことばを制した。「いいんだ」彼は深く息を吸うと吐き出した。

「十九歳かそこらの頃、巡邏警官から始めた。サラセン・ストリートを歩いていたら、ヴァルカン・ストリートにいた頃に隣に住んでいた女性とばったり遭った。一年ほど前におふくろに遭ったと言っていた。その女性が言うには、彼女は〝神経的〟な理由で入院していたんだそうだ。そこでおふくろと遭った」

「神経的？」

「彼女はウッディリー病院にいたんだ。レンジー・ウェイのはずれにある大きな精神科病院だ」

「で、あなたのお母さんもそこにいたの？」

「ほぼ十年、そこにいた」

スーザンはヘッドボードに背をもたせかけて坐った。

「きみが訊いたんだぞ」とマッコイは言った。「今となっては、訊かなければよかったと思ってるんだろ」

「ごめんなさい」と彼女は言った。

「何に対して？」と彼は訊いた。「たまたまだ。おれはほかの連中よりもうまく切り抜けた。だがほんとうに傷ついたこと、こたえたことがひとつだけある」

「何？」と彼女は尋ねた。どこか不安げだった。「それはなんなの？」

「朝起きたら五分以内に紅茶を飲まないとならないんだ。理由はわからないが、自分では淹れることができない。可哀そうな傷ついた魂を救ってくれないか？」

彼女は煙草を缶の蓋に押しつけて消した。カバーを引っ張るとベッドから出た。「マッコイ、あなたはほんとうにクソ野郎ね」

彼はニヤリと笑った。「砂糖は一個で頼む」

一九七三年一月九日

28

「あのクソやかましい音はなんなの？」

ワッティーの下宿の女主人が窓際に行き、レースのカーテンを開けた。ワッティーは彼女を無視しようとした。やたらと脂肪が多く、ひどく生焼けのベーコンを挟んだロールパンに勇敢にも取り組んでいる最中だったのだ。が、彼女の言うことももっともだ。この数分間、車のクラクションが断続的に鳴り続けていた。

「無礼な男。見て」

ワッティーはため息をつくと、ロールパンの残り半分を紅茶とともに呑み込み、窓際に歩み寄った。マッコイが覆面パトカーの〈ビバ〉に寄りかかって新聞を読んでいた。彼は煙草を落とすと靴で踏み消し、開いている車のウインドウから手を入れてもう一度クラクションを鳴らした。ワッティーがその朝一番会いたくないと思っていた人物だった。彼は女主人の不平を無視し、コートとマフラーを玄関ホールのスタンドから取ると、マッコイがなんと言うのか自分の耳でたしかめるために外に出た。

マッコイは玄関の扉が開く音を聞くと、新聞を折りたたんでコートのポケットに入れた。

「準備できたか？　行くぞ」

「それだけか？」小道を歩きながらワッティーは訊いた。

「それだけとは？」と彼は言い、そして気づいた。「ああ、くそっ」彼は眼をぐるりとまわし、誠実そうに見せようとしたがうまくいかなかった。「わたくし、ハリー・ヴィンセント・マッコイは、昨日、おまえがクソ野郎だったときに殴ろうとしたことをつつしんでお詫びします。これでいいか？」

ワッティーは不本意ながらも笑ってしまった。「それでよしとするよ。で、ここでいったい何をしてるんだ？」

「出かける必要がある。急いでくれ、凍えちまう」

マッコイがエンジンをかけると、ワッティーが笑いをこらえながら乗り込んできた。

「何がおかしい？」

「ヴィンセントだって？」

「おまえは自分がプロテスタントでラッキーだと思え」とマッコイは言った。「イグナティウスと名付けられていたかもしれないんだ（聖ヴィセンテと聖イグナティウスはともにカトリック教会の聖人）」

〈オールバニー〉はグラスゴーで最高のホテルだった。だが同時に最も醜いホテルでもあった。街のはずれの高速道路の近くにある、うんこ色の高層ビルだ。入口にはヨーロッパ各国の国旗がパタパタと風にはためいていた。彼らが車を止めると、今日ばかりはドアマンも忙しそうにし、スーツ姿の男たちが運転手付きのワゴンから降りてくるのを世話したり、騒々しい記者たちを乗せたタクシーのドアを開けたりしていた。ふたりはカメラマンが自分自身とバッグふたつ、さらには三脚を同時に回転ドアを通そうとしているのを見ていた。

「ここで何があるんだ？」とワッティーが訊いた。

「まだオールを漕ぎ続けようと思っただけだ。昨日の晩、おまえがずいぶんとおれに失望していたようだからな」彼は時計を見た。「くそっ、ついてこい。間に合わないぞ」

クリップボードを持ち、苦虫を嚙みつぶしたような表情の女性にバッジを見せると、ふたりは大きな真鍮（しんちゅう）の扉を急いで通り抜けた。ぶ厚い絨毯のロビーに置かれたイーゼルの上の看板が、アレキサンダー・ファンクション・スイートへと案内していた。ふたりは途中に踊り場のある階段を上り、木製のドアがまさに閉じようとしているところになんとか間に合った。

なかにはステージがしつらえられ、そちらに向かって金色の椅子が教会の会衆席のように並んでいた。席はすべて埋まっていた。そのなかの何人かはマッコイも知っていた。『ヘラルド』や『デイリー・レコード』の記者とカメラマン。テレビのクルーも何人かいて、真剣な表情でカメラを持ち、耳にイヤフォンをしていた。空気は重く、煙草の煙が靄のように彼らの上に立ち込めていた。マッコイとワッティーは後方に進み、壁際に並ぶほかの遅れてきた人たちと並んで立った。ワッティーがマッコイのほうを見て、何が始まろうとしているのか訊こうとしたそのとき、ビジネススーツに眼鏡をかけた男がステージに上がり、静粛にするよう求めた。男はおしゃべりの声が収まるのを辛抱強く待ち、マイクに体を近づけると話し始めた。

「みなさん、おはようございます。たくさんのかたにお越しいただき光栄です。これからの段取りについて説明します。ミスター・フォーファーとダンロップ卿が数分後にステージに上がり、それぞれ用意した声明を読み上げます。写真撮影のための握手をし、その後、短い、ほんとうに短いものですが質疑応答の時間を設けます。金融紙からの質問を歓迎しますが、もしタブロイド紙のかたがたが――そうきみのことだよ、メアリー」人々が笑うと、ひとりの女性が立ち上がって小さくお辞儀をした。「質問がある場合は、発表の内容についての質問でお願いします。そのほかはなしです。いいですね？」不服そうな声があがったが、「あい、仰せのとおりに」という声も聞こえた。

「ダンロップのことはあきらめたんじゃなかったのか？」とワッティーが訊いた。

「あい、おまえこそ生意気なガキはやめたんじゃなかったのか？」とマッコイは言い、資料を手に取った。厚手の紙が二枚、ホチキスで留められており、それぞれの一番上に会社のロゴがあった。マッコイは資料に眼を通した。〝スコットランドで最も歴史のある新聞社〈グラスゴー・シチズン〉の力強い新たな章についてお知らせできることを誇りに思うとともに、うれしく思います。新聞社の家系に連なり、自身の慈善事業により大英帝国勲位を授かったジェイムズ・フォーファー。スコットランドビジネス界の重鎮ダンロップ卿〟とある。いつもの戯言だ。ざわめきが起き、顔を上げると、ダンロップとフォーファーがステージの袖に立っていた。

ふたりが進み出ると、カメラのフラッシュが音をたてた。グレイ・ダンロップはあいかわらず完璧ないでたちだった。チョークストライプのスーツ、髪を後ろに流し、ベストからは銀の懐中時計の鎖が覗いている。ジェイムズ・フォーファーは違った。まるでアーブロースの銀行支店長のようだった。ダークスーツにワインレッドのネクタイ、歯ブラシのような口ひげを蓄え、どこか浮かない表情をしていた。その姿からマッコイが思いだしたのは、厳格なバプテストであるウィー・フリー（一九〇〇年にユナイテッド自由教会へ加わることを拒んだスコットランド自由教会の少数派メンバー）だった。武闘派。彼の新聞社には労働組合はなく、女性もいない。日曜日は仕事をしない。そんなところだろうか。ダンロップが微笑みながら演壇に向かって歩き始めた。「おはようございます」と彼が言うと、会場はたちまち静かになった。少なくとも彼には存在感があった。「ジェイムズのご厚意でわたしから始めさせてもらいます」彼はそう言うと、振り向いてフォーファーに感謝の念を示した。マッコイの眼にはあまり感謝しているようには見えなかったが。「今日はジェイムズ、わたし自身、そしてわれわれが代表を務める両社にとって歴史的な日となります。本日をもって、ダンロップ・トラストとフォーファー出版が合併することをここに発表できることを大変うれしく思います」

ダンロップが新たな機会と両社の強みが組み合わさることについて長々と説明しているあいだ、マッコイの眼は部屋のなかをさまよい、やがてダンロップ・ジュニアの姿を捉えた。彼は父親と同じチョークストライプのスーツに、髪を後ろに流した姿で、最前列に坐っていた。うりふたつだ。マッコイはボビーが話していたことを思い出していた。ふたりがローナ・スカーヴィングといっしょにいるところを頭のなかに描いた。美しい絵ではなかった。何がひとりの男に、自分の息子の前でファックしたいと思わせるのだろう？　権力？　だれがボスなのか見せつけるため？　マッコイの想像を超えていた。ダンロップ・

ジュニアがなんのためにそんなことをするのかもわからなかった。彼が女の子に煙草を押しつけるのが好きだったという事実は、彼がイザベル・ガーヴェイを殺したと信じさせるに足る充分な証拠といえるだろうか？　マッコイはもう確信が持てなくなっていた。それはあまりにも飛躍が過ぎるんじゃないだろうか。その判断はワッティーとマレーに任せよう。

今度はフォーファーが演壇に上った。平坦な一本調子の話し方のせいで、何を言っても退屈で聞いていられなかった。聴衆はすでに興味を失い、そわそわしたり、小声で何かを話したりしていた。マッコイも興味を失っていた。昨日の晩にボビーが言っていた〝ハウイーがあの女の子を救おうとした〟ということばが気になった。マッコイの知るかぎり、ハウイー・ネアンはだれかのために何かをするような男ではなかった。特に女性には。ハウイーにとって女性は存在しないも同然だった。パブで彼にサービスを提供しているのでないかぎり、興味はないはずだ。なぜ彼はわざわざローナ・スカーヴィングを救おうとしたのだろうか？

「くそっ」

聴衆の最後尾の列が振り向いて彼を見るまで、マッコイは自分が声に出してそれを言ったことに気づいていなかった。彼は両手を上げて謝罪すると、ワッティーを軽く突いた。

「さあ、もう行くぞ」

ふたりは非難のつぶやきのなか、人ごみを進んだ。ワッティーが手帳を持った小太りの男の足を踏んでしまい、男に盛大な舌打ちとともに、「どこを見て歩いてる」と怒鳴られた。さらに多くの人々が何が起きたのかと振り向き、気晴らしを愉しんでいた。

フォーファーはあいかわらずダラダラと話し続けていた。マッコイが眼をやると、ダンロップが部屋の後ろのほうを見ていた。照明を手でさえぎっていた。マッコイの眼と合った。彼は想像上の前髪を引っ張って別れの挨拶をした。ダンロップはただマッコイを見ていた。虚ろな表情と青い瞳ですべてを見ていた。

29

ボビー・ソーンの家はキングス・パークにあるこぎれいな一階建ての平屋で、サウスサイドの社会的地位の象徴のようだった。庭にはきれいに手入れをされた花壇があり、窓には通りのほかの家と同じように、レースのカーテンがかかっていた。ボビーは、タータンチェックのスラックスに黄色のVネックのセーターを着て、手にクリップボードを持ち、開け放たれたドアの前に立っていた。ゴルフのラウンドを終えてクラブハウスに向かう途中といった感じだった。彼は運び出されていくさまざまな段ボール箱を指さして、ヴァンに載せるものと載せないものを引越し業者に指示していた。ワッティーとマッコイは私道を歩きながら、〝形見〟と書かれた箱を持った少年が通り過ぎることができるよう脇によけた。

「坊主、この荷物はどこに行くんだ？」とマッコイは訊いた。

「ヴァンのなかだよ」と彼は言った。ふたたび降りだした雪からさっさと逃れたいと思っているようだ。

マッコイは少年が生意気なのか、鈍いだけなのかわからなかった。もう一度訊いてみた。

「そのあとは？」

「倉庫に行って、それから国際トラックに乗る。スペインに行くんだと思うよ」

ボビーがクリップボードから顔を上げ、ふたりを見た。うれしそうな顔に見えるよう頑張っていたが、あまりうまくいっていなかった。

「またきみたちか？　二日連続で？　噂になるぞ」

「どこかに行くのか、ボビー？」マッコイは家を出ていく箱の列を見ながらそう言った。

「あい、スペインだ。ベニドルム。しばらく姉のところにやっかいになる」

マッコイは暗くなっていく空を見上げて言った。「そう思うのも仕方ないな。天気はどんどん悪くなる。なかに入れてくれないか？」

ふたりはキッチンのテーブルに坐った。ボビーは箱いっぱいに詰め込まれたしわくちゃの新聞紙を漁って、マグカップを見つけようとしていたが、見つからなかった。「なあ、ボビー、お茶を飲みに来たんじゃないんだ。昨日あんたが言ったことをずっと考えていた」

「なんのことだ？」彼はいぶかしげに訊いた。

「ハウイーがあの女の子を助けたがった。そう言ったよな？」

ボビーはうなずいた。警戒しているようだった。

「なあ、おれはハウイーを知ってるが、あいつが見知らぬ女の子を善意から助けようとするとは信じられないんだ」

「おれと違って、おまえはハウイーのことを知らない――」

マッコイは手を上げた。「もういい、ボビー」彼は詰めかけの箱を見まわした。オレンジの模様の壁紙の絵が掛けられてあったところが明るい跡になっていた。「それがあんたの計画か？　ここから逃げ出して、コスタ・デル・ソルでささやかな老後を過ごすのか？　いくつかのホテルで歌って、水着姿の青年を眺めるのか？　クソみたいなグラスゴーから遠く離れて、ダンロップ家からも遠く離れる。申し分ない。あんたを責めるつもりはないよ。だが残念だったな」

ボビーはキッチンの椅子のひとりに坐った。「何が残念なんだ？」彼は苛立たしげに訊いた。

「おれがあんたを止めようとしているからだ」

彼は首を振った。「まさか、そんなことはできない」

「いや、できる」とマッコイは言った。「それにそうする。だからお茶を淹れたら話を聞かせてくれないか？ボビー、おれが必要なのはあんたじゃない。正直な話、あんたのことなんかどうでもいい。おれがほしいのはダンロップだ。そしてそれを手に入れる。あんたが話したくないなら、それでもいい。黙っていればいい。おれたちがここでちょっとした話をしたことをやつらに知らせたら、あんたはグラスゴーで立ち往生することになるぞ」

「そんなことするつもりはないんだろ」

「いや、やるさ、ボビー。言ったとおり、あんたのことなんか知ったこっちゃない」彼は椅子にもたれかかって微笑んだ。「それともあんたが話してくれるかだ。そうすれば、ダンロップ家の連中は、おれとあんたのことを何も知ることはない。そのどっちかだ」

ワッティーが体を乗り出し、眼の前のやかんを叩いた。

「おれは砂糖ふたつで頼むよ。ありがとう、ミスター・ソーン」

ボビーはしばらく姿を消していると、厚手の大きな封筒を持って現われた。「おれはこのことをあんたに話していない。おれの名前がダンロップ家に知られることはない。そしておれは明日のフライトで旅立つ」

マッコイはうなずいた。

ボビーは坐ると、封筒をテーブルの上の眼の前に置いた。「ハウイーはジミー・ギブスを知っていた。やつが警官だった頃から知っていて、何度か逮捕されたこともあった。数カ月前、ギブスが突然電話をしてきて、会う約束をした。ギブスはハウイーが何者であるか知っていた」

「犯罪者だということか？」

ボビーは首を振った。「ゲイだということだ。そのことは何も気にしていなかった。彼に取引を持ち掛けた。ダンロップ家にアメリカから大事な商売相手が来ることになっていて、その客のためにパーティーを開くからハウイーに来てほしいと言った。どうやらハウイーはその男のタイプらしく、来れば三十ポンド、もしハウイーがその男と仲よくなればさらに三十ポンド支払うと言った」

「あんたはそのことをどう思ったんだ？」

「おれが？」ボビーは肩をすくめた。「ハウイーはハウイーだ。おれはずっと前に、彼がよそで愉しんでも心配しないよう学んだ。心配しても意味がない。あいつはいつもおれのところに帰ってくる。それで充分だ」

そのスピーチがリハーサルをしたように聞こえたのでなければ、マッコイはもっと信じていたかもしれない。そう言わなければならないことに慣れているように聞こえた。実際にそう信じているかどうかはともかくとして。

「それで？」とマッコイは尋ねた。

「あいつは行った。今まで行ったことのないようなパーティーだったそうだ。だれも経験したことのないようなやつだった。酒、ドラッグ、少年、少女、あらゆるものがあった。彼はジミー・ギブスと話をした。彼は、何か——LSDかマリファナ——でラリってるようで、ハウイーに何かやるかとずっと訊いていたそうだ。なんでもあると言っていた。けどハウイーは断った。フリードリンクだけで充分だった」

ボビーは紅茶をひと口飲むと、〈ケンシタス〉に火をつけ、空中に煙を吐き出した。まるで古いハムのように一瞬水気を絞り出したように見えた。

「ギブスがついてくるように言って、大きなマジックミラーのある部屋に彼を連れていった。あいつの趣味だ。ギブスは見るのも、撮るのも好きだったんだ」

彼は封筒を指で叩くと、マッコイのほうに押しやった。

マッコイはそれを開けた。縦二十センチ、横二十五センチの、光沢のある白黒写真が十数枚あった。裸の少女がベッドで横になって笑っていた。手首はベッドの柱に結びつけられ、別の少女が彼女の上にかがみ込み、脚のあいだに顔を突っ込んでいた。次の写真は、大きな部屋で、屋根裏部屋のようだった。壁や床、すべてが白く塗られていた。覆面をしていても写っている男がジミー・ギブスだとわかった。

「トミー・マローンだ」ワッティーがそう言うと、写真を指さした。

マローンがギブスの足元に坐っていた。彼は全裸で、満面に笑みを浮かべ、胸に逆五芒星が描かれた少女に腕をまわしていた。ジミー・ギブスはふたりの後ろに立っており、勃起していて、手には切断されたヤギの頭を持っていた。ヤギの首からは血が滴り落ち、マローンと少女に降り注いでいた。

次の写真はジッパー付きの革製の覆面以外は何も身に着けていない全裸の老人の写真だった。学校の体育館にあるあん馬のようなものに覆いかぶさり、ハウイー・ネアンが後ろからファックしていた。さらにあった。もっとセックスがあり、縛られた人々があり、べッドや部屋があった。そしてそのうちの一枚がマッコイの手を止めた。呼吸が止まるような感覚だった。彼は顔を上げると言った。「何か酒はないのか？」ボビーはうなずくと、ワッティーに山の上からいくつか箱を取るのを手伝うように頼んだ。そのすきにマッコイは一番下の写真をコートのポケットに滑り込ませ、残りをテーブルの上に戻した。

「この連中はだれなんだ？」

ボビーはウィスキーのボトルを見つけ、それぞれのマグカップに注いだ。「娼婦、バスターミナルで見つけてきた家出人、刺激を求める金持ちのガキ、屋敷で働いている使用人、だれでもいた。ギブスはあらゆるところから拾ってきた」

「そしてハウイーは思いついた。その写真を使って脅迫しようとしたんだな？」それは質問ではなかった。

ボビーはうなずいた。「彼は写真を山のように持って帰ってきた。そこには彼の知っている人物もいた。フリルのついたパンティーを穿いて、ハイヒールの少女に歩かされている判事もいた。どうすればうまくいくかは簡単にわかった」

「で、何がまずかった？」

「その判事はハウイーが思っていたようには動かなかった。彼はまっすぐギブスのところに行って、何が起きているかを話した。そのあと、ハウイーは車のトランクに散弾銃を三丁積んでいるところを捕まった。わかるだろ。ハウイーはそんなばかじゃない。そんなものを車に積んだりはしない。ハメられたんだ。あいつを刑務所に戻した。教訓を与えた。自分たちがクソだと」

マッコイはまた写真に眼をやった。「この黒魔術みたいのはなんなんだ？　これもギブスの趣味なのか？」

ボビーはうなずいた。「彼は本気で信じていた。ハウイーにも彼が言うところの〝儀式〞に参加させようとした。ハウイーは断った。彼はギブスとブロートン・ハウスをしっかりと観察した。ギブスはおおぜいの子供たちを引き連れていたそうだ。みんなLSDでラリっていた。やつは自分が魔法使いかなんかみたいになんでもできると思っていた。そして子供たちにも同じことを言った。それを愉しんでいた」

「あのチャールズ・マンソンのように」とワッティーが言った。

ボビーはうなずいた。「ハウイーもそう言っていた」

マッコイは写真のひとつを叩いた。「この少年。トミー・マローン。彼もそのひとりなのか？　彼の信奉者のひとりなのか？」ボビーはうなずいた。「つまりこういうことか。ハウイーはおれをバーリニーに呼び出し、レストランで働いている少女のことを話した。マローンがその少女を殺したあと、おれがその少年を逮捕すれば、ダンロップにたどり着かせることができると考えた。それがあいつの計画だったのか？」

「そうだと思う。だがハウイーは少年が自殺するとは思っていなかった。あんたが捕まえればすべて白状すると思っていたんだ。ギブスのこと、ブロートン・ハウスでのパーティーのこと、すべてだ」

「なぜおれを選んだ？　ほとんど面識がないのに。どうしておれが連中と過去にいろいろあったことを知っていたんだ？」

「ギブスだ。ギブスが彼に話した」

「ギブスはマローンに彼女を殺させた上で、自殺させることができたというのか？」

ボビーは肩をすくめた。「おそらくそうだろう。ハウイーは彼らのことを弟子のようだと言っていた。言われたことならなんでもすると。前にもやったことがあるとも言っていたそうだ。息子のほうのテディと寝ていた女の子が妊娠して、その後自殺した。ギブスがそうさせたんだとハウイーは言っていた」

マッコイはもう一度写真に眼をやった。ニヤニヤと笑ったギブスがヤギの頭を持っており、そこから滴り落ちた血が、孤独で愚かなトミー・マローンの頭に注いでいた。両親もなく、〈ナザレの家〉を出たばかりだというのに、クスリ漬けにされ、ギブスの命じるままに女の子とファックをする。騙されたとしても仕方ない。深みにはまってしまったのだ。

「ハウィーはなぜそのことを知ったんだ？　どうやっておれを刑務所に呼ぶことを思いついた？」

「彼はその前日法廷にいた。彼らを乗せたヴァンが街を走っていて、信号で停まった。彼はマローンを見た。すっかりイカれてると思ったそうだ。彼が屋敷を出るのには何か理由があると思い、ローナ・スカーヴィングしかないと思った」

「けど、彼女は妊娠していなかった」とワッティーが言った。「どうして彼女なんだ？」

「彼女は黙っていることができなかった。ダンロップはそのことを心配していた。べらべらと話し始めた。娼婦の集まりか何かで。ブロートン・ハウスから金と宝石もなくなっていた。彼女はトラブルの種だった。さらにひどくなるのは目に見えていた」

マッコイは別の写真を手に取った。テディ・ダンロップがベッドの上でひざまずいていた。ペニスを少女の口に押し込み、髪の毛をつかんで無理やり自分のほうに近づけている。少女はローナ・スカーヴィングだった。

彼女は愉しんでいるように見せようとしていた。が、そうは見えなかった。写真はマジックミラー越しに撮られたもので、だれかがドアを開けたのか、部屋に灯りが射し込んだ瞬間の写真だった。鏡越しに見ている顔がかすかに反射して写っていた。ひとりはギブスだ。上を向いて笑っていた。もうひとり、鏡越しに一心に見ている男がいた。中年、口ひげ、タキシード。

「なんてこった」ワッティーが小声で言った。「くそっ、その写真を見せてくれ」ボビーはそれを彼に渡した。どりぞご自由にという表情をしていた。ワッティーはそれを取ると、顔を近づけて見た。

「どうした？」とマッコイは言い、ボビーとともに見つめていた。ワッティーは写真をテーブルの上のふたりの前に置き、指さした。「これはギブスだ、いいな？」ふたりはうなずいた。「もうひとりの男がだれかわかるか？」

ふたりは首を振った。

「おれの母親はスクラップブックを持っていて、そこに王室の写真を貼ってるんだ。夢中になっていて、おれと妹は小さい頃よく見たものだ。飾り棚にも貼っていた。五十枚くらいあって――」

「頼む、ワッティー」とマッコイは言った。苛立っていた。

「すまん。それは」彼はもう一度写真を叩いた。「間違っていなければ、リデスデール卿だ」

ふたりは無表情だった。

「クロマーティ公爵だ」

まだ無表情だった。

「女王の従兄弟（いとこ）だよ！」

「なんとな」とボビーが言った。

「女王陛下の従兄弟（いとこ）だ。侍従とかなんとか呼ぶんじゃなかったか」

全員がもう一度写真を見た。「おれはまったく知らなかったが」ボビーは鼻で笑った。

「見た目は悪くないな」

マッコイは写真を封筒に戻した。ボビーが手を差し出した。

「いやだめだ、ボビー。おれたちがもらっていく。あんたは太陽がさんさんと降り注ぐスペインかどこかに逃げていろ。連中はおれたちが引き受ける。だれかに訊かれたら、ハウイーの監房から見つけたと言う。あんたには関係ない。いいな？」

「約束するか？」

「神に誓う。嘘だったら死んでもいい」そう言うとマッコイは立ち上がった。コートのポケットに入れた写真が脇腹に食い込むのを感じた。「いくぞ、ワッティー。ボビーを荷造りに集中させてやろう」

引越し業者が外にいて、ヴァンにもたれかかって新聞を読んでいた。仕事の再開の合図を待っていた。

「その写真をどうするんだ？」とワッティーは訊いた。

「規則どおりにやる。マレーに見せて、彼に対処させる。いずれにしろダンロップには近づかせてもらえないだろう」マッコイは運転席に坐ると、コートのなかを探って煙草を取り出した。いっしょにノートも出してきた。しまった。それはふたりの若者から受け取ったスティーヴィー・クーパーの帳簿だった。鎮痛剤漬けになっていたせいで、渡すのを忘れていた。

「帰りに寄るところがある。忘れていた」

「なんだ？」

「降ろして待っていてくれ。時間はかからない」

30

三十分ほど走って街に戻った。ワッティーが無線で署に連絡しているあいだ、マッコイはウインドウの外を見て、グラスゴーが雪のせいで機能を停止している様子を眺め、後ろのポケットの写真のことを考えないようにした。

「おまえとマレーでテディ・ダンロップに事情聴取できそうか？」とマッコイは訊いた。

ワッティーがうなるように言った。「冗談だろ。やつの弁護士はアーチー・ロマックスだぞ。聞いたところじゃ、来年までに彼に近づけたら幸運なんだそうだ。マレーがセントラル署のお偉いさんに言って、彼に圧力をかけている」

雪はさらに激しくなり、霧も立ち込めてきた。ワッティーはヘッドライトを点灯した。

「このあたりか？」と彼は訊き、汚れたセーム革のクロスでフロントガラスを拭いた。

「何も見えやしない」

マッコイは道路の右を指さした。「ここで降ろしてくれ」彼はまだポケットのなかの丸まった写真を感じていた。なぜそれを隠したのかわからなかった。思わず取った行動で、考える前に体が動いていた。今は考えたくなかった。

ワッティーが車を止め、突然、自分たちがどこにいるか気づいた。スプリングバーンのメメン・ロード。彼でさえ聞いたことがあった。「あそこに入るんじゃないよな？ 武装したボディガードが必要だぞ。連中なら一マイル先からでもあんたのにおいを嗅ぎつける」

マッコイがドアを開けると、氷のような空気が車内に吹き込んだ。「二十分以内に戻らなかったら、テレマークの英雄（一九六五年の映画『テレマークの要塞』——原題はThe Heroes of Telemark——のこと。ナチスの原爆製造のための重水工場をレジスタンスが爆破しようとするというストーリー）を送り込んでくれ」

ワッティーが心配するのも無理はなかった。メメン・ロードは天使も警官も足を踏み入れるのを恐れる場所だ。市当局が問題のある住民をすべて放り込んだ場所。ギャングのファミリー、不良少年たち、アル中、DV男、頭のおかしい連中。市はそれを〝封じ込め〟と呼んだ。人々は〝無法地帯〟と呼んだ。

マッコイは歩きだした。十歳ぐらいのふたりの少年がアノラックのフードを頭からかぶり、壁にもたれかかってシンナーの入ったポテトチップスの袋をたがいに手渡していた。マッコイは彼らの好戦的なまなざしを無視した。庭を隔てているフェンスはとっくの昔に倒されているか、ばらばらに壊されていた。歩道と庭には、壊れた乳母車、ひっくり返されたごみ箱、さらには時折捨てられる冷蔵庫がひとつの長い列を作っていた。芝生――あるいはかつて芝生だったもの――はすでに降り積もった雪に薄く覆われていた。マッコイは下を向いて歩いた。それはひとつには風を避けるためだったが、もうひとつには犬の糞やもっとひどいものを踏まないように注意するためでもあった。噂では、去年、キャリーバッグに入った中絶された胎児を踏んでしまった警官がいたらしい。

彼は地面を注意して見ていたせいで、男たちがすぐ近くに来るまで気づかなかった。大きな男たちが三人。全員革のロングコートを着ていて、もみあげを伸ばし、幅広のベルボトムのパンツを風になびかせていた。そのうちのひとりは隻眼で、眼のあったところには瘢痕組織とじくじくした穴があるだけだった。その男は親指を自分のベルトに置いて、マッコイの前に立った。「なんの用だ」と男は訊いた。マッコイはバッジに手をやった。

「おまえがポリ公だってことはわかってる。なんの用だと訊いてるんだ」

「クーパー」と彼は言った。「マッコイが来たと伝えろ」

スティーヴィー・クーパーは、通りの最後のふたつの区画にあるフラットを徐々に植民地化していた。一種の要塞のようなもので、一方を彼のチームに入りたがっている少年たちが守り、もう一方の先には古い製紙工場と八百メートルにも及ぶ産業廃棄物置き場があった。グラスゴーにいながらにして、法の長い手から逃れることができる地域だった。隻眼の大男が口笛を吹くと、七、八歳くらいの少女がどこからともなく現われた。マッコイは頭を振った。一月だというのに、雪が激しく降るなか、少女が着ているのはスカートと、汚れたミッキーマウスのTシャツの上に羽織った手編みのカーディガンだけだった。びしょ濡れのズック靴が惨めさを際立たせていた。隻眼の男が彼女に向かって吠えた。「スティーヴィーにマッコイが来たと伝えろ」

少女は真剣な表情でうなずき、一番奥のフラットのほうに向かって走っていった。三人の〝炎の番人〟たちはじっと立って、険しい表情をしようとしていた。顔を引きつらせ、両手をポケットに入れ、上げ底ブーツで足踏みをして少しでも体を温めようとしていた。「そんなのを履いていて、つまずかないのか?」マッコイは愛想よく訊いた。反応はない。少女が走って戻ってきた。

「大丈夫よ」と彼女は言った。息を切らし、彼女の前の冷たい空気が白く曇った。「通してあげて」

マッコイは彼女のあとをついて庭を横切り、壊れた煉瓦と凍った水たまりのあいだを進んだ。彼女は一番奥の入口の前で止まった。「五階」と言い、手を差し出した。

マッコイが十ペンス渡すと、少女は不満そうにそれを見た。

「わかったよ」と彼は言うと、新たに五十ペンスを手渡した。「あっちに行って、フライドポテトでも買ってこい。凍えそうだぞ」

フラットのなかも外と同じくらい寒かった。ほとんどの部屋は空き室のようで、ドアは板が打ちつけられているか、蹴破られていた。パイプがどこかで破裂していて、漏れた水が階段に氷の川を作っていた。マッコイは、踊り場の壁に真っ赤な文字で〝FLEET COUNTRY〟と大きくスプレーで書かれた横を、重い足取りで歩いた。スティーヴィーはこれを見て青春時代を思い出しているに違いない。彼自身はとうの昔にそういったばかげた行為からは足を洗っていた。フラットの五階にはドアがあった。ぶ厚い木製のドアで、新品の鍵がついていた。マッコイはノックすると、ボルトがはずされ、鍵が開けられるのを待った。ようやくビリー・ウィアーがドアから顔を出した。

「すまん、先週警棒を持った警官が押し入ろうとしたんだ。二度とないはずだ。元気だったか？」と彼は言い、手を差し出した。

マッコイはその手を握った。彼はビリーが好きだった。頭がよかった。クーパーもそう考えていた。一年ほど前にバーリニー刑務所を出てきたばかりだが、すでにナンバー2として扱われていた。彼はドアを押さえてマッコイを通した。

「すぐ終わるから、こっちで待っていてくれ」

マッコイは彼のあとについて暖かいキッチンに行った。隣のドアの向こう側から聞こえてくる悲鳴やどすんという音を無視しようとした。ウィアーは〈フォーマイカ〉のテーブルに坐り、トゥールーズ・ロートレックの絵がプリントされたシャツの袖をまくり上げ、机の上の大きな覚醒剤（スピード）の山を金属製の定規で刻んで分ける作業に戻った。定規を前後に動かして、粉をさらに細かくしていた。

「紅茶？」

スカートでかろうじて尻を隠しているだけの、時計さえも止めそうな恰好をした十六歳かそこらの少女がシンクのそばで、真っ赤な唇に煙草をくわえて立っていた。マッコイは首を振って坐った。彼を見たのはそのときだった。手錠でレンジにつながれてひざまずき、できるだけ注意を引かないようにしている男がいた。顔じゅう血だらけで、鼻がとんでもない角度に曲がっていた。男はマッコイに微笑もうとした。鞭打たれた犬がなんとか微笑もうとするかのように。ズボンの前には小便の濃い染みがあった。においが波のように漂ってきた。マッコイは男を顎で示すと言った。

「なかでは何が起きてるんだ？」

ウィアーは男を家具の一部であるかのように見た。「そいつが次だ。盗人のクソ野郎だ」

「違う、違うんだ。それは――」

彼はそこまで言うのが精いっぱいだった。ウィアーが覆いかぶさるようにして男の腹を蹴った。「クーパーはもう終わったはずだ」彼はそう言うと、体を起こして念のためもう一度、男を蹴った。「行こうか」

ドアの向こう側からはもう悲鳴もうめき声も聞こえてこなかった。ただめそめそと泣く声だけが聞こえた。ウィアーはノックをしてドアを開けた。

「ボス、いいですか？」

クーパーは何もない部屋の真ん中に立っていた。家具はなく、破れた花柄の壁紙と、汚れた木の床があるだけだった。いつも着ているジーンズと半袖のシャツは血まみれで、しっかりと固めたオールバックの髪型も乱れていた。〈アイアンブルー〉のボトルを口元に持っていくと、ぐいっと流し込んだ。泣き声は隅にいる男からだった。青いパンツと片方の靴下以外は何も身に着けていない。眼は腫れあがってふさがり、頭皮は切り刻まれて、髪の毛が半分なかった。靴下を履いていないほうの足は黒い血がこびりついていた。足の指が二本ほどないように見えた。

クーパーがボトル越しにマッコイを見たが、眼には生気がなく、焦点も合っていなかった。マッコイはこんな彼を以前にも見たことがあった。両手にかみそりを持って、別のギャングのところに殴り込みをかける前の彼がこんなだった。だれかが間違ったことを言ったとき――彼がイエスと聞きたいのに、ノーと言ったとき――の顔だった。マッコイはそんなときにクーパーのまわりにはいたくなかった。今も彼のまわりにいたくなかった。

「忙しい」と彼は言い、視線をそらした。

マッコイはコートに手を入れると、帳簿を取り出した。「十ポンド借りたそうだが、それ以外はここにある」

クーパーはウィアーにうなずいた。ウィアーは帳簿を受け取ると、なかの金を調べた。うなずいた。「百九十ポンドと帳簿だ」

クーパーはポケットから錠剤を二錠取り出し、残りの〈アイアンブルー〉といっしょに飲むと、かつて暖炉のあった煉瓦の穴に向かって瓶を投げた。瓶はこなごなになり、それまでに投げつけられた十数本の瓶といっしょになった。隅には使い古しの小さなコーヒーテーブルがあり、ドライクリーニングのタグが付いた折りたたまれたシャツとジーンズが、四本から五本のそれぞれ異なる肉切り包丁、ペンチそして拳銃一丁の横に置かれていた。クーパーは歩み寄ると、包丁のひとつを手に取り、その重さをたしかめてから、別の包丁を取った。

「優秀な犬ころだな、マッコイ。騒ぎにすることなく解決だ」

彼は心ここにあらずといった様子で、包丁の先を自分の太ももに突き刺してねじっていた。自分のジーンズに穴を開けていることにも、血が足を流れていることにも気づいていなかった。彼はジーンズの後ろのポケットに手を入れると、五十ポンド紙幣の丸めた束を取り出した。そこから五枚抜き取ると差し出した。

「チップだ」

マッコイは首を振った。「そんなつもりはない、スティーヴィー、気にするな」

「受け取れ、このクソ生意気な野郎が」

マッコイはこの状態の彼とは議論しないほうがいいとわかっていた。彼が歩み寄ると、クーパーは紙幣をマッコイの上着のポケットに押し込んだ。彼からにおいがした。どこか化学的な、血と金のにおい。クーパーは微笑むと、マッコイを引き寄せて耳元でささやいた。

「やっぱりおまえだ、マッコイ。おまえはおれをがっかりさせない。思っていたとおりだ」彼は拳をマッコイの頭に走らせると、笑いながら彼を押しやった。「さあ、出ていけ。やることがある」

マッコイは背を向けた。この場を去りたかった。

「ところで」とウィアーが言った。「だれだったんだ？」

マッコイは肩をすくめた。「ふたりのばかなガキだ。細いのと太ったの。まともじゃない。自分で自分に糞をひっかけるようなもんだ。ばかな連中だ」

マッコイは命乞いが始まる前になんとかドアを閉めた。そこに立ったまま、何かを蹴るような音によって静かになるのを聴いていた。キッチンにいる少女が自分を見ていることに気づいた。

「大丈夫？」と少女が訊いた。「幽霊を見たような顔をしてるよ」

彼はうなずいた。ドアの向こうから悲鳴が聞こえてきた。それからどすんという音がし、また悲鳴が聞こえた。

「きみはどうやってこれを耐えてるんだ？」とマッコイは少女に訊いた。

「何を耐えるの？」と彼女は言った。

31

拳（こぶし）がドアをノックした。

「そこで何をしてる。このけがらわしいクソ野郎」

「失せろ」とマッコイは言った。

トムソンは笑いながら去っていった。靴がタイルに当たる音が響いた。おかしなことに、トムソンはあながち間違っていなかった。マッコイはトイレの個室でけがらわしい写真を見ていた。そう、一枚だけポケットに残してあった写真だ。そこにはプールが写っていた。彼がブロートン・ハウスを訪れたときに、ギブスから話を聞いたプールだ。夜でライトアップされていた。タイルの上に敷物が敷かれ、その上にふたりの少女がいた。ふたりとも裸で、そのうちのひとりはローナ・スカーヴィングだった。ダンロップがそこにいた。シおおぜいの男たちと数名の女がふたりを見下ろしていた。

ルクのドレッシング・ガウンを着ており、ポケットに手を入れて礼儀正しい笑みを浮かべていた。農産物品評会でアジサイの審査員をしているところだと言ってもおかしくなかった。八ミリカメラを持ったギブスもいた。トミー・マローンも。その横にいる人物が問題だった。腰にタオルを巻き、ずんぐりした体でかがみ込むようにして、眼の前で起きていることをしっかりと見ようとしていた。アラスデア・カウィー。

トイレの扉がふたたび開き、制服組ふたりが、巡邏がいかに寒いかを愚痴りながら小便をする音が聞こえてきた。カウィーにチャンスを与えてやりたかった。ほぼ十年いっしょに働いてきたのだ、それくらいのことはしてやってもいいだろう。写真のなかの敷物のまわりにいるほかの人物を見た。ほかにだれか知っている人物が写っているんじゃないかと怖かったが、葉巻を手にして勃起したペニスでタオルにテントを張っている見知らぬ中年男ばかりだった。

制服組のふたりが出ていくと、マッコイは立ち上がり、個室のドアを開けた。写真をポケットに戻すと洗面台に向かった。手を濡らすと、石鹸置きの上の硬く黄色い石鹸の塊で手をこすった。ちょうど洗い終えたとき、扉が開いて笑い声がした。ワッティーが入ってきて、その後ろにカウィーがいた。ふたりとも微笑んでいた。

マッコイは小便器に向かうワッティーの胸に手を置いた。

「少しのあいだはずしてくれないか、あ?」

「なんだよ、小便がしたいんだ」

マッコイは彼の後ろのカウィーを見ていた。「カウィーと話がしたい。ふたりで。ほかを使え」

ワッティーはマッコイを見て、カウィーを見た。ふたりとも無言のままたがいを見つめていた。彼は小声で悪態をつきながら、背を向けるとふたりを置いて出ていった。

「ハリー?」カウィーがためらいがちに言った。「どうした?」

マッコイはポケットに手を入れると、写真を手渡した。カウィーはそれを受け取った。そこに自分が写っていることに気づくのに数秒かかった。そしてマッコイを見た。

「たいした顔ぶれじゃないか、カウィー? ジミー・ギブス。トミー・マローン。ダンロップ卿。ローナ・スカーヴィングに彼女の友達。もちろん」マッコイはゆっくりと言った。「おまえもだ」

カウィーは洗面台に背をもたせかけた。いつもの大きな赤みがかった顔は真っ白になっていて、今にも気を失いそうだった。「煙草はあるか?」

マッコイは彼に煙草を渡した。カウィーは受け取ると、マッコイの差し出すライターの火にかざした。煙草を持つ手が震えてなかなか火をつけることができなかった。彼は煙を深く吸い込み、吐き出すと、今度は両手を顔に当て、シンクに崩れ落ちすすり泣きを始めた。

マッコイは一分ほどそのままにした。自分が彼を殴らなかったことが信じられなかった。カウィーは背筋を伸ばすと、ポケットからハンカチを取り出し、顔を拭いて自分を取り戻そうとした。

「ひと晩だけだったんだ」と彼は言った。「おれの事情はわかってるだろ。カミさんはできないんだ……くそっ、なんてこった」彼は顔に水をかけ、マッコイを見た。

「大学の図書館にジョーンという女性がいた。図書館に行ったときに何度か彼女と話した。ある晩、帰りに〈カーラーズ〉に一杯飲みに寄ると、彼女が友達数人とそこにいた。みんなドレスアップしていた。少し飲んでただけなのか、酔っぱらっていたのかわからない。彼女がおれを呼んでいっしょに飲んだ。彼女はおれのジョークに笑い、ずっとおれの腕をつかんでいた」彼はマッコイに眼をやり、微笑もうとした。「愉しかった」

マッコイは笑わなかった。ただ煙草を小便器に投げ捨てた。待った。

「彼女たちはキャンプシーの近くのパーティーに行くと言い、おれにもいっしょに来ないかと誘った。おれになんと言える？　おれは彼女たちの車の一台に乗った。エジンバラの気取ったやつで医者をしているという男がいっしょだった。街を出るとすぐにマリファナを吸い始めた。好きじゃなかったが付き合った。どっちにしろ車のなかはマリファナの煙でいっぱいだった。車が着いたときには、おれはすっかりハイになっていた。あとになるまで自分がどこにいるのかわからなかった。巨大な現代的な建築——」

「ブロートン・ハウス」マッコイがさえぎった。

カウィーはうなずいた。「みんなこの大きなプールに集まって、服はそこらじゅうに脱ぎ散らかしてあった。タオルが手渡された。おれも加わった」彼はもう一度微笑もうとした。「ほかの連中と同じように、自分たちが自由で、解放されていることを自分自身に証明するために」

マッコイは彼が続けるのを待った。

「あらゆるところに女がいて……プールでセックスをしていた。何が起きているのか信じられなかった。ジョーンがずっとおれといっしょにいて、またマリファナを吸った。口笛のようなものが聞こえてきて、ショーが始まる、とみんなが叫んでいた。ふたりの少女が敷物のうえで戯れていて、まわりに立っているみんなはいつもの金曜日の夜のようなふりをしていた。おれも含めて。ジョーンがおれの耳にキスをしだし、興奮してきたと言った。おれたちは家のなかをさまよって、ソファのある小さな部屋を見つけた……」彼の声は消えていった。眼にはまた涙が浮かんでいた。

「誓うよ、ハリー、おれは何もしていない。ローナ・スカーヴィングとは話もしていない。あの夜のあとはもう二度と彼女には会っていない」

「それで彼女の検視に関するビッグニュースを持って〈シシ・マハル〉に意気揚々とやってきたってわけだ。何も話さず。クソありえない」

「彼女だとははっきりわかってなかった。ひどくハイになっていた。確信がなかったから、おまえに話す必要もないと思ったんだ」

「そうなのか？　そういうことにしたんじゃないのか？」

「カミさんが――」

「おまえもおまえのカミさんもクソ食らえだ、カウィー。その晩は彼女のことなんか考えちゃいなかった。そうだろうが？」

カウィーは首を振った。涙が顔を伝い、鼻水が流れだしていた。「誓うよ、ハリー、命に懸けて誓う。あれだけだ。一夜だけ、ソファに坐ってカミさんを着替えさせる必要もなければ、ベッドに運ぶ必要もない、薬を並べる必要もなければ、時計の針がカチカチと音をたてるのを聞いている必要もないんだ」

「もし嘘だとわかったら、はりつけにしてやるぞ、カウィー。本気だ。おまえをこてんぱんにしてから、この写真をマレーに送って、警察から叩きだしてやる。年金もなし、何も

「嘘はついていない、ハリー。誓うよ。命に懸けて」

カウィーはうなずいた。まだうつむいたままだった。

マッコイはもうこれ以上、彼を見ていたくなかった。クーパーの部屋にいた男のことを思い出した。怯えた表情、懇願するような眼。同じだった。彼は写真を折りたたんでポケットに入れるとその場をあとにした。廊下を歩く彼をカウィーの泣き声がずっと追いかけてきた。

ふたりはもう四時間以上もデスクに坐っていた。シフトが変わり、夜勤の警官がやってきたが、そのうちの半分はすでに呼び出されて出ていった。マッコイは腕時計を見た。八時半。彼はカウィーと別れたあと、写真をマレーに渡した。事情を話し、ガラスに映っているのがだれか説明した。

マレーはその写真を見ると、時折、無精ひげを掻きながら、ひそかに悪態をつき、そして午後の残りの時間、オフィスにこもっていた。ドアを閉め、電話をずっと耳に貼りつけていた。警察本部長が何度か出入りした。いつもより怒っているように見えた。マレーは彼とワッティーにじっと席に着き、だれにも何も話さず待っているように命じていた。ふたりはそうした。マッコイは煙草を切らしてしまい、空腹で腹が鳴っていた。二十分前に本部長がまた現われた。ビジネススーツを着た背の高い男がいっしょだった。ワッティーは昨日の『デイリー・レコード』を読んでいる。三回目だ。するとドアが開いてマレーが頭を出した。

「ふたりとも入れ」

スーツの男はミスター・キャベンディッシュと呼ばれていたが、それ以上説明はなかった。彼がだれであれ、彼こそが責任者で、マレーも本部長もウェイターのように彼のまわりをせかせかと動いていた。彼はマレーの机に坐っていた。短く刈りそろえた髪の毛はサイドがグレーになっており、ピンストライプのスーツを着ていた。あとになったら思い出せないような顔だった。

「坐りなさい」男が顔を上げることなく言った。ワッティーとマッコイはオレンジ色のプラスチックの椅子に坐り、自分たちの上司の顔を見た。ふたりの顔は固まっていて、何も伝えてはくれなかった。これはキャベンディッシュの案件なのだ。彼は机の上のファイルに眼を通し終えるとそれを閉じ、顔を上げてふたりを見た。

「難しいときがあります」と彼は言った。「難しい決断を迫られるときが。造船所や鉱山ではストライキが起き、ロンドンではＩＲＡの爆弾テロがあり、停電の問題もあります。

我が国は危機的な状況にある。一番避けたいのは新たな問題が起きることです。われわれの価値観に対する新たな侵食、人々の信じるものに対する新たな攻撃。それを防げるかどうかはわれわれにかかっています」

マッコイは話を聞きながら、この男がだれなのか割り出そうとしていた。ワッティーは怯えた表情で一生懸命聞いていた。ロンドン警視庁の公安課にしてはキャベンディッシュのスーツは高すぎるし、アクセントもパブリックスクール風の話し方にエジンバラの訛りがかすかに加わっているようだった。MI5だろうか？　内務省？　彼がだれであれ、とうとうとまくしたてていた。

「この国を安全に運営することがわれわれの義務です。それを脅かす者がだれであれ、秩序を守ることが。この国と国民にとって最善であるものに忠実であり続けること、そして――」

「邪魔をしてすまないが、ミスター・キャベンディッシュ、それがおれたちとなんの関係があるんだ？」

キャベンディッシュは話をさえぎられて不満そうだった。彼は椅子に背を預けると眼を細めた。マレーと本部長はバケツで冷たい水を浴びせられたような顔をしていた。マッコイは口を閉ざしているべきだとわかっていたが、疲れて腹も減り、煙草も吸いたかった。

彼は自分の仕事をして、写真を渡した。キャベンディッシュがだれであろうがどうでもよかったし、世界が危機に瀕しているという彼のスピーチにも興味はなかった。体を乗り出した。やりかけたことはやり通せ。

「リデスデール卿とジミー・ギブスが、ローナ・スカーヴィングの口にペニスが押し込まれているところを見ている写真をおれがマレー警部に渡したから、おれたちをここに呼んだんだろ。正確にはテディ・ダンロップのペニスだ。そしてあのローナ・スカーヴィングだ。そのあと、ダンロップ卿の下で働いていた少年に殺された少女だ。おれは規則に従って写真を渡し、おとなしくしていた。で、訊いてもいいか、あんたはいったいだれなんだ？」

ワッティーは怯えた表情で、ふたりを交互に見た。椅子をそっと動かしてマッコイからできるだけ離れようとした。

キャベンディッシュはマレーのほうを見た。「わたしの理解しているかぎり、この事件はもう解決したんじゃなかったですか？　殺人犯は現場で自殺をはかった」

マレーはうなずいた。そのとおりだ。「解決済みです」彼はきっぱりと言った。「マッコイ、少しは行儀よくしろ」

「何が言いたいのですか、ミスター・マッコイ？」とキャベンディッシュは訊いた。

ている。おれはそのことを知ってるし、マレーも知っている。そして今はあんたも――」

「おれが何を言ってるかはよくわかってるだろう。ダンロップはこの件に首までつかって

「では、われわれはいったい何を知っているというのですか、ミスター・マッコイ？」彼は冷ややかに言った。「ダンロップ卿がこの少女の殺害に関与しているという証拠はあるんですか？」

マッコイはワッティーを見た。彼の眼は自分の前の床を見つめていた。助けは期待できそうもない。

「彼を見てもどうにもなりませんよ、ミスター・マッコイ。これはイエスかノーかの単純な質問です。証拠はあるんですか？」

マッコイは首を振った。「まだない。が、もう少し時間があれば――」

キャベンディッシュは手を上げた。「これ以上時間が必要だとは思いません。ここにいるあなたの上司と検察官によれば、事件は今日付でクローズしたそうです。ですからわたしの見るかぎりでは、だれかがこの写真について知ったところで何も得るものはありません」

「どういうことだ、存在すら忘れろと言うのか？」

「まさにそのとおりです」とキャベンディッシュは言った。「そう言ってるのはわたしだ

けではありません。あなたは最近部長刑事になった。ということは公務員秘密法に従う旨に署名したことになります。今日の午後四時付でこの写真はこの法律の対象となりました。その内容や、まさにその存在をあなたが口にした場合、ただちに逮捕され、職を失い、長くつらい禁固刑に服することになります。すべてD通告（国家安全保障上の観点から報道の差し止めを要求する通告）の対象となっています。何が起きたのかはだれも知ることはありません」彼は一枚の紙をファイルから取り出し、ワッティーの前に置き、ジャケットから銀の万年筆を取り出した。「ミスター・ワトソン、あなたもこれに署名してもらえますか？」

ワッティーはマレーと本部長を見た。本部長がうなずいた。「やるんだ。署名しなさい」

マッコイは彼が署名するのを見ていた。「こんなことはできない」

キャベンディッシュは書類を受け取ると、ファイルに戻した。「今、しましたよ」

「あい、だが、それで終わりじゃない。おれは――」

「いいえ、だめです。あなたが何をしようと考えていようと、それはだめです。あなたは今、大物を相手にしてるんです、ミスター・マッコイ。そしてわれわれは公平にプレイするつもりも、きれいにプレイするつもりもありません」彼はマニラファイルを開いた。一番上のページの隅に自分の写真がホチキスで留めてあるのがマッコイにもちらっと見えた。

「表面的にはかなり頑張っているように見えますね。三十歳で部長刑事。グラスゴー市警のなかにあって、少数派のカトリックであるにもかかわらず、人よりも昇進が早い。特にあなたのようなバックグラウンドを持つカトリックにしては。児童養護施設とはね。上司はあなたを高く評価しているようだ。聡明で、賢く、将来有望だ」彼は椅子にもたれかかると笑みを浮かべた。サメが歓迎するような笑みだった。「ですがわたしの見方は違います。まったく違う」

彼はファイルから書類を取り出すと、それをじっと見た。「あなたはダンロップ家にいやがらせをするのが習慣になっているようだ。殺人の容疑を着せようとした。それに勤務中の飲酒」彼は舌打ちをした。「あまり賢明とはいえませんね」彼はマッコイの顔に眼をやった。眼のまわりのあざと擦り傷があった。二本の指には包帯が巻いてある。「向こう見ずな行動は今も続いているようですね。仕事でもプライベートでもごたごたに巻き込まれているようだ」

彼はその書類を戻すと、別の書類を取った。「ここにいるあいだに、全部に眼を通しておいたほうがよさそうだ。そうじゃないですか？　スティーヴン・ポール・クーパー。この街の北部の犯罪のほとんどを取り仕切っている。どうやらあなたの親友らしい。サウナで少しおしゃべりをしたり、彼の商品を試してみたりするのが好きなようですね」

彼は書類を戻すと、ファイルを閉じた。「皮肉だと思いませんか、ミスター・マッコイ？　あなたはわたしの前に坐って、道徳的な憤りをたぎらせ、自分が正しいと言い張っている。ですがわたしにはあなたこそが堕落した警官のように見えます。ここにいるあなたの上司の懇願がなければ、喜んで処分する堕落した警官です」

マッコイは彼を見て、上着のポケットのなかの二百五十ポンドとジェイニーとの夜のこと、ドラッグのこと、そして帳簿の件でクーパーにしてやったことについて考えた。キャベンディッシュがなぜそういったことを知っているのかわからなかったが、彼は知っていた。

キャベンディッシュはファイルを閉じた。「われわれはたがいに理解し合えますかな、ミスター・マッコイ？　ミスター・ワトソン？　ここで何が問題になっているかわかってもらえましたか？」

ワッティーはうなずいた。「はい」

マッコイは立ち上がった。「行っていいか？」彼はマレーに訊いた。

マレーは本部長を見た。本部長はうなずいた。キャベンディッシュが立ち上がり、握手のために手を差し出した。ワッティーは握手をした。マッコイはしなかった。キャベンディッシュは肩をすくめ、おもしろがっているような表情をした。

「わたしは本気ですよ、ミスター・マッコイ。汚いことをします。だからあの写真のことは忘れるんです。あなたたちふたりに関するかぎり、あの写真は存在しません。もし違うことを耳にしたら、あなたたちをつぶして、役立たずのクソのように土に埋めてやります」彼は微笑んだ。「さあ、わたしの視界から消えてください。むかついてきました」

32

ワッティーとマッコイは署の裏口から出た。外に出て、キャベンディッシュやいま起きたことからできるだけ離れたかった。暗い緑色の〈MG〉がぬかるんだ雪を蹴散らすようにして裏庭に入ってきた。止まると、シープスキンのカーコートと毛皮の帽子に革手袋をしたフィリス・ギルロイが出てきた。

「ああ、ミスター・マッコイ。会えてよかった」彼女は小さなスポーツカーに体を入れると、後部座席からブリーフケースを取り出した。「あなたが興味を持つだろうと思って」

「なんですかいったい?」とマッコイは訊いた。が、心ここにあらずといった感じだった。

「廃屋で発見された女性のことよ、覚えてる?」

彼はうなずいた。「イザベル・ガーヴェイ」

「そのことよ」彼女はことばを切るとふたりを見た。「ところでふたりともどうしたの？ひどく落ち込んだ顔をして」

マッコイは首を振った。「なんでもありません。長い一日だったんです。あの女性が？」

「ええ、まさにあの女性よ。爪のなかにカーペットの繊維が残っていたの。あの晩、いずれかの時点でカーペットを引っ掻いたようよ。どこからもカーペットは見つからなかったし、標準的な家庭用のサンプルとも一致しなくてやきもきした。でもラボのコリンズが頭のいい子で、それがどこから来たのかを調べるのを自分の使命と考えて、ロンドン警視庁の友人に送ったの」

「それで？」

「車のカーペットのものだったみたい」と彼女は言い、帽子を取って、髪型を救出しようとした。

「チャズの車？」

彼女は押したり、叩いたりして髪型を整え終わると、サイドミラーでたしかめ、ふたりのほうを向いて微笑んだ。「そうは思わない。彼が最近宝くじでも当てたんじゃないかぎりは。その繊維は〈ロールスロイス・シルバークラウド〉のものよ」

ふたりのうちのどちらもことばを発することなく、最初の一杯を飲んだ。たった今あったことについて考え込んでいた。ふたりは〈キーウィ〉の奥の席に坐っていた。シフトを終えた警官が集まっている入口のまわりからはできるだけ離れた場所に陣取った。マッコイは〈キーウィ〉は嫌いだった。ワッティーは署から近すぎて警官が多かったのだ。だが、今日はできるだけ早く飲みたかった。ワッティーはトラックに轢かれたような表情でそこに坐り、青白い顔でビールの残りを口元に運んでいた。

「お代わりは？」とマッコイが訊いた。

ワッティーはうなずくと、残りを飲み干し、マッコイを見た。

「なんだ？」

「もうだめなのかなって、もう出世はできないってことなのか？」

マッコイは首を振った。「いや。おまえはそんなことはない」彼は笑った。その場の空気を明るくしようとした。「おれのほうはゾンビみたいなもんだ。〈テネンツ〉でいいか？」

マッコイが飲み物を持って戻ってきても、ワッティーはまだひどい顔をしていた。マッコイはため息をつくと、ジョッキをテーブルの上に置き、さっさと片付けたほうがいいと思った。「オーケイ、吐き出せ。何が知りたい？」

「あのキャベンディッシュという男。だれなんだ？」

マッコイは肩をすくめた。「わからない。ロンドン警視庁の公安課か、内務省、知るか、くそっ。だれであれ、クソ野郎だ」

ワッティーはマッコイを見ていなかった。テーブルの上のビールの水の膜を指でこすって、線を引いていた。「あいつがあんたについて言ってたこと。ほんとうなのか？」

「いくつかは。おれとスティーヴィー・クーパーとは小さい頃からの付き合いだ。彼がおれにいくつかのことを話し、おれが彼にいくつかのことを話す。前に言ったように、このゲームでは人脈が必要なんだ。おれにはクーパーがいる。マレーはネスミスとよくゴルフに行っている。彼やおれが堕落してるわけじゃない。それがやり方なんだ」

「彼から金を受け取ったことはあるのか？」

「いいかげんにしろ。これ以上やるなら怒るぞ。もちろん、受け取ってない。おれが何か曲がったことをするのを見たことがあるか？」ワッティーは首を振った。必要なたわいのない嘘を信じた。「クーパーは何人かの女を抱えていて、そのうちの何人かと寝た。おお、聖なる父よ、罪を赦したまえ。おれのすべてがおまえみたいにまっすぐだってわけでもない」

「あんたとダンロップ家とのことは？」

「なんてこった、ワッティー、今日はもう充分尋問された。もう勘弁してくれ」彼はため息をついた。すべて吐き出してしまうほうがいいかもしれない。「ジミー・ギブスはいい警官だったが、いろいろなことがあって、規律違反を犯した。おれはあいつといっしょに仕事をしていたせいで巻き込まれてひどい目に遭った。あいつはそれを正すために何もしてくれなかった。おれを巻き込めば、自分の罪が軽くなると思ったんだろう。あいつは裏で取引をして退職した。お咎めなしだった。一方、おれのほうはキルマーノックに四カ月間駐在させられた。シロだとわかるまで数日おきに何度も尋問された。そのあいだにギブスはダンロップ家で仕事を見つけた。でかい車にいいカネ。あいつとアンジェラが毎週末、街に出かけているあいだ、おれは人生を立てなおそうとしていた」

「だからあいつを追ったのか？」

マッコイは首を振った。「そこまで執念深くはない。ダンロップの屋敷で少女が自殺した。おれが確認に行かされた。ギブスはあいかわらずクソ野郎だった。おれはその晩戻って、パブで四時間過ごしたあと、あいつに自分の考えを話すつもりでいた、なんなら一発殴ってやってもよかった。だが面倒なことに、ダンロップ卿がロンドンから戻ってきた。

そこでおれは代わりに彼を非難した。間違いだった」彼は坐りなおすと、煙草に火をつけた。「気がすんだか？」

ワッティーはうなずいた。

「それはありがたい。ジミーの規律違反の話の前でやめようと思ってたんでな」彼は空のジョッキを振った。「さあ、もう一杯飲もうぜ」

三杯飲んだあと、ふたりの気分はもうそれほど悪くはなかった。マッコイが昔の笑える武勇談を話した。自分の犬とファックして逮捕された男の話や、酔っぱらいがマレーにゲロを浴びせた話、くだらないジョークを話して過ごした。ワッティーがグラスを置き、お代わりをしようとして思い出した。

「ミス・ギルロイ。彼女のことをすっかり忘れていた。彼女の言ったこと」

「わざわざ思い出す必要もない。なんの役にも立たないさ」とマッコイは言った。

「ダンロップは〈ロールスロイス〉を持っている。死んだ夜の彼女と結びつく」

「ああ、そうだろう。だが、今日の午後のことがあっては、その目ももうない。明日、マレーのところに行って、またダンロップについてわめくっていうのか？」

ワッティーは首を振った。

「だろ、おれもお断りだ。ダンロップみたいな連中は執念深い。あのカネと上品なアクセントの裏には、ほかのチンピラと少しも変わらないものがある。恨みを晴らすまで絶対に忘れない。おれはぎりぎりのところでかろうじて踏みとどまっている。また怒らせたら少なくともクビが飛ぶだろう。おまえも学べ、ワッティー。逃げ出したやつもいる。おまえにできることはない。またもう一日を闘うことを学ばなければならないんだ。ウィスキーでも飲もうぜ」

ワッティーはその後の三十分間、自分たちがどんなにすばらしいチームか、ふたりが永遠に相棒だということを延々と話した。マッコイはうなずいて、一生懸命聞いているふりをし、そのあと彼をタクシーに乗せた。腕時計を見た。八時半。急いだほうがいい。タクシーはバイヤーズ・ロードの端にある〈カートホイール〉で止まった。スーザンはすでにいて、テーブル席に坐っていた。ふたりともステーキを注文し、赤ワインをボトルで頼んだ。最初の一杯でぎこちなさもなくなった。彼はそのうち、巡邏警官時代の話や、とっておきのおもしろい話をした。彼女は笑い、強盗の入れ歯の話を二回もさせた。彼女は前日にベイビー・ストレンジにインタビューをしていた。スーザンは彼女の〝すばらしさ〟に気づき、自分の論文をもっと彼女に関することに焦点を置きたいと言った。マッコイは興味がありそうにうなずき、ブロートン・ハウスについてベイビー・ストレンジが話していたことについては触れないでおいた。その場の雰囲気を台無しにしたくなかった。

ステーキを食べたあと、彼女はマッコイにティラミスを注文させ、自分もひと口食べたいと言ったが、結局全部食べてしまった。マッコイは赤ワインをもう一本注文し、それが来るとウェイターに開けさせ、テイクアウトし、ふたりで腕を組んでバイヤーズ・ロードを歩いて彼女のフラットに向かった。

そして今、スーザンはマッコイの隣でかすかにいびきをかきながら眠っていた。彼も眠ろうとしたがだめだった。ベッドから出てズボンを穿き、まだガスの炎がついたキッチンに行った。テーブルに坐って煙草を吸った。覗き見をするつもりはなかったが、眼の前にノートがあった。

ベイビー・ストレンジとのインタビュー　一月八日の記録

彼はそのノートに眼を通した。女性の地位向上と従来の売春における経済的な女性差別についていろいろと書かれていた。読むのをやめようと思ったとき、それが眼に止まった。

インタビュワー　警察との関係はどうなんですか？

BS　どういう意味？（笑い）

インタビュワー　逮捕されたことはあるの？

BS　一度だけ。だいぶ前に。売春とは関係なく。万引きでね！

インタビュワー　警察は……

BS　わたしが今やってるサークルのこと？　彼らは知ってるみたいだけど、特に問題はないわ。パーティーでも警官と何人か会うはずよ。マリファナを吸っていて、彼らから話さなければ、警察だとはわからないけどね。

インタビュワー　彼らはセックスのほうにも関係してるの？

BS　ときどきね。

インタビュワー　どんなふうに？

BS　普通のよ！　ときどき無料にする。車輪に油を差すようなものね。客として戻ってくる人もいる。ほかの連中と同じように参加するのよ。

インタビュワー　トラブルを起こすことはない？

BS　いいえ。ああ、ひとりいたわ。ほんとうにいやなやつだった。

インタビュワー　どんなふうに？

BS　パーティーのひとつに来て、そこにいた女の子に会った。実はその娘はパフォーマーだったんだけどね。

インタビュワー　パフォーマー？

BS　セックス・ショーの。わかるでしょ。彼女と別の女の子がするの。とにかく、彼女の住所と勤め先を知って、つきまとって、いやがらせを始めたの。自分の言うとおりにしないと逮捕するって。ほんとうに気持ち悪い。

インタビュワー　それはチェルシーの家でのこと？

BS　いいえ、ここでのことよ。その可哀そうな娘がわたしに助けを求めてきた。どうすればよかったの？

インタビュワー　何があったの？

BS　彼女が男の奥さんに話すと言ったら、彼女をあざができるくらい殴って……

「ずっと起きてたの？」スーザンがドレッシング・ガウンを着て、キッチンの戸口に立っていた。

マッコイは彼女のほうを見ると言った。「三十分くらいかな」

「ベッドに戻りましょう、凍えそうだわ」彼女は歩み寄ると、彼を抱きしめた。「今、何時……」

彼女が彼の読んでいたものを見て、体を硬くするのを感じた。「スーザン、おれは…

……」

スーザンは彼から離れると、シンクのほうに歩いた。蛇口をひねって水を流し、グラスに注いだ。

「すまなかった、机の上にあったんだ」

「それが、あなたがここに来たほんとうの理由なのね？　こそこそ嗅ぎまわったのね？　秘密のインタビューを読んで、知っておく必要のあることを確認するため？」

「待ってくれ、そんなんじゃないんだ」

「ほんとうに？　そうとしか思えない」

「スーザン……」マッコイは話そうとした。

「知っておくべきだった。警官は、一生警官なのね。それでもこう思っていた自分がいた。マッチョでタフな男だけど、ほんとうはいい人なんじゃないかって。わかる？　あなたがほんとうにわたしのことを好きなんだと思ってたのよ」

「好きだよ」

「いいえ嘘よ、ハリー。そう思っているだけ。あなたがほんとうに好きなのはこれよ」彼女はテーブルの上のノートを取って振った。「人を調べたり、スパイしたり、知るはずのないことを見つけたりすること」

「違う」

「いいえ、違わない。あなたを責めるつもりはない。だってそれがあなたの仕事だし、それがあなた、ほんとうのあなたなんだから」彼女はグラスの水を流し、逆さまにして水切りかごに置いた。「お願いよ。そのためにわたしを利用しないで」彼女は立ち去るとベッドルームに入り、勢いよくドアを閉めた。

マッコイは腰を下ろした。読まなければよかったと心から思ったが、遅かった。彼は寝室から自分の服を持ってくると、すばやく着替え、スーザンにメモを残した。〝明日、電話をする〟。ドアをそっと閉めると、階段を下りてバイヤーズ・ロードに出た。こんなあとは飲みたかった。

灯りが消えていた。その場所が暗いのは初めてのことだった、彼はドアをノックし、ビッグ・チャズが出てくることを一瞬期待し、すぐに思い出した。返事はない。もう一度ノックした。

「なんなのよ。閉店だよ」

彼はドアに顔を近づけた。「やあ、アイリス、マッコイだ」

「だれだろうが知らないよ。もう閉まってるのよ。さっさと帰って」

彼はドアをさらに強く叩いた。「金ならある。お願いだ、アイリス。友達じゃないか。

一杯飲みたいんだ。頼む」

鍵がはずされ、アイリスが暗闇のなかに立っていた。それが彼女だとわかるのに一瞬かかった。化粧はしておらず、色あせたドレッシング・ガウンを羽織り、髪にはネットをかぶっていた。

「どうしたの？　熱が逃げる前に入って」

フラットは暗く、ドアはすべて閉まっていた。彼は彼女のあとを追って、廊下の先にある半開きのドアから射し込んでくる光に向かって歩いた。アイリスの部屋は狭く、カバーに覆われた小さなソファ、肘掛け椅子、テレビがあり、壁には大きな眼をしたビクトリア朝の子供たちの絵が額縁に入れて飾ってあった。ラジオからはジム・リーヴスのやさしい歌声が流れていた。暖かく、香水と椅子の脇に置かれた皿に盛られたひき肉とジャガイモの残り物の香りがした。彼はソファに腰を下ろし、周囲を見まわした。「ここに入るのは初めてだな」

「あい、それに最後になるでしょうよ。で、その顔はどうしたんだい？　あんたたちおまわりは殴ってまわるのが仕事だと思ってたけど？」

「いつもそうとはかぎらない」

「ジンしかないよ」と彼女は言い、グラスの半分まで注いだ。

「何があったんだ？　みんなはどこに行った？　チャズのことが原因なのか？」

彼女は鼻で笑った。「見てのとおりさ。クーパーは何も言ってないのかい？　ここは閉めるんだよ。デューク・ストリートのサウナに移ることになってる。あいつの指示さ。まったく勝手なんだから。十二年間、ここを仕切ってきたのに、これからはデスクの後ろに坐って客にタオルを配れってさ」彼女は自分のジンを半分ほどいっきに飲んだ。「自分のケツに突っ込んでろって言ってやりたいよ」

「女の子たちはどうなったんだ？」

「新しい場所が開くまで、しばしの休暇だよ。あんたの娘は別だけどね。彼女はいなくなった」

「ジェイニーが？」

「行くって言ってなかったのかい？」彼女は肘掛け椅子に深く坐り、おもしろがっているような顔をした。「あんたたちふたりは似た者同士だと思ってたけどね」

「どこに行ったんだ？」

「知らないね。朝、起きたらもういなかった。クーパーに話したけど、気にもしちゃいなかった。あいつにとっちゃ、あの娘は用済みなのさ」

「どういう意味だ？」

彼女は肩をすくめた。「お願いだ、アイリス、頼むから意地悪はやめてくれ。教えてくれ」

「客が上に乗っている最中に気絶したんだ。彼女の腕に注射の痕があった。そんなんじゃ商売にならないだろ」彼女は自分の腕に注射を打つまねをした。「そんなばかなことはやめろって言おうとした。けどあたしの顔を見て笑ったよ。あんたに何がわかるんだって言ってね」

マッコイはジンを飲み干すと顔をしかめ、もう一杯とグラスを差し出した。「そこまでだとは思わなかった。そんなにひどいとは」

「彼女のせいじゃない。ただ彼にノーと言えなかったんだ」

「だれに？」

彼女は首を振った。「眼の前にあるものが見えてないんだね、あんた。ほかの連中といっしょで女とヤルことで頭がいっぱいなんだろ。よくある話さ」彼女はグラスにもう半分注いだ。「これで最後だよ。飲んだら出てっておくれ」

彼はジャケットを探して、〈リーガル〉のつぶれたパッケージを見つけると、煙草に火をつけた。「チャズがやったと思うか？」

彼女は笑った。「ばかにしてんのかい？」

「あたしが知るわけないだろ。だれかがやったのさ。あんたは警官だろ、自分で見つけな」

「だれがやらせたと思う？」

「あいつはジミー・ギブスのことを言ってなかったか？」

彼女は首を振った。「そいつが彼にやらせたっていうのかい？」

マッコイは肩をすくめた。「そう思う」

「彼はしがないドアマンで、ほかのどこでも使えないからここに来た。金を稼ぐ唯一のチャンスだったのかもしれない。責めることはできないよ」彼女は油の浮いたジンの入ったグラスをまわし、炎を見つめた。

彼のことを話すときの彼女の様子を見て、マッコイは彼女とチャズに関する噂はほんとうなのかもしれないと思った。「ここが恋しくなるんじゃないか、アイリス？」

彼女はもう一度首を振ると、笑おうとした。「この場所にだったらないね。人生にならあるかも。ずっと同じだったわけじゃない。戦後は酒場が中心だった。週に六日から七日働いて忙しかったよ」

彼は微笑んだ。「昔は娼婦だったたって聞いたけど、ほんとうなのか、アイリス？」

「あい、そうさ。何か問題でもあるかい。その頃はきれいだったんだよ。あまりうまくはなかったけどね。ほんとうに金を稼ぐには、お客に愉しい時間を過ごしたと思わせなきゃならない。あたしにはそれができなかった。だから酒場をやるようになって、それから女の子も世話をするようになった。あたしのスタイルにぴったりだった」

「ならサウナも大丈夫なんじゃないか？」

「あい、そうかもしれないし、そうじゃないかもしれない。さあ、行った行った。寝なきゃならないんだ」彼女はドレッサーの引出しを開けると、ウィスキーのハーフボトルを取り出して、彼に手渡した。「これを持っていきな。シンクに捨てる手間がはぶける」

33

彼は通りの左右を見た。この天気ではタクシーは拾えそうもない。選択肢はひとつ、歩くしかない。少なくとも体を温めてくれるハーフボトルはある。アイリスのところにいたときも、雪はずっと降っていたに違いない。雪が通りも建物も覆い、あらゆる音をかき消して静かだった。彼はウィスキーを開けると、ひと口飲んで顔をしかめた。水で割ってあった。アイリスのやつ、最後の最後までしみったれている。

ダンロップ家には〈ロールスロイス〉がある。彼は記者会見のときにそれを見たし、ブロートン・ハウスでも見ていた。イザベルが最後にそこにたどり着き、カーペットを爪で引っ掻いたのは間違いないだろう。だがそれについて自分に何ができる？　自分自身のアドバイスに従って、放っておくしかないだろう。たぶん、チャズは正しかったのだ。女とドラッグを簡単に手に入れるクーパーをただ見ているだけでなく、先に進む必要があったのだ。マレーと本部長はマッコイのことを監視するはずだ。頭を低くして、しばらくはまっとうな道を歩むときなんだろう。そうしたところで害はない。彼はもうひと口飲んだ。新年の抱負を決めるのが何日か遅れただけのことだ。休みも取らなければならなかった。来週は休めるだろう。ダンロップもクーパーもなしだ。何日か北のほうに行ってもいい。頭をすっきりさせるのだ。

彼はハインドランド・ロードからハヴロック・ストリートに入ったところでライトを見た。三台のパトカーが小さな公園の端に止まり、ライトをまわして青い光を点滅させているなか、鉄製のメリーゴーラウンドの向こうに私服警官が集まっていた。マッコイはギルロイの小さな〈MG〉が止まっていることに気づいた。こんな雪の夜に彼女がベッドから出てくるなんてよほどのことがあったに違いない。大きなオーバーコートを着たひとりの制服警官が公園のゲートを警備していた。マッコイはバッジを見せると、ロープを上げてその下をくぐった。

近づくとなじみのある姿が見えた。中折れ帽にツイードのコート、手にはパイプを持っている。マレーだ。彼はワッティーに何か話し、振り向いて通りを指さした。ワッティーがマッコイに気づいて声をかけた。来るんじゃなかったと思いながら近づいていった。今夜、一番会いたくない人物がいるとしたら、マレーだった。特に怒っているときの彼には。

「マッコイ、ここで何をしてるんだ？」とワッティーが訊いた。

彼はポケットから両手を出すと、こすり合わせた。「別に。家に帰る途中でライトを見たんだ。やあ、ボス」彼はマレーにうなずいた。マレーがうなずき返した。ふたりともぎこちなかった。「ところでなんなんだ？」

ワッティーは毛布を肩に掛けた若いカップルのほうを顎で示した。そのカップルは怯えているようだった。「酔っぱらったカップルがフェンスを乗り越えて、おもしろ半分にメリーゴーラウンドに乗ってみようとして彼を発見した。十代後半から二十歳くらいの若い男、まだ死んで間もない。いま調べてるところだ」

「身元はわかってるのか？」

ワッティーは首を振った。「身分証明書も何も持っていないし、ポケットもからっぽだった。タトゥーはあったけど」彼は男の拳（こぶし）を指さした――「〝カム・オン・ダイ・ヤング（Come On Die Young）〟。

自分でやったようだ。すぐに行方不明者を調べるべきだな。大丈夫か？」

マッコイはうなずいた。自分が問違っていることを願った。「見ていいか？」

「めずらしいな、マッコイ。血が苦手なんじゃなかったのか。あそこにいる」ワッティーはブランコのほうを手で示した。「遠慮なくどうぞ」

近づいていくと、ちょうど照明がつながれたところだった。突然、前方に白い光とブランコの巨大で細長い影が現われた。マッコイはマレーのあとを追って、私服警官のあいだを通り抜けた。小声で祈りを捧げた。

その少年はうつぶせに倒れ、血のついたジーンズと下着が脚の半分くらいのところまで下げられていた。シャツは破れて血まみれで、背中は刺し傷でぐちゃぐちゃになっていた。片方の腕は体の下にあり、もう一方の腕をライトのほうに伸ばし、それぞれの指の関節の下に青いインクで文字が書かれていた。C・O・D・Y。

ギルロイが死体の横の地面に防水シートを広げているふたりの救急隊員に指示を出しながら、忙しそうに動きまわっていた。ひとりが少年の肩のあたりに、もうひとりは足元にひざまずいた。

「気をつけて」と彼女は言った。「三で行くわよ。一、二、三！」

彼らは死体を転がして仰向けにした。予想していたとおり、彼が見ていたのはクーパーの帳簿を盗んだ少年のひとりだった。ビリー・リーソン。

「くそっ」彼はそう言うと、眼をそむけた。

「どうした？」とマレーが訊いた。「彼を知ってるのか？」

マッコイは首を振った。「いえ。いつものことです。ご存じでしょ」

マレーは少年に眼をやった。「服はすべて身に着けている。こんな夜に出歩きたくなかっただろうに、可哀そうなやつだ」

少年のプリントシャツは暗赤色に濡れていた。右眼は腫れて黒くなり、前歯は折れているようだった。ギルロイが慎重に防水シートの両端を彼の上にかけてやり、救急隊員がシートにくるまれた死体にベルトを巻き始めた。彼女は仕事を終え、手袋をはずすと、それをジャケットのポケットに押し込んだ。

「ミスター・マッコイ、また会ったわね。ここで何をしているの？　マレーとワッティーがこの件の担当だと思ってたわ」

「ああ、そうだ。おれは通りかかっただけだ」

「で、どんな状況だ？」とマレーが訊いた。

「暫定的に？」

マレーはため息をついた。「暫定的に」

ギルロイはうなずいた。「男性、十代後半、身長はおよそ百八十センチ。一般的な傷、切り傷と擦り傷がある。歯を三本、正確には二本と半分——もう半分は残っていた——をなくしている。注目すべきは二点。胸にふたつの深い傷がある。ひとつは肺に達していて、もうひとつは心臓を直撃している。肉切り包丁か何かで。のこぎり状になっている。九十九パーセント、死因はこれね」彼女は顔をしかめた。「これらの傷がもうひとつの傷の前につけられたものであることを願うばかりね」

「もうひとつの傷？」とマッコイは訊いた。

「ええ。だれかが同じ肉切り包丁を直腸に押し込んで何度もねじったようね」

「くそっ」とマッコイは言った。

「汚いことばは使いたくないけど、まさに〝クソ〟よ」とギルロイは言った。

「かなりの大物を敵にまわしたに違いない」とマレーは言った。「それがだれなのか、すぐに見つけられるかどうか調べるんだ。指紋が照合できるはずだ」彼は手袋をポケットから出すと、それをはめた。「ひと晩じゅうここに立っているわけにはいかないぞ。ワッティー、指紋の採取を進めるんだ。公園を閉鎖して、マスコミが来る前にテントを張れ」彼はマッコイを見た。「車に乗ってくか？」

マッコイは首を振った。「通り二、三本しかないので歩きます。いずれにしろこの雪でガードナー・ストリートの坂を車が上れるとは思えませんし」

マレーは空から降ってくる塊のような雪を見上げた。「そうかもしれんな。おまえはこのごたごたに関わっていたほうがいいような気がする。忙しくさせておいたほうが。ワッティーには彼に任せていると思わせて、眼は離さないでおくんだ」

「ベビー・シッターってことですか？」

マレーはうなずいた。「キャベンディッシュが戻ってこないとわかるまで、一週間かそこらは頭を低くしておとなしくしてるんだ。いいな？」

「おれはかまいません」とマッコイは言った。できることはなかった。

マレーは光の輪の外に出ていくと、ぬかるんだ道をパトカーのほうに歩いていった。マッコイは彼が去るのを見ていた。現場は落ち着いた状態に戻っていた。死体があった輪郭に沿って雪が赤く染まっていた。哀れなばかがだれかを敵にまわした。まさにそのとおりだ。そしてすべておれのせいだ。

ワッティーが手に息を吹きかけながら近づいてきた。「こんな真夜中にうろつきまわって何をしてたんだ？」

「眠れなかった」

「キャベンディッシュの悪夢か？」ワッティーは微笑みながら訊いた。

学べることがあるかと思って」

「そんなところだ。おまえこそなんでここに？」

「おれも眠れなかった。ここに来て、みんながどうやるか見ておいたほうがいいと思った。

「ああ、でもあんたはときどき、物事をちゃんと説明してくれないからな」

「おれが教えることになってたんじゃなかったか？」

痛いところをつかれた。「おれに罪悪感を抱かせようとしてるのか？」とマッコイは訊いた。

「やってみたところで、うまくいくとは思ってないよ」

「たしかに。マレーの言うことを聞くんだ。彼だけが自分のやっていることをわかっている。制服組にばかにされるんじゃないぞ。ここはおまえの現場だ。彼らはおまえの望むようにする」

ワッティーは敬礼をした。「イエッサー」

「マレーはキャベンディッシュについてほかに何か言ってたか？」

「特には。ただ頭を低くしておけば、そのうち風も治まるだろうって」

「ほかには？」

ワッティーは決まり悪そうな顔をした。「あんたの悪いところを見習わないように言われた。敵と親しくするな、仕事中に酒を飲むな、ひとつの道に固執するな、選択肢を広く持てと」

「悪くないアドバイスだ。おれもやってみるかな」彼はポケットに手を突っ込むと、歩きだし、ゲートのほうに向かった。

部屋に戻ると、炎のそばに坐った。灯りはつけず、ただ暖炉のオレンジ色の光だけが部屋を照らすようにした。彼はアイリスからもらったハーフボトルに口をつけた。ウィスキーはひどい味だったが、役には立った。マントルピースの上に赤い手帳があった。この事件が始まったときに買ったものだ。今となってはもうずいぶん昔のことのように思えた。それを開いた。新聞の切り抜きのローナ・スカーヴィングの写真の横に大きなクエスチョンマークが書いてあった。その下には、〝仕事? 客? ボーイフレンド? 雇われていた?〟と書いてあった。次のページには、〝ハウイー・ネアン。少女とどういう関係が?〟とあった。

彼は坐り、壁に寄りかかった。もう一度写真を見た。〝ハウイー・ネアン。少女とどういう関係が?〟。彼はいっときそこに坐ったまま、ウィスキーを飲み、通り過ぎるヘッドライトの光が壁際の家具に射し込むのを見ていた。太陽が空を青みがかったピンク色に染め始める頃には、自分が何をすべきかわかった。立ち上がると、キッチンの水道の蛇口の下に頭をやり、冷たい水を浴びて眼を覚ました。コートを着て、玄関のドアを閉めると、ダンバートン・ロードまで歩いてタクシーを探した。

一九七三年一月十日

34

　マッコイは列車を降り、改札に向かう人々の流れに加わった。切符を渡すと、襟を立てた。ダンディーは、グラスゴーが熱帯地方に思えるほど寒かった。みぞれが横なぐりに降り、重い灰色の空が街の屋根のすぐ上まで迫っていた。その駅はテイ川の対岸にあった。川は空と同様灰色で、ゆっくりと流れ、大小さまざまな枝を運んでいた。彼は以前に一度だけここに来たことがあり、二度と来ることがないようにと願っていた。そのときはダンディーの警官が性的暴行で逮捕した男に、マッコイが事情聴取をしたのだった。マレーはその男がグラスゴーでの二件のレイプ事件の犯人だと確信していた。その男はダンディー警察よりも友好的だった。概してこのあたりではグラスゴー人は好かれていなかった。

　通りの向こう側に小さなカフェがあった。窓は湯気で曇り、〝フィッシャー・アンド・

ドナルドソン　営業中〟と書かれた看板があった。バスが何台か通過するのを待ってから通りを渡って店内に入った。店内は暖かく、混み合っていた。客とスタッフが冗談を言い合っている。彼は紅茶とベーコン・ロールを注文し、静かな一角を見つけて坐った。駅で〈R・S・マッコールズ〉に立ち寄って新聞と茶色の厚手の封筒を買ってあった。ポケットから写真を取り出し、だれにも見られないようにしながらそれを見た。タオル姿のカウィーがそこにいた。ゆったりとしたベルトを巻いたドレッシング・ガウンを着たダンロップ卿。その横にはダンロップ・ジュニアが腰に巻いたタオルから突き出たペニスを手でしごいていた。全員が、ローナ・スカーヴィングがもうひとりの少女の尻に張り形を押し込もうとしているところを見ていた。父と息子、地域社会の中心人物たち。充分だろう。それを封筒に入れると、封をし、表に〝ミスター・ジェイムズ・フォーファー〟と大きな字で書いた。裏には〝名宛人のみ開封のこと〟と書いた。紅茶を飲み干すと、カウンターの近くにいるペンキの染みのついた白いオーバーオールのペンキ職人たちのグループに近づいていった。

「だれか〈フォーファー出版〉がどこにあるか知ってるか？」

ダンディー訛りが強くて理解できず、何度か聞きなおさなければならなかったが、そう遠くないことがわかった。

一月のみぞれ混じりの朝のダンディー。もっと悲惨な場所もあるはずだが、マッコイにはひとつも思い浮かばなかった。〈フォーファー出版〉は、赤い砂岩でできた、ビクトリア朝様式の大きな建物で、まるで市役所か図書館のようだった。制服姿のコンシェルジェがドアを開けてくれ、彼は大理石が敷き詰められたホールに入った。ふたつの大戦で命を落としたフォーファーの従業員の記念碑の下にポピーの花輪が置いてあった。彼は記念碑の名前に眼を通した。そのなかにアイルランド系やカトリック系の名前はひとつもなかった。嫌いなのは組合だけではないようだ。彼が近づいていくと、デスクの後ろの女性が半月形の眼鏡越しに彼を見た。

「何かご用でしょうか？」

マッコイは最高の笑顔を見せた。「ええ」彼はそう言うと、封筒を差し出した。「たった今グラスゴーから列車で着いたところです。ミスター・フォーファー宛の至急の配達です。本人が開封する必要があります」

女性は受け取った。「彼に直接渡します」

「ありがとう。なるべく早く見たほうがいいみたいです」できるだけばかっぽく見えるように言った。「合併に関する何かですかね？」

「あら、早く言ってくれればよかったのに」彼女は電話に手を伸ばした。マッコイは「ど

う
も」と口元で言い、その場をあとにした。

数時間後、彼の乗った列車はクイーン・ストリート駅に着いた。眼をこすった。昨日の晩の埋め合わせをするように、旅のあいだじゅう、眠ったり起きたりを繰り返していた。人々が立ち上がり、棚から荷物を取ったり、コートやマフラーを身に着けたりしていた。やったのだ。もうあと戻りはできなかった。あの写真は厳格なバプテストである〝ウィー・フリー〟が朝の紅茶でむせるのに充分なものだろう。ご立派なダンロップとの合併について考えなおすはずだ。彼はあくびをすると立ち上がり、列車の通路を歩き始めた。ダンロップ家に経済的な打撃を与えることが今の彼にできる精いっぱいのことだった。ローナ・スカーヴィングやトミー・マローン、イザベル・ガーヴェイの件で彼らを追及するのは不可能だ。もしあの写真が合併を妨害したとしても、彼らを破滅させることにはならない。せいぜい彼らを少しだけ困った状況に追いやり、金をかけさせることになる程度だろう。それで充分だった。今のところは。

彼は列車を降り、煤(すす)けて、汚れたグラスゴーに戻れたことをうれしく思いながら、駅を通り抜け、クイーン・ストリートのタクシー乗り場に向かった。長く待つ必要はなかった。彼は後部座席のドアを開けた。

「どちらまで行きますか、お客さん?」

「メメン・ロード」ひとつは終わった。もうひとつだ。

35

以前と同じ革のコートを着た三人の若者がいて、同じ少女がスティーヴィーに伝言をし、同じようにメメン・ロードの庭に残されたごみをまたいで重い足取りで進んだ。同じように凍りついた階段を上った。マッコイはドアをノックし、今回はだれかが殴られた音が聞こえないことに感謝した。おそらくちょうどやんだところなのだろう。

ビリー・ウィアーは、今度は少しだけドアを開けた。心配そうな表情をしていた。「今はまずい、マッコイ。あとで来てくれるか、あ?」

「彼と話がしたい、ビリー。今すぐだ」

「だめだ、いまは忙しい」

戸口に立って押し問答していてもらちがあかなかったので、マッコイは思い切りドアを蹴った。ビリーが押されて尻もちをつき、ドアが内側に大きく開いた。マッコイはなかに入った。ビリーがすばやく立ち上がり、叫んだ。マッコイの期待していたとおりに。部屋の奥のドアが開き、クーパーが現われた。シャツを脱ぎ、グリースを塗ったオールバックの髪が眼にかかっている。手にはハンマーを持っていた。

「なにごとだ?」と彼は訊き、ビリーをにらんだ。

「止めたのに、こいつが無理やり入ってきやがって」ビリーが怒り狂った様子でそう言った。「すみません、ボス」

クーパーは走っていたかのように息が荒く、細かい血しぶきが鼻と口のまわりについていた。

彼はドアを大きく開けた。「そんなにおれに会いたいなら入ってこい、マッコイ」

そこらじゅうに足跡がついていた。マッコイは叫び声を聞いた。フローリングは血まみれで、そこは彼が一番入りたくない部屋だった。が、選択肢はなかった。ビリーの脇を通ってなかに入ると、クーパーがドアを閉めた。

遅かった。ジャンボのズック靴が片方脱げていて、足の指が折れて血まみれの肉塊になっていた。ジャンボは壁のほうを向いて丸くなり、母親を失った子供のように泣きながら横たわっていた。頭をまわしてこちらを向くと、鼻が折れて顔じゅう血まみれなのがわかった。左の頬が切り裂かれていて、傷口が広がっていた。マッコイは胃がひっくり返りそうな感覚を覚え、すぐに眼をそらした。

クーパーはマントルピースの上の覚醒剤(スピード)の粉の山に丸めたメモ用紙を深く突き刺すと、

大きく鼻で吸い、顔をしかめてから鼻を拭った。スピードの山の横に並んだボトルのひとつをつかむとぐいっと飲んだ。「おまえも飲むか？」彼はそう訊くと、ボトルを差し出した。マッコイはうなずき、それを手に取った。

クーパーは彼を見つめ、マッコイの震える手をまねして言った。「どうした？」

マッコイは首を振った。「なんでもない、わかってるだろ、少し気分が悪いんだ」彼はジャンボを顎で示した。「終わったのか？」

クーパーは鼻を鳴らした。「まだまだだ。なんでだ？　おまえには関係ないだろ」

「頼む、スティーヴィー、こいつを解放してやってくれないか？　ただのばかなガキで、おまえがしてることを知らなかったし、物事の道理もわきまえちゃいない。もう充分報いは受けた、違うか？」

「それはおれが決めることだ。口を出すな」

マッコイは両手を上げた。「たしかに、たしかに。おまえにどうしろと言ってるんじゃないんだ、スティーヴィー、ただ頼んでるだけだ」

クーパーはボトルを置くと、彼を見て、眼を細めた。「で、いったいどうした？」

マッコイは微笑んでみせた。「罪の意識ってやつかな？　おまえがこいつらふたりをそれほど重要視してるとは思わなかったんだ」

クーパーは笑みを返さなかった。彼はジャンボのところまで歩くと、シャツの襟をつかみ、引っ張って自分のほうを向かせた。ジャンボはめそめそと泣き、体をボールのように丸めて、逃れようとした。クーパーが腹にまともに蹴りを入れると、彼は前のめりになって、水っぽい嘔吐物を吐いた。マッコイはまた眼をそらした。

「マッコイ」クーパーが叫んだ。「こっちを見ろ。床を見てないで、おれを見るんだ！」

マッコイは顔を上げて、ゆっくり呼吸をしようとした。クーパーは、今はジャンボに覆いかぶさるように立っていた。手にはハンマーを持っている。「おまえは荒っぽいことは好きじゃないんだろ？　自分じゃ手を汚したくないってわけだ」彼はジャンボの上に勢いよく坐った。ジャンボはさらにすすり泣いていた。「おれをおちょくったふたりのガキはその報いを受ける。そうすればだれがボスかみんな知ることになる。簡単なことだ、マッコイ」彼は手のなかでハンマーをくるくるまわしていた。止めると取っ手をマッコイに向けた。

「やるか？」

マッコイは首を振った。

「タフなこった」

クーパーはハンマーを置くと、ジャンボの手首をつかんで、無理やり床に置き、太い指を広げた。C・O・D・Yとあった。彼は泣き叫び、クーパーの足元で身をよじって、手を振りほどこうとした。

「やれば、こいつを解放することを考えてやってもいい」

「嘘だろ、スティーヴィー、冗談はよせ」

マッコイは彼を見た。その眼を見て冗談ではないことを悟った。どんなゲームをしようとしているかわからなかったが、ほかにできることがあるとも思えなかった。自分がこの場をあとにすれば、いずれにしろジャンボは二時間ほどで死ぬだろう。彼は歩み寄ると、ハンマーを取った。

「手加減はなしだぞ」とクーパーは言った。「本気でやれよ」

マッコイはふたりの横にひざまずき、ハンマーを持ち上げると、自分がしようとしていることを考えないようにした。そしてジャンボの手にできるかぎりの力で振り下ろした。ひどい音がした。ジャンボが真の苦悶の叫び声をあげた。マッコイは胃がひっくり返りそうになる感覚を覚え、吐いてはいけないと思った。今は。

クーパーは彼に向かってニヤリと笑った。「いい子だ」

マッコイはハンマーを床に落とすと、窓際に歩み寄り、窓を押し開けて鋭い冷気を吸い込んだ。できるだけ叫び声を無視した。振り向くと、クーパーがちょうどジャンボから下りたところだった。ジャンボが手を上げると、人差し指の半分が落ちて木の床に貼りついた。マッコイはまた胃がひっくり返りそうな感覚を覚えた。

彼は自分のビールをマントルピースから取ると、いっきにその半分を飲んだ。クーパーが、いつものふらついた足取りで近づいてくると、マッコイの背中を叩いた。

「できないと思ってたぜ」

「これでこいつを解放してくれるな？」

彼は微笑んだ。「いいや」

「クーパー、きさま、言っただろ――」

「考えてやってもいいと言ったんだ。で、いま考えている。来い」

彼は部屋を出ていき、マッコイも続いた。ジャンボを、自分のしたことを、振り返りたくなかった。彼の発する声だけで充分だった。

「出ていけ」ふたりがキッチンに入ると、クーパーはそう言った。ビリーと少女が顔を上げた。ふたりはテーブルに坐り、黄色っぽい覚醒剤(スピード)の山を前に、折りたたんだ紙包みを並べて、包む準備をしていた。その量の多さに、マッコイは空気中に金属とチョークのような味を感じた。ふたりは彼らの横を通って出ていった。ビリーはまだ不機嫌そうだった。

クーパーはテーブルの上のスピードを指さした。「これを見たか？　時間の無駄だ。一ターもいない。だが、こいつは……」彼はジーンズのポケットを探ると、粘着性の茶色い物質が半分まで入った小さなビニール袋を取り出した。「こいつは違う。時代は変わってるんだ、マッコイ、すごい勢いでな。おれはその波に乗るつもりだ。新たなコネクション、新たなやり方で金を儲ける。ヘロインはその一部でしかない。人脈を広げているところだ」

「それをジェイニーに与えてたのか？」

「ジェイニー？　あい、ジェイニーは夢中だった。モルモットみたいなもんだ。どのくらい効果があるか見た。どうしてだ？」

「彼女はいなくなった。消えたんだ。どこに行ったのかアイリスも知らない」

「ちょっと待てよ、まだあの女とヤッてたのか？」彼は頭を振った。「前に言っただろ、マッコイ、あの女はただの娼婦だ。今じゃヘロイン漬けの娼婦だ。なんの価値もない。おまえの心の穴を埋めることはできない、違うか？」彼はドアのところまで歩いていくと、叫んだ。「ヘレン！　こっちに来い」

少女が戻ってくると、クーパーは彼女の髪をつかんで、無理やりひざまずかせた。「こいつにフェラしてほしいか？　すぐにやるぞ。おれの言ったことならなんでもやる」彼は手をひねると、少女の顔を自分のほうに向けさせた。「そうだよな。おれの言ったことならなんでもするんだろ」と彼は言った。

彼女はうなずいた。泣いてメーキャップが流れ落ちていた。クーパーは笑うと、少女を解放した。彼女は這って進み、マッコイのベルトをつかんではずそうとした。彼はあとずさると首を振った。

「好きじゃないのか、マッコイ?」

彼はまた首を振り、泣いている少女から離れようとキッチンの壁に背中を押しつけた。クーパーは彼女をつかむと、出ていくように言った。彼女は何かを言おうとしたが、クーパーが顔を平手打ちした。「出ていけと言ったんだ!」

少女が這って部屋から出ていくと、クーパーはキッチンの椅子に坐った。マッコイにはそれがスピードのせいかどうかわからなかったが、クーパーがどこか頭がぶっ飛んでしまったように見えた。偏執的でさえあった。クーパーは静かにゆっくりと話した。

「おまえはおれの味方だよな、マッコイ。もしそうでないなら、一度だけチャンスをやる。今すぐ出ていけ」

「おいおい、クーパー、長い付き合いじゃないか。おれはただ何が起きてるのか知りたくて……」

クーパーは彼を見た。顔にはジャンボの血が飛び散り、眼のまわりが黒くなり、瞳孔が開いていた。拳を閉じたり、開いたりしている。「イエスかノーか？」と彼は言った。どういうつもりだ？　わからなかったので彼は言った。「あい、おれはおまえの味方だ」

クーパーは椅子に寄りかかり、安堵で顔をゆるめた。マッコイは突然、クーパーがほかの連中と同じように生き方に迷っているのだと悟った。家族もなく、いつも警官や敵が次に何をするか眼を光らせていなければならない。まともな恋人もいない。彼のまわりには自分が金を払っている人間以外にはだれもいなかった。彼にとって唯一頼れる存在、なんらかの関係がある人物はマッコイだけだった。彼はテーブルに坐った。

「おれはここにいる、クーパー。ガキの頃からずっといっしょだった、そうだろ？」

クーパーはうなずいた。

「だが、おまえはあれをやりすぎだ」マッコイはスピードの山を顎で示した。「あれはなんの助けにもならない、違うか？　おかしくなるだけだ。もっとおかしくなるぞ」

クーパーは微笑んだ。「生意気な野郎だ。おまえのアドバイスが必要みたいに言いやがって。おれがいなきゃ、おまえはまだあのホームでくそマズいメシを食ってただろうよ」

彼はもう一度ヘロインの小さな袋を取り出した。「今度は聞く気になったか？」

マッコイはうなずいた。「そいつはどこで手に入れたんだ？　ごくたまに、少量しか出てこないと思っていた」

クーパーは顔を輝かせて、背筋を伸ばした。「今はもう違う。ビリー・チャンが二カ月前に香港に戻って、定期的に供給するようになった。先月から入ってきている。やつはそれをおれとロニー・ネスミスに提供することになっている。だが問題がある」

「なんだ？」

「すべての供給を支配しなければ真の金儲けはできない。おれはそうするつもりだ。だがいろいろと面倒なことになるだろう。そこでおまえと隣の部屋のあの太ったガキの出番だ」

「何を言ってるかわからん」

「マレーだ。何年もネスミスの掌中にあって、やつに便宜をはかっている。それをやめさせる必要がある」

マッコイは頭がおかしいというようにクーパーを見た。「マレーだと？　冗談を言ってるのか？　彼はどこまでもまっすぐな警官だ」

「そうかな？　ベアーズデンに大きな家を持っていて、子供たちふたりを気取った学校に通わせている。彼の給料でどうやってそれをまかなっているというんだ？」

「彼は裕福な家の出身だ。たしかボーダーズのホーイックのあたりだ」

クーパーは首を振った。「いいやあいつはクソ警官だ。クソあつかましい野郎だ。おまえらみんなと同じだ。おまえはあのラグビー野郎に騙されてんだよ。あいつの父親がホーイックの医者か何かだとでも思ってんのか？　父親はただの農場労働者で、あいつはスポーツ奨学金をもらって進学してる。勘弁してくれ、マッコイ。あいつはほかの警官と同様、ずっと金の分け前に与ってきたんだ」

マッコイは首を振った。「そんなはずはない。だれかがクソみたいな戯言をおまえに話したんだ。おれは何年も彼の下で仕事をしてるが、彼はどこまでもまっすぐな男だ」

「何を言っても無駄だな。オーケイ、勝手にしろ。だがネスミスには外れてもらう。やつへの保護をなくす必要がある。すべて解決するまで、しばらくのあいだマレーにはネスミスから手を引いてもらう。おまえがそれをなんとかするというなら、隣の部屋のデブ野郎を解放してやってもいい」

「存在しないものをどうやってなんとかしろというんだ？」

クーパーは答えず、ただ手を差し出した。「取引だ。どうだ？」

マッコイは手を握った。少なくともジャンボをここから出してやることができる。残りの心配はあとですることにしよう。

マッコイは車の後部座席のなかに体を入れた。ドアは開いていた。

「よく聞け、ジャンボ。いいか？　ビリーがおまえを王立病院の救急治療室に連れていく。おまえはそこで、通りで襲われたが、だれかはわからなかったと言うんだ。いいな？」

ジャンボはうなずき、じっと彼を見た。救世主の求めることならなんでもする準備はできているようだ。

「そのあと、どこか行くところはあるのか？　おばさんか、おじさんはいないのか？　しばらくここを離れる必要がある」

彼はもう一度うなずいた。「ペギー伯母さん。海の近くに住んでいて……」彼は懸命に考えようとした。「ガーバンだ」

「いいだろう。病院じゃ、何も言うんじゃないぞ、忘れるな。そこを出たらセントラル駅に行って、ガーバン行きの切符を買う。この金の……」彼はポケットを探って、先日クーパーから渡された金を取り出した。「半分を伯母さんに渡して、数カ月は滞在すると言うんだ」

「数カ月」ジャンボは繰り返した。

マッコイはうなずいた。「そうしたらまた帰ってこい。ミスター・クーパーのところで仕事を紹介してやる。いいな？」

ジャンボは激しく首を振り、また泣きだした。

「大丈夫だ、あいつはもう友達だ。何もかも終わったんだ。ほんとうだ」彼は前の座席に身を乗り出した。「いいぞ、ビリー。彼を王立病院に連れていって、それから列車に乗せてやってくれ」ビリーはうなずいた。あまり気に入っているようには見えなかった。

マッコイはジャンボのほうを見た。「戻ってきたらまた会おう、いいな？」

ジャンボはうなずいた。マッコイは彼の眼を見つめた。つぶされて折れた手を見ないようにした。「また会おう」彼が車から出ようとすると、ジャンボが彼をつかみ、抱きしめて、また泣きだした。マッコイはビリーを見た。困惑しながらもジャンボの背中を叩いた。

「大丈夫だ、ジャンボ、もう万事オーケイだ」

一九七三年一月十一日

36

「ちょっと待ってくれ!」

激しくドアを叩く音で眼が覚めた。初めは無視しようとしたが、やめてくれなかった。マッコイは家に帰り、ソファで眠りに落ちていた。腕時計を見た。八時。数時間しか眠っていない。気分が最悪なのも不思議はなかった。彼はボルトをスライドさせると、ドアを開けた。

「このクソ野郎」とジミー・ギブスが言った。「おまえはとんでもないクソ間抜け野郎だ」彼はマッコイを押しのけて、フラットのなかに入ってきた。

「よく来たな」とマッコイは言い、ドアを閉めた。

ギブスはスーツにブーツという姿で、赤みがかった髪をきちんと横分けにしていた。ダンロップ家から直接来たのだろう。マッコイはリビングルームに入り、歩きながら灯りをつけた。彼が来ることは予想していた。だが、ちゃんと対処できるもっといい状態のときに来てほしかった。ギブスはマッチを暖炉に投げると、マッコイのほうを向いた。

「どんなトラブルを引き起こしたかわかってんのか？」

マッコイはテーブルに坐ると、あくびをひとつして胸を掻いた。「で、何がお望みだ、ギブス？　まだ寝てたんだ。そういえばチャズ・ガウにイザベル・ガーヴェイ殺しの罪をかぶってもらうのにいくら払ったんだ？」

「なんのことを言ってるのかさっぱりわからんよ、マッコイ。残りだ。どこにある？」

マッコイは昨日の『デイリー・レコード』の最終面を読んだ。いや、読むふりをした。

「降参だ。なんの残りのことだ？」

「写真だよ、このクソ道化野郎」

「なんの写真だ？　写真なんか持ってない」彼は顔を上げると微笑んだ。こらえることができなかった。

ギブスは首を振った。「ところで合併はどうなった？」「まだ利口ぶったふりを続けるのか、マッコイ？　おまえはただのくそ素人だ」

彼はテーブルに坐り、両肘をつこうとしたものの、パンくずが散らばっていて、ミルクがこぼれた跡があることに気づいた。マッコイの読んでいた『デイリー・レコード』をひったくるとテーブルの上に置き、その上に肘をついた。袖がたくし上がったとき、マッコイはそれを見た。手首の内側にある逆五芒星のタトゥーの下半分。

「そいつは効果があるのか？」タトゥーを指さして尋ねた。「悪魔崇拝かなんかなんだろ。ティーンエイジャーとファックするのに役立つのか？　トミー・マローンの脳みそを壊して、おまえの思いどおりのことをさせるのに、どのくらいのＬＳＤを与えなきゃならなかった？」

「トミーは自分がしたいことをした。おれが何かをさせる必要なんてなかった」

マッコイはギブスを見た。悟った。「ほんとうにそんなクソを信じてるのか、ギブス？　そんな戯言(たわごと)をほんとうに信じてるのか？」

ギブスは袖をまくった。青い逆五芒星がそこにあり、その上に何か書いてあった。青のコッパープレート書体で文字が記されていた。マッコイは身を乗り出して、それを読んだ

――〝汝の欲することを為せ、それが汝の法とならん〟。

「どういう意味だ？」マッコイは訊いた。

「それはおまえが何を相手にしているかわかっていないということだ。おれたちに何ができるかを」

「おれたち？　おまえとダンロップのことを言ってるのか？　おまえは自分の立場を忘れている。連中から見れば、おまえはただの召使いだ。〝おれたち〟なんてものは存在しない。おまえは彼らの使用人のひとりにすぎないんだ」

「おまえみたいなやつにわかるとは思ってない。すべてはおまえなんかよりずっと上の世界の話なんだ、マッコイ。おまえの脳みそじゃ理解できないような」

「おそらくおまえの言うとおりなんだろう、ギブス。おそらく、おれは鈍すぎて、ハイになったティーンエイジャーに逆五芒星を描くことが、彼らをクソみたいに扱っていい言いわけになるとは理解できないんだろう」

「ああ、そうだ。おまえにはわからないさ、マッコイ。今も、そしてこれからも決してな」ギブスは彼に向かって微笑んだ。「ダンロップ卿とおれはフォーファーと親密なディナーの機会を持って、写真の合成の技術について話し合った。この合併を止めるためならなんでもする恥知らずな競争相手のことを彼に話した。ダンロップ卿は、あの合成写真にどれほど不快感を抱いているか、それがいかにみだらな恥ずべきことであり、病的で神を恐れぬ心の産物であるかをはっきりと話した」

そしてギブスは、何が起きているかマッコイが気づく前に椅子から立ち上がった。テーブルの上にあった空の牛乳瓶に飛びついてつかむと、マッコイの頭に叩きつけた。牛乳瓶はこなごなに砕け、マッコイは後ろに倒れた。ギブスがあっという間にマッコイの上に乗り、膝で両肩を押さえて、瓶のぎざぎざの部分を頬に押し当てた。ギブスの顔がすぐ近くまで迫り、息に煙草のにおいがした。

「よく聞け、このクソ野郎、一度しか言わないからな。写真を寄越せ。全部だ。明日じゅうに渡すんだ」

「離せ」とマッコイは言い、彼の下から逃れようともがいた。

ギブスはマッコイの眼を見た。「クソ明日じゅうだ」彼はそう言うと、瓶を押し下げた。マッコイは頬に圧力を感じ、やがてそれがなくなった。ギブスがガラスを深く肌に突き刺し、マッコイは悲鳴をあげた。

37

何台もの車が旋回していた。〈コルティナ〉〈ビバ〉〈ヒルマン・インプ〉。ファミリーカーに乗った家族持ちの男たちがただ眺めていたり、勇気を振り絞って話しかけたり、女を選んだりしていた。車がときどき止まると、女がウインドウから体をなかに入れ、取引が成立すると車に乗り込んだ。同じように娼婦が集まる場所でも、グリーン・ガーデンはブライスウッドの緑豊かな広場に比べると、ひとつランクの低い場所だった。そしてこれから行こうとしている場所はさらにひどい場所だった。

マッコイは、グリーン・ガーデンの手すりに寄りかかって煙草を吸いながら、ミニスカートとトップスだけで暖を取ろうとしている女たちのそばを通り過ぎ、古い箱製造工場の脇を通って暗い小道へと向かった。この道はもう何年も使われておらず、割れたワインボトルや煙草の空き箱、使用済みのコンドームが散乱していた。端のほうでドラム缶の炎を囲んでいる人影が見えた。彼女たちはとても若いか、すでに娼婦としての人生の終わりに達しているかのどちらかだった。その中間はなかった。

年配の女たちは、サウナやもぐりの酒場はもちろん、二本先の通りをうろつきまわる車からさえも用済みとなり、滑りやすい坂を転がり落ちてしまったような女たちだった。一方で若い女たちはみな同じような顔をしていた。みな痩せていた。というより痩せすぎていて、眼の下に黒いくまがあり、鼻水を垂らし、顔じゅうに自暴自棄が刻み込まれていた。そのなかのふたりが近づいてきた。微笑もうとしている。

「ハイ、だんな、何がお望み？」

マッコイがバッジを見せると、女たちの顔に浮かんでいた希望が消えた。

「人を探している。ジェイニーという女だ」答えはない。彼はポケットを探ると、二ポンドを取り出した。女は紙幣を見つめたまま眼を離さなかった。

「ここにはいないよ」背の高いほうの女が言った。「前にいて、何度か仕事をしてた。どこかのじじいが二ポンド渡してフェラチオをさせてた。ラッキーな女だよ」

「どこへ行った？」と彼は訊いた。

ふたりは彼のほうを見ていなかった。マッコイの手のなかにある金から眼を離さなかった。

「それはどこだ？」とマッコイは訊いた。

「どこだって？　麻薬（ヤク）を手に入れに行ったのさ」

「どこでもさ。今はあふれてる。上物が」

マッコイは金を差し出した。ふたりの女の眼が、棒を追いかける犬のように金を追った。

「もし彼女を見かけたら、マッコイが探していると伝えてくれ。どこに行けばおれが見つかるかは彼女が知っている」

マッコイは、女たちの眼に浮かぶ飢えをこれ以上見ていることはできず、紙幣を差し出した。彼女たちはそれをひったくると、通りの先のほうに戻っていった。自分が時間を無駄にしているとわかっていたが、やらないわけにはいかなかった。ジェイニーが抜け出せないほど深みにはまってしまう前に、なんとか見つけ出さなければならなかった。彼はいくつかの保護施設や〈テネンツ〉の醸造所の裏の通り、そしてグリーン・ガーデンにも訪れていた。彼女が仕事をするとしたら、今いる場所だとわかっていたが、ほかの場所にもいるかもしれないと無理やり自分に言い聞かせていたのだ。ヘロインは情け容赦ない。見つけることはできないかもしれない。ヘロインを手にしてどこに行ったにせよ、彼女は消えてしまった。

署に着いたときには午後三時を過ぎていた。パイプが寒さで破裂したとかで、暖房が止まっていた。みんなコートを着て、帽子とマフラーをしてデスクに坐っていた。ワッティーはミトンの手袋をして電話に出ており、まるで大きな子供のようだった。彼は電話を切るとやってきて、メモを手渡した。〝ジーン・ベアードに電話を〟と書いてあった。ジーン・ベアードがだれなのか思い出すのに一瞬かかった。マダム・ポロだ。なぜ彼女がおれに電話を？　電話をかけようとしたとき、マレーが彼のオフィスの戸口から出てきて、マッコイとワッティーに向かって怒鳴った。

「ふたりともいいか？」ふたりがオフィスに入ってくるとマレーが訊いた。そしてマッコイの頬に気づいた。「どうした？」

「ひげを剃っていて」とマッコイは言った。

マレーが眉を上げ、首を振った。「ひげを剃っていただと（シェイビング・マイ・アス）、ばかなこと言うな」

「あい、おもしろいじゃないか、マッコイ。昨晩の死体、公園で発見された死体はどうなった？　身元はわかったのか？」

ワッティーは首を振った。「所持品はなし、だれも彼の身元を知らず、指紋も登録されていません」彼は浮かない顔をした。「行方不明者のリストを当たるしかないようです」

マレーは考えた。「彼はチンピラのように見えた。ギャングのひとりのように。マッコイの知り合いのような」

マッコイはうなずいた。「かもしれない。調べてみますか？」

ワッティーもうなずいていた。安心したようだった。「いい考えだ」

「じゃあ、サラセンやミルトン、スプリングバーンに行って訊き込みをしてくれ。そのあたりにはコネがあるんだよな。彼を知ってるやつがいないか調べてくれ」

ふたりはうなずき、立ち上がった。

「キャベンディッシュのやつは真剣だぞ」とマレーは言った。「公務員秘密法について言っていただろ。おまえたちはあの写真を見ていないし、聞いてもいない。もう一度言うぞ。頭を低く下げてまともな警察の仕事に戻れ。あいつにおまえらふたりを探しに来させる口実を与えるんじゃない。いいな？」

「遠慮しときます」

「まだテディ・ダンロップに事情聴取する気はあるんですか？」とマッコイは訊いた。

「さあどうかな」とマレーは言った。「わかってるんだろ。さあ、行け」

マッコイとワッティーは空いている車があるかどうか探すために、署の裏に向かった。

「先に行って、車を探してきてくれ。おれもすぐに行く」とマッコイは言った。

ワッティーはうなずき、廊下を進んでいった。マッコイは彼が見えなくなるのを待って、カウィーのオフィスのドアを開けた。

カウィーはデスクで何かをタイプしていて、マッコイが入ってきても顔を上げなかった。

「ミスター・マッコイ！　坐ってくれ。この段落を終わらせないと、どこまでやったかわからなく――」

「ローナ・スカーヴィング」

タイプを打つ手が止まった。カウィーが顔を上げた。「彼女がどうしたんだ？」

「だからマレーのオフィスの外でギルロイを待っていたんだな、違うか？　検察医の報告書について盗み聞きしようとしたんだ。あんたが彼女につけたあざがまだ残っているかどうか確認するために。あんたには運がよかったことに、ほかのだれかがそのあと彼女に暴行を加え、まったく新しい傷を与えた。インドレストランに現われたとき、あんたがあんなに上機嫌だったのもうなずける」

カウィーは彼を見た。眼をしばたたくと、背筋を伸ばした。

「彼女の隣人だ。ワッティーが話をした。ボーイフレンドが訪ねてきていたと話していたそうだ。最初はマローンのことだと思った。普通はそう思うだろ？　だが、その隣人が言っていたことに気づいた。彼女はその男のことを、〝だらしない恰好で、ことばづかいの汚い男〟と言っていたそうだ。なあ、だれのことだと思う？」

「ばかげてる」とカウィーは言った。

「また泣きわめいて懇願するのか。〝一度だけなんだ、病気の妻を抱えてるんだ。すまなかった、知らなかったんだ〟と。だがあんたは知っていた。ローナ・スカーヴィングを知っていて、彼女の人生を地獄に落とした。つきまとって、寝るように脅迫した。奥さんにばらすと脅されるとあざができるまで殴った」

「ハリー、頼む、話し合おう。違うんだ――」

「だめだ、カウィー。もう終わりだ。年金もなければ、給料もなしだ。ここから出ていけ」

「証拠はあるのか？」

「どうかな？　賭けてみるか？　あんたが殺人事件の容疑者で、だれにも話さなかったとマレーに言ったら、彼はどうすると思う？　給料を上げてくれるとでも？」

カウィーはマッコイをじっと見た。唾を飲み込んだ。「どうしたらいい？」

「何も。辞めて、このオフィスから出ていけ」

「おれは十九年目なんだ、ハリー。年金が必要なんだ。あれがないとおれもカミさんも生きていけない。あいつを施設に入れなきゃならないんだ。お願いだ、ハリー。友達じゃないか。おれには――」

「わかってんのか、カウィー？　そんなことはおれの知ったこっちゃない」

カウィーは蒼白だった。すべての色が顔からなくなったようだ。絶望し、壊れ、今にも泣きだしそうだった。

「何か取引できるものがあるとしたらどうだ？　何かおまえに話せることがあったら？」と彼は言った。

思っていたよりも時間がかかったが、ようやくそこにたどり着いた。

「どんな？」

「ダンロップ家についての何か」

「あいつらについて何を知ってると言うんだ？　おれの見るかぎりじゃ、ただペニスを握ってあそこにつっ立ってただけだろうが」

涙が流れ始め、カウィーは手の甲で拭った。「テディ」と彼は言った。

「息子のほうか？」とマッコイは訊いた。「やつのなんだ？」

「おれが知ってるのは女が彼の近くには近寄りたがらないということだ」

「どうして？」

カウィーは肩をすくめた。「おれが聞いたのはそれだけだ。たぶん、もっとやってみれば……」

マッコイは背を向け、歩きだした。ドアまでもう少しのところでカウィーが叫んだ。

「ハリー！　お願いだ！」

背後でドアが閉まると、声は聞こえなくなった。

「訊き込みに行くのか？」とワッティーは言い、街の北のほうを顎で示した。

「おれひとりでか？　おまえもいっしょに来るんじゃなかったのか？　何ができるか見せてくれるんだと思ってたんだがな」

「もちろん、もちろん、問題ないよ」ワッティーはコートのポケットから毛糸の手袋を取り出した。「ただ、あんたひとりのほうがいいんじゃないかと思ったんだ。連中もそのほうが話しやすいんじゃないかと」

「で？」

「実は今日はサッカークラブのクリスマス・ダンスナイトなんだ」彼はニヤニヤしながらそう言った。

「クリスマスは二週間も前だぞ」

「知ってるよ。一月にやるんだよ。みんなを元気づけるためなんだろう」

マッコイは首を振った。「行けよ」

「ありがとう、マッコイ」毛糸の帽子をかぶりながらワッティーは言った。「恩に着るよ」

「あい、さっさと行け」

マッコイは彼が大きな病院の門の前を通り過ぎ、坂を下って街のほうに急ぐのを見ていた。ワッティーは気づいていなかったが、おかげで問題を回避することができてほっとしていた。どうやってワッティーから逃れようか考えていたところだったのだ。スプリングバーンのパブでだれかが、「あの少年を殺したのはクーパーだよ。みんな知っている」と言っているときに、ワッティーにそこにいてほしくはなかった。

ほんとうのことを知られたらおしまいだ。今度ばかりはマレーもかばいきれないだろう。自分はあのふたりの少年を小包のように包んでクーパーに差し出し、クーパーは彼らをドッグフードにしたのだ。早く彼を見つけなければならなかった。タクシーが通りかかった。

黄色い光が霧のなかで弱々しく輝いていた。この天気では奇跡だ。彼は手を上げるとタクシーに乗り込み、スプリングバーンまで行くように運転手に言った。

運転手は消防署のあたりでこれ以上進めないと言って、坂を上るのをいやがった。身動きが取れなくなるのを恐れたのだ。マッコイはチップも渡さず車を降りた。運転手のぶつぶつ言う声を無視して重い足取りで坂を上った。だが、運転手の言うとおりだった。それどころか雪はますます激しくなり、ほとんど横なぐりの状態になっていた。道の両側には置き去りにされた車が並んでおり、そのほとんどがすでに半分ほど雪に埋まっていた。街灯は雪と霧のせいであまり役に立っておらず、通りの先をかろうじて照らしている程度だった。消防署を過ぎて高架橋を渡ると、眼下の線路も雪に覆われているのが見えた。今夜は列車も走っていなかった。

もう少しで〈ベルズ〉までたどり着こうというときにそれを見た。バルグレイヒル・ロードを一台の車が彼のほうにやってきた。やたらと大きな黒いロールスロイスだ。グラスゴーではあまり見かけることのない車だが、スプリングバーンではなおさらだった。彼は〈ベルズ〉の外で立って待った。車が彼の前で止まり、帽子に厚手のコートを着た男が出てきても驚かなかった。

「ミスター・マッコイですか？　探していました。ダンロップ卿がお話があるそうです」

「ほう？　じゃあ、おれは忙しいと伝えてくれ」

「〈オールバニー〉にスイートを取っています」彼は車のほうを手で示した。「十分ほどで着きます。一時間以内にここに戻ってこられるでしょう」

「えーと、あんたの名前は……」

「メイソンです」と運転手は言った。

「あのな、メイソン。その大きな車に乗って、ダンロップを連れてきたらどうだ？　もしおれと話がしたいのなら一時間はこのパブにいる。山のほうがムハンマドのほうに来るように言え」

メイソンはうなずくと、車に乗ってエンジンをかけた。凍てつく夜の空気に排気ガスの雲が立ち込めた。マッコイは〈ベルズ〉のドアを押し開けながら、車が坂を下りていくのを見ていた。

パブに坐って、物思いにふけって待っていても何もいいことはなかった。イザベル・ガーヴェイ、トミー・マローン、ローナ・スカーヴィングが頭のなかをぐるぐるまわっていた。いったいだれが知っているというのだろうか？　ダンロップ家がどれだけの人々を嚙み砕いて吐き出したのかを。運河に浮かぶ家出人や、絶望して首を吊った妊娠中の女、

〝鉄格子〟ですさんだ生活を送っている人間のうち、何人がダンロップのような人物に出遭って人生を狂わされたのだろう？　ジミー・ギブスがそういった連中をハーメルンの笛吹きのようにブロートン・ハウスや壁の隠しカメラ、逆五芒星、そしてベッドサイドテーブルの手錠へと導いたのか？

彼はビールをもう一杯注文し、それが注がれるのを待つあいだ、カウンターでウィスキーを飲んだ。席に戻って何か別のことを考えようとしたがだめだった。

二杯目のビールを飲み終わり、ダンロップが来ないと確信したとき、ドアが開いた。カウボーイ映画のように、だれもが話をやめ、戸口に立っている場違いな男を見ていた。オーダーメイドのスーツ、ダークブルーのカシミアコート。ダンロップの上品な手からはずされた柔らかい革の手袋を見て、老人が口笛を吹いた。彼は周囲を見まわすと、薄汚れたパブの暗がりのなかにマッコイを見つけ、近づいてきた。

「これで満足か？」と彼は言った。「おまえの思いどおりになって」

ふたりは奥の小さなテーブルに坐った。使い古された銅のテーブルの上は、こぼれたビールと煙草の灰で汚れ、ずぶ濡れになったコースターが貼りついていた。パブの客は遠慮することなく、ダンロップをじろじろと見て、彼がそこで何をしようとしているのか探り出そうとしていた。警官にしては上質の服を着ているし、実業家にしては派手さが足りない。ダンロップはマッコイが注文してやったジン・トニックを持ち上げると、グラスのなかを覗き込んだ。不満そうだった。氷もなければ、レモンもない。ただぬるそうな脂ぎった液体が汚れたグラスに入っているだけだった。

「何がお望みだ?」とマッコイは訊いた。ダンロップが望んでいるのはマッコイの排除だ。うんざりだ。ダンロップにも、ギブスにも、そして彼らが逃げおおすことにも。

ダンロップはカクテルをひと口飲んだ。顔をしかめないようにしていた。「それはギブスが?」と彼は訊いた。

マッコイの手が顔の絆創膏に触れた。「ああ」

「謝罪する。彼は度を超す傾向がある。役に立つこともあるんだ。きみも知ってるだろうがね。たいしたことがないことを祈るよ」そう言うと彼は微笑んだ。

マッコイはお遊びに付き合うつもりはなかった。おしゃべりをするつもりも、笑顔を交わすつもりもなかった。彼はビールをぐいっとあおると、口のまわりの泡を拭った。「外のロールスロイスは、この前の夜、ジュニアがイザベルを運んだやつか?」

「すまん、なんのことだ?」

「おいおい、ダンロップ、もっとうまくやれよ。あの夜のことは記憶から抜け落ちたっていうのか? じゃあ、思い出させてやろう。おまえの息子が彼女をレイプした夜だ。彼女の手に煙草を押しつけて、さんざん蹴ったあとで頭蓋骨にひびが入るほど激しく殴った夜だ。イザベル・ガーヴェイが彼女の名前だ。可愛い娘だったのに、今は死体安置所にいる。思いあたることはないか？」

マッコイは知っておくべきだった。時間の無駄だということを。ダンロップは何も言わなかった。カエルの面に小便。身じろぎひとつしない。ただただ関心がないのだ。

「写真を返してほしい、マッコイ。そのためにここに来た。きみが道理をわきまえていることを願うよ。大物を引っ張り出すのはおたがいのためにならない」

「それはだれのことだ？　本部長？　謎めいたミスター・キャベンディッシュか？　死んだ十八歳の少女をあんたとジュニアのふたりでファックしている写真に、どこまで学閥が役に立つかはわからんがな。わかってるのか？　そうやって虫も殺さぬ顔で坐ってるが、心配でたまらないはずだ。心の奥底では糞を漏らすくらいびびってんだろ。じゃなきゃ、こんなパブに坐って、何かが感染らないように息を止めてるわけがないよな」彼は空のグラスを振ってみせた。「さあ、立ってお代わりを持ってきてくれ。喉が渇いた」

ダンロップの顔に一瞬軽蔑の色が浮かんだ。何か言おうとしたが考えなおしたようだ。

「正しい判断だ」とマッコイは言い、彼の視線を受け止めた。グラスを差し出した。

「〈テネンツ〉だ」

ダンロップはそれを受け取ると、バーカウンターに向かった。酔っぱらいたちは彼を通すために道を空け、バーテンダーがすぐに彼に声をかけた。金持ちの特権が〈ベルズ〉のようなクソみたいな場所にも及んでいた。ダンロップはマッコイが写真の残りを持っていると思っているようだ。ふたりとローナが写っている写真だけを渡したのだと思っている。キャベンディッシュがすべて持っているとは知らないのだ。どういうわけかキャベンディッシュはその情報を自分だけに留めているようだ。彼のような男はそうするのだろう。いつか必要となるときのために隠し持っているのだ。いいだろう。マッコイはダンロップにほんとうのことを言うつもりはなかった。

ダンロップが戻ってきて、マッコイの前に〈テネンツ〉のグラスを置いた。「さあ、どうぞ。いいか、わたしが必要としてるのは――」

マッコイは笑った。「まだ自分が主導権を握っていると思ってるのか？　わからないのか？　おまえはもうおしまいなんだ、ダンロップ。完全に終わったんだよ。だから黙ってろ。そうしたら何が起きるか教えてやる」

ダンロップは平手打ちを食らったような顔をした。そんな言い方をされることに慣れていないのだろう。彼は怒りを抑えていた。それがどれほど難しいかはその顔を見れば明らかだった。

「写真は返すが、見返りに何かほしい。あんたがその見返りになるつもりはないだろうから、テディを差し出せ……」マッコイは肩をすくめた。「言いたいことはわかる。おれは道理をわきまえた人間だからな。だがあいつには消えてほしい。あんたたちタッグチームを解散してもらおう。これ以上女の子をシェアして、正気じゃなくなるまで怖がらせることも、あらゆる方法でファックして、あざを作らせたり、もっとひどいことをするのもなしだ。どこか植民地に追放しろ。あんたの持ってるゴム農園のひとつでもいいし、ダイヤモンド鉱山でもいい。おれの知ったこっちゃない。ここから離れた場所にやるんだ」

ダンロップは考え、うなずいた。「カナダの林業に出資している。サスカチュワン州だ。そこならどうだ？」

マッコイはうなずいた。「彼がいなくなることをそれほど悲しんでいないようだな」

「子供はいるのか、マッコイ？」

マッコイは首を振った。死んだボビーのことをダンロップのような男に話すつもりはなかった。

ダンロップは肩をすくめた。「子供というのは喜びであると同時に重荷にもなる。テディはずっと、なんと言うか、問題児だった。そういったトラブルはいつかわが身に返ってくる。それがここではなく、カナダで起こるのなら御の字だ」

「それは告白か？」

　このときばかりはダンロップも普通の男に見えた。あらゆる富を抱えているにもかかわらず、自分の肉親に対し何もできない男だった。「二、三日かかるかもしれない。あの子はいま家にいないんだ」

「いない？　どこにいるんだ？」とマッコイは訊いた。

「言ったように、テディは複雑な子なんだ。あの子はしょっちゅう無断外泊をする。ドラッグやアルコールでどんちゃん騒ぎをしていることもあれば、クリニックで休養していることもあるし、ただ消えてしまうこともある。もういいか？」彼はそう訊くと、立ち上がった。

　マッコイは首を振った。「だめだ。ギブスもほしい」

　ダンロップは眉を上げた。「ギブス？　それは問題かもしれない。彼は過去五年間、一家の仕事を引き受けてきて、いろいろなことを知っている――」

「死体が埋まっている場所とか？」

　ユーモアのかけらもない笑み。「そうじゃない。きみの誇大妄想はたくさんだ。残念ながらもっと退屈なものだ。引継ぎや秘密保持契約といったものが必要だ。彼は死体がどこに埋まっているかは知らないが、充分なこと、いやそれ以上のことを知っている。彼は不満に思うだろうな。二、三日必要だ。取引をしなければならない。報酬もやらないとならないだろう。面倒なことになりそうだ」彼はカクテルを飲むと、また顔をしかめた。「実際のところなんの罪で告発するんだね、差し支えなければ教えてくれないか？」

マッコイは指を折って挙げた。「違法薬物の供給に関する共同謀議、未成年者への性的暴行、わいせつ文書の販売および製造。いろいろだ。心配するな、数年は刑務所行きにするだけのものを見つけるさ」

「新聞には載るのか？」

「賭けてもいい。お祭り騒ぎになる。だが少なくともあの写真は出ない。写真なしならそんなたいしたことにはならないだろう。あんたのお高い弁護士を使えば、被害は最小限に食い止めることができるさ」

「きみがコピーを取っていないほど愚かだとは思えない」

「もちろんさ。探偵映画は飽きるほど見てきたからな。写真は封がされた状態で弁護士の手元にある。もしおれに何かがあったら、弁護士が開封して、新聞社に送ることになっている。よくある手続きじゃないか？」

ダンロップは最後の酒を飲み干すと立ち上がった。「言ったように、二、三日必要だ」

「ジュニアはいなくなる。ギブスは引き渡してもらう。保護はなしだ」

「もしそうならなかったら？」

「もしそうならなかったら、新聞社と警察に写真が渡ることになる。〝首なし男〟のスキャンダル（一九六三年に起きたアーガイル公爵夫妻の離婚騒動。公爵夫人の恋人の写真が首の下しか写っておらず謎とされた）がティーパーティーに見えるようになる」

ダンロップは手袋を着けた。「間違いがあったときは、きみの警官としてのキャリアは終わる」

マッコイは笑った。ダンロップがいつもの威圧的な態度に戻るのにそう時間はかからなかったようだ。ダンロップは常に勝ち、どんなことがあってもナンバー・ワンを追い求め、そのためならだれであろうと打ち倒す。マッコイがだれよりも嫌いなダンロップがそこにいた。だがそんな彼をもう二度と見ることはないだろう。「おれの気が変わらないうちに失せろ」

そのことばにダンロップの堪忍袋の緒が切れた。冷静を装ったまま、マッコイに顔を寄せた。「いいか、よく聞け、この無知なクソガキが。礼儀正しくしてやったのが――」

マッコイが顔を殴った。激しく。ダンロップの鼻がつぶれ、血が顔、ネクタイ、そしてシルクのシャツに飛び散った。マッコイは拳（こぶし）を引いてもう一度殴った。ダンロップは倒れ、ビールで汚れたべとべとのカーペットに腹ばいになった。マッコイは一歩下がった。ここでやめなければやめることができず、気を失うまでダンロップを蹴って、そのあとも蹴り続けるだろうとわかっていた。

ダンロップは肘をついた。半分驚き、半分は怯えていた。鼻に手をやり、血を止めようとした。

「失せろと言ったはずだ」とマッコイは言った。「二度は言わないぞ」

ダンロップは苦労して立ち上がると、頭を下げたまま、ドアに向かった。大きな音をたてて開けると出ていった。マッコイは自分の行動が無意味であり、間違いなく自分に返ってくるとわかっていた。だが後悔はしていなかった。大きな勝利を得ることができない状況での小さな勝利。彼はバーカウンターまで歩いていくと、ビールを注文し、バーのタオルで拳についた血を拭った。

「おれのおごりだ」バーテンダーはそう言って、ビールを置いた。「お高く止まったあのクソ野郎はチップも払わなかったからな」

38

ワッティーはマッコイが署に入ってくるやいなや、彼を捕まえた。「マレーがあんたのことをあちこち探しまわってるぞ。今は病院にいる」

「くそっ、何があった？　それにおまえはここで何をしてるんだ？　ダンスに行ったんじゃなかったのか」

「そのつもりだったけど、マレーに見つかってやめたんだ」

「病院で何があった？」

ワッティーは肩をすくめた。「おれには言わなかった。ただあんたに来るように伝えろと。すぐにだ。おれはあんたを探しに来たところなんだ」

ワッティーが運転した。交通量は最低限にまで減っていた。こんな天気のなか、ほんとうにしなければならないことがあるのでなければ、だれも外出しようとはしない。道路の半分は、雪だまりに放置された車でふさがれていた。ラジオがサウスサイドで停電が起き、あちこちで交通事故が発生し、橋も封鎖されていると伝えていた。マッコイは悪態をつくと、ラジオのスイッチを切った。ワッティーの抗議は無視した。ワッティーはといえば、ハンドルに覆いかぶさり、フロントガラスをこすりながら、結露と雪越しに、自分たちがどこにいるのか確認しようとしていた。

「もっと速く走れないのか？」とマッコイは訊いた。

「あい、かまわないよ。バスの下敷きになりたければな。ところで何があったんだ？」

答えなかった。が、黙らせることもしなかった。

「公園のあの男の件か？」ワッティーは訊いた。「何か進展でも？」

彼が何を言っているのか理解するのに一瞬かかった。自分がスプリングバーンでしていたはずのことを忘れていた。「いや、特にない。この天気でどこも閉まっていた。だれもうろついていなかった。閑散としたもんだ。明日もう一度やってみる」ワッティーは納得したようで、コートの袖の端でフロントガラスをこする作業に戻った。

アーガイル・ストリートではバスが雪のなかで立ち往生していた。寒さのなか怒った乗客が外に立っており、車掌が状況を説明しようとしていた。

ふたりが到着すると、マレーがパイプをくわえ、大きな救急治療室の入口の前の廊下を行ったり来たりして体を温めようとしていた。近づいていくとパイプを上げた。

「なかで吸わせてもらえないから、このクソ南極みたいなところにいるんだ」彼らはドアのほうに向かうと、マレーが腕をワッティーの胸に置いた。「おまえはだめだ、ワッティー」と彼は言った。「少し待っていてくれ」

ワッティーは抗議しようとしたが、マレーの表情を見て、それがいい考えではないと悟り、不公平だとつぶやきながら車のほうに戻っていった。

「そんなに悪いのか？」とマッコイは訊いた。「なかに入らないといけないのか？　こういうところは嫌いなんだ、マレー。入らないで——」

だが気がつくとマレーのコートの背中に話しかけていた。ため息をつくと、彼のあとを追ってなかに入った。

「おまえが知りたいと思ったんだ」

ふたりはベッドの脇に立ってジェイニーを見下ろしていた。マッコイは一歩前に出ると、シーツのなかに手を入れて、彼女の手を取った。その手をしっかりと握り、自分の体のほうに引き寄せた。視界がかすんできた。涙が流れ落ち、緑のシーツに黒い斑点ができた。

彼は鼻をすすると、手の甲で顔を拭った。

「何があったんですか？」と彼は訊いた。

「子供たちがパトリックの空き家で彼女を見つけた。注射器が腕にささった状態だった。知ってたのか？」

彼はうなずいた。「なんとなく。昨日、彼女を探そうとした。ここまでひどいとは思わなかった」

「医者は持ちこたえるだろうと言ってるが、たしかなことは言えないそうだ。運がよかった。今週はほかにも三人が遺体で発見されている。疫病みたいなもんだ。いずれも若い連中だ。彼女に家族はいるのか？」

「知りません。アイリスなら知ってるでしょう。彼女に訊いてみてください」彼はまだジェイニーを見つめていた。もぐりの酒場のあの部屋で迎えた朝のことを思い出していた。窓には霜が降り、彼女は彼を包み込むように抱きしめていた。ふたりとも寒くてベッドの外に出ることができなかった。いつも彼のほうが折れ、飛び出すと電気ストーブをつけて、また急いでベッドに戻った。ふたりで話し、笑い、部屋が暖まるのを待った。あのときがどんなに幸せだったのか今ならわかった。どんなに彼女に会いたかったかが。

「大丈夫か、坊主？　少し時間が必要か？」

マッコイは首を振った。彼女のことを考えると、こんなことではいけないと思った。床の洗浄剤のにおい、傷ついた腕に刺さった点滴、ずらりと並んだベッド。彼が一歩下がると、マレーが彼に腕をまわし、背中を軽く叩いた。

「残念だ、坊主。だれであれこんな若い娘にあってはならないことだ。彼女はよくなるさ。きっと」

マッコイは煙草を取り出すと、震える手で火をつけた。深く吸うと、頭がぼうっとした。ぼうっとしていたかった。いま感じていること以外ならなんでもよかった。

「これはまだ続くぞ、マッコイ。ただの始まりでしかないような気がする。以前はこんなことはなかったのに、今ではあちこちで起きている。おまえの友達のクーパーは何か知ってるんじゃないか？　深刻な事態だ。これ以上、こんなふうに女の子が病院に担ぎ込まれないよう、なんとかしなきゃならない」マレーはことばを切った。マッコイが自分を見つめているのに気づいた。「どうした？」と彼は訊いた。「大丈夫か？」

マッコイはマレーのことばを聞いていなかった。クーパーがマレーとネスミスについて言ったことを考えていた。マレーがここにいるほんとうの理由はそれなのか？　彼は、ジェイニーをマッコイに見せれば、彼がクーパーを引き渡すと考えたのだろうか？　マレーが見せた同情は、すべてネスミスに麻薬の市場を独占させるためのものなのだろうか？

「大丈夫か？」とマレーは訊いた。「ひどい顔色だぞ」

マッコイは彼を見ていたくなかった。それが真実かもしれないと考えたくなかった。「ちょっと空気を吸ってきます」と彼は言い、マレーを押しのけた。「新鮮な空気を」

彼はいっとき救急治療室の受付に坐り、起きたことすべてを理解しようとした。何を信じ、何を信じないのか整理しようとした。マレーは彼にとって、ほんとうの父親以上の存在だった。彼はほんとうに堕落しているのだろうか？　クーパーがそんなふうに物事を進めることはこれまでなかったし、彼のスタイルではなかった。スティーヴィー・クーパーという人間が何者であれ、決してぶれない人間だった。そして彼が何者であれ、ジェイニーが病院に横たわっているのは、ほかでもない自分のせいだった。ただ坐って彼らを裁いている自分はなにさまなのだ？　何ひとつまともなことをしていなかった。ジェイニーのこと。スーザンにはまた嫌われてしまった。ビリー・リーソンは死に、ジャンボは殴られて死ぬ寸前だ。

「出ていけ！」顔を上げると、制服警官がひとりの少女を救急治療室から連れ出そうとしていた。少女は酔っぱらっていて、ミニスカートを穿いていた。娼婦だ。

「友達を待ってるの！」と少女は叫び、警官に殴りかかった。まわりの人々がクスクスと笑っていた。「やっちまいな、お嬢ちゃん」と叫んでいた。マッコイも微笑んだ。そのとき思い出した。ジーン・ベアード。折り返しの電話をするのを忘れていた。

39

「直接来ようと思ってね」とマッコイは言った。

マダム・ポロ、あるいはジーン・ベアード。彼女の名前がなんであれ、彼女自身がドアを開けたのには少し驚いた。メイドが開けるものと思っていた。あの少女がこの前着ていたメイド服はまったく別の用途のためだったのに違いない。マダム・ポロがドアを開けたまま押さえ、彼を待合室のようなところに案内した。彼女はクリスタルのデカンタからふたり分のウィスキーを注ぐと、単刀直入に話題に入った。

「あなたが前回会った女の子、エルサが行方不明なの。仕事に来ていないし、家にも帰っていない。だれも彼女の行方を知らないの」

「ただいなくなっただけでは？　この業界では連中の出入りは激しいんだろ？」

彼女は彼を見た。「連中？」

「失礼、女の子たちだ」マッコイは叱られたような気分になった。スーザンの言うとおりだ。マダム・ポロはどこか校長先生のようだった。

「エルサは違う。彼女は信頼できる子よ。何か問題でも起きないかぎり、こんなことするはずはない」

「問題とは？」

マダム・ポロはウィスキーに眼を落とした。「前回話したとき、もっと率直に話すべきだったかもしれない」

マッコイは何も言わなかった。待った。

「エルサはローナ・スカーヴィングといっしょに仕事をしたと言っていた。ボーイフレンドから女の子がふたり必要だと言われたそうよ」

マッコイはうなずいた。

「エルサはずっと目隠しをされていた。それがシナリオの一部だったの。ボーイフレンドは何が起きるか彼女に知らせたくなかった」

「どんなことが起きたんだ？」とマッコイは訊いた。

「言わなかった。話したがらなかった。でも何が起きたにせよ、彼女はもう二度と行こうとしなかった。ローナは何度も何度も彼女に頼んだ。二倍のお金を払うと言って。でもだめだった。エルサはきっぱりと断った」

「で、あんたは、彼女がそのボーイフレンドといっしょにいなくなったんじゃないかと心配してるというわけだな？」

マダム・ポロはうなずいた。「そして戻ってこないんじゃないかと」

「そのボーイフレンドというのはだれなんだ？」

「ミスター・マッコイ、以前も言ったように、わたしの商売は秘密厳守が重要なの。だれであれクライアントの名前を言うことはできない」

「テディ・ダンロップ、彼なんだな？」

彼女はうなずいた。ほんの少し首を傾けただけだったが、それで充分だった。

マッコイは椅子の背にもたれかかった。マダム・ポロが飲み物の棚のほうに戻っていくのを見ていた。この話をマレーに持っていくわけにはいかなかった。ダンロップ絡みだからといってすぐにクビになることはないだろうが、彼のことばが聞こえてくるようだった。「証拠はどこにある？」なかった。胃の奥のほうにいやな感覚を覚えた。それを取り除くのを助けてくれる人物は、今、彼が世界で一番会いたくない人物だった。それでも、それがどんな種類のものであれ、血は水よりも濃いのだ。

マダム・ポロは半分ほど入ったグラスを彼に渡した。

「力になってくれる？」彼女は訊いた。

彼はうなずいた。「電話を借りてもいいか？」

マッコイは〈ボン・アコード・ホテル〉の外で二十分かそこら待っていた。しだいに寒さを感じるようになってきたところに、シルバーの〈ゼファー〉が止まった。クーパーが降りてきて、屋根を二回叩き、ドアを閉めた。運転手は霧の夜のなかへと走り去っていった。クーパーは襟を立て、両手に息を吹きかけながら近づいてきた。

「で、何かでかい問題でも起きたのか？」と彼は訊いた。

「ある人物のことで助けてほしい。オフレコで」

「マジか？」とクーパーは言った。

マッコイは背後にあるホテルの隣のタウンハウスを指さした。ダンロップ家が所有しており、今は空き家となっている家だ。「あのなかだ。裏手にまわる」

「それが緊急事態なのか？　おまえの代わりにだれかをぼこぼこにしてほしいってのか？　なんてこった！　ビリーを送ることもできたじゃないか」

「助けてくれるのか、くれないのか？」マッコイが訊いた。

クーパーは振り向くと、タウンハウスに向かった。「さっさと終わらせようぜ」

ふたりは〈ボン・アコード・ホテル〉の灯りの灯った窓を通り過ぎ、なかで行なわれているパーティーの音を聞きながら、建物が並ぶ背後の路地に向かった。路地に入ると柔らかい新雪に足が沈むのを感じた。キツネが蓋の開いたごみ箱から飛び出してきて、柵の隙間を通って消えていった。ふたりの吐き出す息が、凍てつく空気のなかで雲となった。言うべきタイミングではなかったが、家に入る前に言っておかなければならなかった。

「ジェイニーが病院にいる」と彼は言った。「過剰摂取だ」

「そうなのか？」とクーパーは言った。親指の爪を噛んでいた。「驚くことじゃないな」

「ああ、おまえが彼女をそこに追い込んだことを考えれば、たしかにそのとおりだろうな」

クーパーはマッコイのほうを向き、笑った。「おれが何をした？」

「ヘロインだ。彼女はおまえのために効き目を試しているうちに夢中になっちまった。なのにおまえは必要なくなったら、彼女をあのもぐりの酒場から追い出した」

クーパーは首を振った。愉快そうだった。「なんてこった。あいつがそんなにフェラチオがうまいとわかっていれば、引き止めておいたのにな。前にも言ったはずだ、マッコイ。彼女は娼婦だ。以上。ヤク中の娼婦だ。グリーン・ガーデンに向かって棒を投げれば、そんな娼婦に二十人は当たるだろう。人生は続く。おれはビジネスをやってるんだ。あそこはヤク中の娼婦のための介護施設じゃねえ」

やめておくべきだと思ったが、止まらなかった。自分を止めることができなかった。病院での彼女のことをずっと考えていた。彼女の部屋にふたりでいて、笑い、ローリング・ストーンズの音楽に合わせて、ばかなティーンエイジャーみたいに踊ったことを思い出していた。「気にもかけなかったんだろう、違うか？　おれと彼女のあいだに何かあると知っていたのに、彼女のことを少しも気にかけなかった。おれのことも」

「くそが」とクーパーはつぶやいた。

「おまえにならーー」

そのことばを言い終えることはできなかった。クーパーが覆いかぶさり、マッコイの首に両手をまわして、頭を路地の壁に強く押しつけた。彼は顔を近づけると、食いしばった歯のあいだからことばを吐き出した。

「あのクソ三年間、おまえは泣いて、小便でベッドを濡らした。怯えたクソガキに蹴りを入れようとだれもが列を作っていた。そしておれが連中の面倒を見た。修道女やブレンダン神父のお愉しみタイムからおまえを遠ざけた。死ぬほど殴られたのはおれだ。何日も監禁されたのはおれだ。おまえじゃない。それでも充分じゃないというのか？　はっきり言っておくが、ジェイニーがおまえと会っていたのは、おまえが持ってくるドラッグのためだけだ」

「そんなことは――」

「いや、そうなんだよ。アイリスがおれに言っていた。来月になれば、おれとビリー・チャンが仕入れたまともなヘロインが入ってくる。ビリーにマレーを買収させて、ネスミスはバーリニー刑務所行きだ。おまえがそうさせるんだろ」クーパーはマッコイの頭をつかみ、背後の壁にぶつけた。「そうだよな？」

マッコイはうなずき、後頭部に手をやった。血で濡れていた。クーパーはあの部屋で、床に倒れているジャンボをハンマーで殴ったときと同じ表情をしていた。どこかにイってしまっていた。

「なんだって？」彼は叫び、マッコイの頭をもう一度壁に叩きつけた。「聞こえないぞ！　言ってみろ」

「わかった、わかった」マッコイはようやく言った。クーパーはもう一度彼を壁に押しつけると、解放した。マッコイは壁を滑るようにして崩れ落ちると、雪のなかに坐り込んだ。

「おれはおまえがケツを掘られ、頭を蹴られることからずっと救ってやってきたんだぞ、マッコイ。おれがおまえのために何をしてきたか、二度と言わせるな！」

クーパーは一歩下がると、袖口で口元を拭い、背を向けて路地を歩いていった。そして立ち止まると拳で壁を殴った。もう一度。マッコイは顔をしかめた。クーパーは思い切り壁を殴っていた。拳を引くともう一度殴ろうとした。

「スティーヴィー！　やめろ！」

クーパーは振り向くと、眼をしばたたいた。正気に戻ったようだ。彼は戻ってくると手を差し出した。マッコイはその手を握った。いつもそうしているように。

クーパーはマッコイを引っ張り上げて立たせた。嵐は過ぎ去ったようだ。いつもの彼に戻っていた。

クーパーは雪のなかに唾を吐き、煙草を取り出した。タウンハウスの裏手を見上げた。

「さて、ここで何をするつもりなのか、教えてくれるか？」

40

マッコイは木の門を押し開け、クーパーといっしょに庭の小道を進んだ。キッチンの窓から灯りがこぼれ、雪に覆われた芝生を照らしていた。マッコイが窓の霜を袖で拭い、ふたりでなかを見た。ドアの取っ手をまわしてみる。鍵はかかっていない。今回ばかりはラッキーだったようだ。

ふたりはキッチンに入ると、ドアを閉めた。いっとき立ったまま、ただ耳を澄ました。自分たちのいる場所をたしかめようとした。家のなかは外とほとんど同じくらい寒かった。からっぽで、だれも住んでいないようだ。クーパーが廊下へ続く、半開きのドアから射し込む光を指さした。玄関ホールの床は優に二センチほど水に浸かっていた。どこから流れてきているかは一目瞭然だった。水が階段の脇からあふれて床に滴りながら、階段を流れ落ちていた。

ふたりは水しぶきを上げながら大きな居間に入り、埃をかぶった床板に水の足跡を残しながら進んだ。グランドピアノが厚い埃に覆われ、家具のいくつかは白いシーツをかぶっていた。壁は動物の頭で覆われていた。ヘラジカ、シマウマ。ライオンまである。ガラスの眼がふたりを見つめていた。それらの横には連隊の盾や剣が複雑に配置され、暗闇のなかで輝いていた。

ふたりは玄関ホールに戻った。マッコイが思い切り大きな声で叫んだ。「ダンロップ？いるのか？」

彼の声はだれもいない家のなかにこだました。返事はない。もう一度試した。「ダンロップ？　エルサ？」さらにこだまが響き渡った。

二階には空き室がふたつある以外には何もなかった。三階にも何もなく、ネズミが奥の寝室の床板の上を走りまわり、幅木の下に消えていった。

「間違った木に向かって吠えてるのかもしれないぞ、マッコイ」とクーパーは言った。

「かもしれない、だがすべての場所を調べなければならない。行くぞ」

ふたりはさらに階段を上った。水が四階の廊下から流れ落ち、手すりのあいだから階下に落ちていた。水しぶきを上げながら、ふたりは上り続けた。

「これはいったいなんなんだ？」足を振って水のしずくを落としながら、クーパーが言った。

「おそらくパイプが破裂してるんだろう。このクソみたいな場所には暖房もないようだ」とマッコイは答えた。

四階の廊下のドアのひとつが閉まっていた。マッコイは顎で示した。クーパーが押し開け、ふたりはなかに入った。

「くそっ」とマッコイは言った。

その部屋はきちんと整えられており、暖かくさえあった。服の山の向こうに、四柱式ベッドが部屋の真ん中を占めるように置かれ、白いシーツが血で汚れていた。クーパーが部屋のなかを進み、ベッドを見るとあとずさった。「シーツはまだ血で濡れている」

ベッド脇のテーブルの上にはポルノ雑誌が山積みになっていた。『イゼベル』が一番上に置かれ、ローナ・スカーヴィングの写真のページが開いてあった。マッコイはそれを手に取った。それを見て、自分が正しい場所にいるのだと悟った。

「ダンロップ！」彼は叫んだ。「グラスゴー市警だ。いるのか？」

サイドボードの上に〈ヘイグ〉のハーフボトルがあった。クーパーが蓋を開けて、ひと口飲んだ。マッコイに渡す。マッコイはひと口飲むとボトルを置いた。

「ここでいったい何があったんだ？」とクーパーは訊いた。ベッドから床に滴り落ちる血を見つめていた。

「わからない」とマッコイは言った。「いいことじゃないのはたしかだ」

「何か持ってるのか？」とクーパーは訊いた。

マッコイは首を振った。クーパーは尻のポケットからナイフを取り出すと、マッコイに渡した。「これを持ってろ」

「おまえはどうするんだ？」とマッコイは訊いた。

「自分のことは自分でできる」

「もう一階ある」とマッコイは言った。

「さっさとやっちまおうぜ」クーパーはドアのほうを顎で示した。「行こう」

ふたりは最後の階段の上にたどり着いた。廊下には三つのドアがあった。

クーパーがそのうちのひとつを指さした。「おれはこっちをやる。おまえはほかを調べろ」

マッコイはうなずくと、ドアのひとつに向かった。クーパーは廊下の先に進んだ。マッコイはドアを押し開けると、なかに足を踏み入れた。何か重いものが音をたてて向かってくるのを感じ、激しい痛みが顔を襲った。だれかが走る音が聞こえるなか、床に倒れ、また熱い痛みの波が襲い、すべてが真っ暗になった。

声は聞こえたが、姿は見えなかった。ただぼんやりとした形が光をさえぎっていた。何度か眼をしばたたくと、クーパーの顔に焦点が合った。

「マッコイ！　マッコイ！」

「大丈夫か？」

マッコイはうなずき、顔に手を当てた。血だ。「くそっ！」引出しにつかまって、なんとか体を起こした。鼻がぐらぐらする。骨折しているのは間違いないようだ。右の頬にも大きく深い傷があった。

「おれは大丈夫か？」彼はクーパーを見て言った。

「大丈夫だ」クーパーはTシャツを脱ぐと、丸めてマッコイの額に押し当てた。強く押した。マッコイが痛みにうめき声をあげても無視した。

「やつを見たのか？」

マッコイは首を振り、思わず顔をしかめた。「やつが逃げる音を聞いた」

クーパーはマッコイの手を取ると、その手にTシャツを押しつけた。「傷口をしっかり押さえておくんだ」

「なんで突然応急処置に詳しくなったんだ？」とマッコイは訊いた。

「本気で言ってんのか？」

マッコイはクーパーを見た。彼の裸の体には切り傷やナイフの刺し傷があった。

「すまない」とマッコイは言った。

「強く押して、圧力をかけ続けるんだ」とクーパーは言った。「おれは隣の部屋を調べてくる」

してはいけないとわかっていながら、クーパーがいなくなるとすぐにTシャツをはずして見た。血で真っ赤に染まっていた。めまいを覚え、すぐにTシャツを傷口に戻した。自分を殴ったのがテディ・ダンロップかどうかわからなかったが、だれが殴ったにせよ激しく殴られたということだけはわかっていた。かなり激しく。

マッコイは空いているほうの手でポケットから煙草を取り出そうとした。うまくできなかった。Tシャツを剝がすと、髪がくっついていて引っ張られ、思わずうめき声をあげた。血が固まってべとべとになり始めていた。なんとか火をつけようとしたとき、何か聞こえたような気がした。固まった。耳を澄ました。

「クーパー？」と彼は言った。自分がささやき声になっていることに気づいた。もう一度言った。今度は大きい声で。「クーパー？」

反応はない。

「マッコイ？」

今度も。

「クーパー？」

そのとき聞こえた。ささやくような声だった。

「クーパー？　そこにいるのか？」

濃い血しぶきが花柄の壁紙に弧を描いていた。まだ濡れていて、きらきらと輝いて滴り落ちている。マッコイはドアの枠に体を押しつけた。心臓の鼓動が速くなった。

「クーパー？」彼はささやいた。「クーパー？」

返事はない。

もう一度やってみた。「スティーヴィー？　そこにいるのか？」

壁を伝って部屋のなかに入った。視線を下にやった。クーパーが広がりつつある血の海のなかに横たわっており、暗い赤色が、青白い寝室のカーペットに染みだしていた。

マッコイはクーパーの横にひざまずいた。

「スティーヴィー、おれだ。何があった？　大丈夫か？」

大丈夫じゃなかった。肩から背中にかけて大きな傷があった。傷の両側が大きく開いていて、骨と黄色い脂肪の組織が覗いていた。

クーパーは眼を開けた。顔をしかめた。「クソ野郎が剣を持ってやがった」

「大丈夫だ、動くな。大丈夫だ」マッコイは言った。

「ドアの陰に隠れていて、入ったとたんにやられた」

「くそっ！　静かにしてるんだ、気をしっかり持て。いいな？」

クーパーはうなずいた。また顔をしかめた。「クソ痛え」

マッコイはベッドからシーツを剝がし、クーパーの体をくるんで、傷口から血が流れ出るのを止めようとした。が、まるで潮の流れを押しとどめようとするようなもので、ほとんど効果はなかった。彼は話し続けようとした。クーパーに聞こえているかはわからなかった。かろうじて意識があり、瞳が時折揺らめいていた。血がいたるところに広がり、温かくべとつき、クーパーを、そしてマッコイを覆った。マッコイは大丈夫だった。めまいはしたが、まだなんとか動けた。気を失うわけにはいかない。今は。シーツでできるかぎりのことをした。傷口に詰めた。血が少し止まってきたように思えた。だが充分じゃなかった。クーパーを病院に運ぶ必要がある。それもすぐに。

彼は立ち上がった。「すぐに戻る。下に行って、救急車を呼ぶだけだ。五分ですむ、いいな？」反応はなく、何よりも自分に言い聞かせているようなものだった。行こうとすると、クーパーが手を伸ばしてマッコイの足首をつかんだ。マッコイは驚いて飛び上がった。

「あのクソ野郎を逃がすな」クーパーは浅い呼吸の合い間になんとかそう言った。

足首をつかんでいた手がゆるみ、マッコイは階段を駆け下りて一階に向かった。キッチンに電話を見つけ、署に電話をした。このままずっと鳴り続けているんじゃないかと思ったとき、ようやくワッティーが出た。

「セントラル署、ワトソンです」

「ワッティー！　よく聞け。できるだけ早くパークサーカスに来るんだ。署にいるだれかを連れてこい。十二番地だ」

「なんだ？　マッコイ、あんたなのか？　どうした？」

「いいからやれ！　救急車も呼べ！」

「わかった。マレーとトムソンがいるはずだ。いっしょに行く。あんたは大丈夫なのか？　何が起きてるんだ？」

「とにかく来るんだ、ワッティー。すぐにだ！　救急車も！」

彼は受話器を置いた。ワッティーがまた「何があったんだ」と訊いてくる前に電話を切った。そのときブーンという音が聞こえた。ターンテーブルが回転し、傷だらけのレコードにアームが下りる音がして、突然、音楽が始まった。その音は階段の上から聞こえてきた。わけがわからず、思わずたじろいだ。驚きのあまり、ただ立ったまま聴き入っていた。アニマルズの《朝日のあたる家》だ。最後の悲しげな歌詞、〝神よ、おれもそのひとりさ〟が終わると、針が空の溝を走り、アームが持ち上がってまたレコードの最初に落ちた。曲がふたたび始まった——〟ニューオーリンズのとある家。人は朝日のあたる家と呼んでいる〟。

マッコイはもう二度としないと思っていたことをした。十字を切った。そして階段を上った。

41

マッコイは怯えていた。家のきしむ音、風が窓を揺らす音、足元の床のきしむ音に怯えた。冷静でいるよう、自分に言い聞かせようとしながら階段を上ったが、胸のなかで心臓の鼓動が激しくなるのを感じていた。レコードは終わり、ブーンという音がして、また曲が始まった。それは間違いなく最上階から聞こえてきており、階段を上がるにつれて音が大きくなっていった——〟ああ、母親よ、あんたの子供に伝えてくれ。おれみたいなことはするなと〟。

マッコイは最上階の階段の上に立った。ここまで来たのだ。進まなければならなかった。

廊下の一番奥の部屋。開いたドアの向こう側だけがテディ・ダンロップのいる可能性のある場所だった。三つの部屋をつないでいる扉のせいで、ふたりは彼を見失い、逃がしてしまったのだ。彼は前に進んだ。音楽は部屋に近づくにつれ大きくなっていった。外で立ち止まり、身構えると、ドアを大きく押し開けた。

「ダンロップ、いるのか？」彼は叫んだ。

反応はない。足を踏み入れた。また彼が飛び出してくるのではないかと思って警戒したが、部屋は空だった。安堵のため息をつき、周囲を見まわした。窓際のサイドボードの上にレコードプレイヤーがあり、レコードがまわっていた。音が完全にひずんでいた。小さなスピーカーにはあまりにも音量が大きかったのだ。彼は割れたガラスを踏みしだきながら近づくと、針を持ち上げた。音楽がすぐに止まり、突然静寂が迫る感覚、音のない感覚に襲われた。

部屋には、サイドボードや、カバーがしわくちゃのシングルベッドなど、わずかな家具しかなかった。ダンロップはいなかった。心のなかでは安堵している自分がいた。すぐに階下に戻って、クーパーに付き添い、ワッティーや救急車が着くのを待つことができる。すぐにやるだけのことはやったのだ。ダンロップはどうにかしておれたちをかいくぐり、家から出たに違いない。

部屋を出て、ひざまずいて床の水で手についた血を洗い流そうとしたとき、それを見た。廊下の遠い先の羽目板の隙間から、ぼんやりとした光が見えた。見なかったふりをすることもできた。そのまま歩き去ることも。だれにもわからないだろう。だが彼にはできなかった。立ち上がった。

それはドアだったが、羽目板のひとつに見えるようになっていた。押すと開き、あらゆるところに白いタイルを敷き詰めた大きなバスルームが現われた。頭の上でふたつの蛍光灯が点滅しており、湯気の霧のなかにかろうじて光が射し込んでいた。古い独立型のバスタブの両側にある蛇口から勢いよく湯が注ぎ込まれていた。彼は体を乗り出して湯を止めようとし、思わずびくっとしてあとずさった。

エルサがバスタブのなかにいた。裸だった。ピンク色の湯の下で穏やかな顔をしており、死んだような青い眼が彼をじっと見上げていた。彼は蛇口を閉めた。勢いよく流れる音から一定した間隔の水滴の音に変わった。深く息を吸うと、無理やりもう一度見た。彼女の口と股のあいだから流れた血が水のなかで雲のように広がり、首のふたつの切り裂かれた傷から今も赤い血が流れ出ていた。

マッコイは彼女を見下ろし、気がつくと小さな声で彼女のために祈りを捧げていた。塹壕のなかに無神論者はいないとはよく言ったものだ。

バスルームから出るとすぐに、濡れた肌に冷たい風が吹きつけてくるのを感じた。それが廊下の先の部屋のドアから吹き込んでいることに気づくのにしばらくかかった。歩いていくにつれて、風が強くなっていくのを感じた。ドアを開けた。

そこは箱型の部屋で、古いシーツと皿の入った箱が山積みにされている以外は何もなかった。斜めになった天井に窓があり、その脇に屋根を支えるように鉄のポールが立っていた。風はひと晩じゅう吹き込んでいたのだろう。雪が窓の下の木製の床に半円形に積もっていた。マッコイは窓を押し開けると、その隙間から体を出して外を見た。

タウンハウスの屋根は雨どいに向かって傾斜し、その先に眼下の通りが見えた。体の向きを変えて背後に眼をやると、斜面が優に六メートル続いた先に、煤けた煉瓦色の集合煙突が夜空にシルエットを描いていた。その煙突に向かって雪の上に足跡があった。彼は屋根の上に出ると、恐る恐る斜面を登り始めた。ここでやめるわけにはいかなかった。最初はまっすぐ立っていたが、すぐに両手と両膝をついた。滑って三十メートル下の通りに落ちるのが怖かった。集合煙突のところまでたどり着くと周囲を見まわした。

背中を煙突に押し当て、両腕を大きく広げて煙突をつかみながら、じりじりと煙突のまわりをまわった。テディ・ダンロップは反対側に坐っていた。煉瓦の土台に背をもたせかけ、膝の上には血の付いた剣が置いてあった。彼は自分の地元で会ったかのようにマッコイに向かってうなずいた。

「マッコイだったな？」

マッコイは警戒のまなざしで彼を見ると、やがて腰を下ろした。ほかにできることはなかった。凍えそうだ。ずぶ濡れの服のせいでさらに寒さが増していた。少なくとも煙突は温かかった。隣接した家が目いっぱい暖炉の火を燃やしているのだろう。彼は煙突に背中を押しつけて、震えを止めようとした。

「ここはいい」とテディは言い、眼下の街の景色に眼をやった。「平和だ」マッコイのほうを向いた。「鼻はどうだ？」

「大丈夫だ」

「すまなかったな。親父のチンピラのひとりが捕まえにきたと思ったんだ。安静療法とやらを受けさせるために連れていかれると思った。電気ショック療法だ。聞いたことあるか？」

マッコイは首を振った。

「不愉快なしろものだ」テディは煙草の箱を差し出した。血がついていたが、マッコイは気にしなかった。一本取った。必要だった。彼はテディが火をつけるためにジッポーを差し出してくれるのを横目で見た。具合が悪そうだ。体重が減り、シャツの襟まわりは首に比べて大きすぎた。スーツはマッコイと同様濡れていた。半分は水、半分は血だった。

テディは指で剣を叩いた。「おれの曽祖父のものらしい。下の階の壁に掛かっていた。曽祖父がボーア人を殺すためにアフリカに持っていった剣だ。きっとうまくいったことだろうな」

「ここで何があった?」マッコイは冷静な口調で尋ねた。「階下のエルサについて話してくれないか?」

彼はため息をつくと、景色に眼をやり、煙草の吸いさしを暗闇に弾き飛ばした。「エルサ? 何を話すことがある?」

「そうだな、彼女がバスタブのなかで死んでることから始めようか」

彼はため息をついた。「それが重要か? もう終わったことだ」

「ああ、クソ重要だとも! 彼女は十九歳で、人生はこれからだというのに、おまえのせいで、あちこちから血を流して死んでいる」

「じゃあ、あんたはおれの告解を聴いてくれるのか? おれが予想してたのとは違うな。エルサが死んだのは、彼女が愉しむのをやめたからだ」と彼は言った。

「愉しむ? なんてこった。いったいなんのことを言ってるんだ?」

彼はマッコイのほうを見ると微笑んだ。「あんたにわかるかな？　顔に浮かぶんだ。彼女たちがあきらめたまさにその瞬間に。希望のようなものが消え、眼から光が消えるんだ」

「何をあきらめるんだ？」とマッコイは訊いた。

「痛みがそれに耐えるに値すると考えることをあきらめるんだ。エルサは最後に自分はミセス・ダンロップにはなれないと悟った。そして痛みがずっと続くと悟った。おれは彼女の顔にそれを見た。だから彼女は……」

「彼女はなんだ？」

「だから彼女はもう痛みを愉しめなかった」

「くそが」

風がしだいに強くなり、激しい突風が煙突とふたりに雪を吹きつけた。テディは襟を立てると、ジャケットのポケットに手を深く押し込んだ。「そんないやそうな顔をするなよ。愉しみの追求はおれたち一家にとっては重要なことなんだ」

「どういう意味だ？」とマッコイは訊いた。

テディはまた煙草を取り出したが、今度は風が強すぎて、ジッポーでも火をつけるのは無理だった。何度か試したが、やがてあきらめて屋根の端に放り捨てた。

「おれは十六歳だった。初めて父が女の子、娼婦を連れてきた。愉しかった。父親といっしょに娼婦とセックスをすると、そのうちどうなるかわかるか？」

テディは向きなおり、マッコイを見た。マッコイは首を振った。

「飽きるんだ。慣れてくる。色あせてくる。父親にとっては神聖な背徳が、ただの夜にしか眼に映らなくなる。だからもっと広く眼を向けることになる。もっとすばらしい経験を与えてくれる何かを求めて。それが真の愉しみだ」

彼は剣の取っ手に手を滑らせると、持ち上げてその切っ先を暗闇に――眼下の街に――向けた。

「おれはあの世界で育った。でもおれにはもうここには何もない。あとひとりやり遂げればおれは終わりだ」彼はマッコイのほうを見ると、ニヤリと笑った。「運命はおれがほんとうにほしいものを与えてくれたようだ」

マッコイはあとずさった。無駄だとわかっていた。ここではテディに対抗できるすべはなかった。彼のほうが若く、少なくとも力も同じくらいだろう。階下に戻ればチャンスはあるかもしれないが、ここでは無理だった。希望はなかった。足元からスレートが剝がれ、屋根を転がって、端から落ちて闇に消えていくのが見えた。

テディは立ち上がり、自分の体についた雪をはたくと微笑んだ。「さあ来いよ、マッコイ、そのままじゃだめだろ？　よかったらこっちに来いよ」彼は剣を振り上げた。「さあ」

マッコイは小声で悪態をついた。「そんなことをしても無駄だ、テディ」

「そうは思わん、おれはやる。やるさ」

「なぜだ？　もう逃げられないぞ。パトカーが向かっている。階下から電話したんだ」自分がいかに必死なのか悟った。いかに無力なのか。

テディは屋根の下に眼をやった。「そんなことを気にすると思うか？」彼は剣を上げると、切っ先をマッコイのシャツに押し当てた。皮膚を突き刺し、白い綿布に赤い血の花が咲いた。マッコイは呼吸を整えて待った。なぜかわからなかったが、心はアラン島でのことを思い出していた。アンジェラとボビーといっしょだったあの日。敷物の上に坐って、男に写真を撮ってもらったあの日。幸せだったあの日。

「おれを助けてくれ、ミスター・マッコイ。おれは新しい地に向かう」

マッコイはあとずさった。自分に勝ち目がないとわかっていた。が、やってみなければならなかった。彼はさらに一歩下がった。滑らないようにすると、突然テディが剣を空中でひっくり返し、剣先を手でつかんだ。微笑むと柄をマッコイに差し出した。

「取れ」

マッコイは首を振った。

「取るんだ」

テディは剣を持った手を伸ばした。刃を握った指から血が滲み、柄(つか)はマッコイの顔から十五センチしか離れていない位置にあった。

マッコイが震える手でそれをつかむと、テディは身を乗り出して胸を剣の切っ先に押しあてた。

「さあ」と彼は言った。「さあ、ミスター・マッコイ、やるんだ」

マッコイは握りなおして、剣をしっかりと持ち、しばらくそのままでいた。

テディがささやいた。「やれ」

マッコイはバスタブのなかで死んでいるエルサのことを考え、階下で死にそうになっているクーパーのことを考えた。トミー・マローン。ローナ・スカーヴィング。テディ・ダンロップと彼の父親が引き起こしたあらゆる被害のことを。テディが体を前に押し出した。マッコイは圧力を感じ、やがて剣が数センチほど胸のなかに消えた。

「やれ」

すべてを終わらせることができる。

「さあ、マッコイ」

だがテディがいなければ、ダンロップ・シニアもいない。そして父親もテディと同じくらい罪深かった。マッコイはふたりとも捕まえたかった。ふたりとも生きたまま、証人席へ送りたかった。ふたりとも有罪にしたかった。彼は剣を落とした。

テディは頭を振った。「おまえには無理だ。わかっておくべきだった」

マッコイが何が起きたのか理解する前に、テディが屋根を全速力で駆け下り、雪の積ったタイルの上を滑りながら、屋根の端に到達すると、暗闇のなかに消えていった。

屋根の端にたどり着く前にその音を聞いた。テディの体が地面にぶつかる音。マッコイは滑りながらも這って屋根の端までたどり着くと、大きなテレビアンテナにつかまって、下を覗き込んだ。テディ・ダンロップは〈ボン・アコード・ホテル〉の正面玄関を出たすぐの路上に落下していた。両手両足を広げて地面に横たわり、手足はありえない角度に曲がっていた。血がすでに彼の体の下から、雪に広がり始めていた。ふたりの男が死体に向かって走り、見上げて何が起きているのか理解しようとしていた。さらに多くの人々が現われ、死体のまわりに輪ができた。ひとりの男が毛布を持ってホテルから出てきた。マッコイは遠くにサイレンの音を聞いた。眼をやると、救急車とパトカーがライトを点滅させながら、ウッドランズ・ロードを走ってくるのが見えた。パトカーが死体の横に止まり、ワッティーとマレーが出てきた。救急隊員が担架を持って家のほうに向かって走っていた。

マッコイはどんよりとした空を見上げ、渦を巻いて落ちてくる雪片を見ていた。風が強く、強風にあおられた雲が空を流れていく。彼は震えていた。濡れた服が張りついているせいなのか、それとも今起こったことのせいなのかわからなかった。いずれにせよ、寒さから逃れるために、なかに戻るときだった。

一九七三年一月二十日

42

　王立病院はグラスゴーで最も大きく、最も古い病院だった。ハイ・ストリートにある巨大な黒い建物で、本来の赤い砂岩は、長年にわたる煤（すす）と汚れで見る影もなかった。第十二病棟は奥まったところにあり、マッコイは見つけるのに時間がかかってしまった。ビリー・ウィアーがドアの前で煙草を吸っているのを見たとき、病室にたどり着いたことを知った。マッコイが近づくと彼がうなずいた。

「患者の具合はどうだ？」

　ビリーは問題ないというように首を振った。「医者が言うには大丈夫だそうだ。数週間入院して、できるだけ安静にしていればいいそうだ」

「あいつは愉しんでるんだろ？」

「あい、汚いことばをのべつまくなしに言うもんだから、すでにほとんどの看護婦は近づきたがらない」

マッコイは『デイリー・レコード』と茶色い袋に入ったブドウを掲げると言った。「幸運を祈っていてくれ」

ドアを押し開けるとすぐに、彼の声が聞こえてきた。なんのことを話しているのかはわからなかったが、「ちくしょう」と「くそったれ」ということばからは、あまり機嫌がよくないのがわかった。看護婦がマッコイを押しのけてドアに向かった。両手で顔を覆い、眼には涙を浮かべていた。

マッコイは椅子を引き寄せると、ベッドの脇に坐った。クーパーはうつぶせに横になっていた。肩から腰にかけてぶ厚い包帯が巻かれ、顔を横向きにして枕に押しつけていた。

「くそが、笑ってんのか？」と彼が言った。

マッコイは両手を上げた。「おれが？　まさか。具合はどうだ？」

「おれか？　クソ最高だよ。どう思う？　あと二週間もここに縛りつけられて、看護婦にケツを拭いてもらわなきゃならないんだぞ。最高じゃねえか」

「いいじゃないか、少なくとも元気になるんだから。出血多量で一時は危ない状態だったんだぞ」

「ああそうらしいな。あのクソ野郎はほんとうに死んだのか？」

マッコイはうなずいた。「歩道じゅうに飛び散ったよ」

「で、おまえはそれで勲章をもらったのか？」

「ああ、あいつに殺されると思った。恐怖が生み出す力には驚かされるよ。とにかくやつに迫って、やつの手から剣を奪い、なんとかやられる前に屋根から突き落とした。マレーのお気に入り、ゴールデンボーイに返り咲きだ」

「それを聞いてうれしいよ。ネスミスの野郎を始末しやすくなる。必要なんだ。聞いてるか？」そう言うとクーパーは顔をしかめた。まだ話をするべきじゃなかったのだろう。脅すのはもちろん。

「聞いてるよ」マッコイはブドウの入った袋をベッドの脇のキャビネットの上に置き、新聞を開いた。「サッカーか？」

クーパーはうなずいた。額に汗をかいていた。六十七針も縫い、背中の筋肉を大きく損傷していた。以前と同じというわけにはいかないだろう。が、マッコイはそのことを彼に告げるつもりはなかった。彼はサッカーの記事を読み始めた。五分かそこらすると、マッコイはクーパーが眠っていることに気づいた。キャビネットに並んでいる鎮痛剤の瓶を見るかぎりでは、驚くことではなかった。彼はブドウをふた粒ほど食べると、新聞を開いてテレビ欄を探した。ある見出しを見て噛むのを止めた。大きな記事ではなかった。ページの半分ほどのところにあった。〝ダンロップ卿に新たな悲劇〟彼は記事に眼を通した。〝溺死事故……被害者ジミー・ギブス、三十四歳……メイドが発見〟。

新聞を閉じた。彼ら金持ちは無駄なことはしない。ただ自分たちを守るためにやるべきことをやるだけだ。

クーパーはいびきをかいていた。傷だらけの手を青い毛布の上に置いていた。クーパーが何者であれ、ダンロップ卿に比べれば、素人も同然だ。息子がまだ埋葬もされていないというのに、彼はジミー・ギブスが警察やマスコミに余計なことを話さないように確実を期したのだ。あるいはだれにも話さないように。

ダンロップ卿のような人間は、手に傷を負い、背中に刀傷を受けて公立病院の薄汚い病棟に横たわっているようなことはない。彼らは違う。彼らは何をしようとも、無傷で世のなかを渡っていく。グレイ・ダンロップのような人間にとって、ジミー・ギブスを排除すると決めることは、今日は青いネクタイの代わりに赤いネクタイをしようと決めるようなものなのだ。簡単に決め、そして同じくらい簡単に忘れる。

外では雪が静かに降り積もっていた。グラスゴーを白く覆い、その下にある汚れを隠していた。マッコイは街に向かって歩き始めた。大聖堂を通り過ぎると、子供たちの一団が外に列を作り、見学ツアーの順番を待っていた。

マッコイは精神科医の診察を受けることを条件に三週間の休暇を言い渡されていた。強制的に。そのときの気分によっては、どうして血を見るのがそんなに嫌いなのか医師に話すかもしれない。彼は立ち止まると、煙草に火をつけ、子供たちがひとりひとり大聖堂に入っていくのを見ていた。七歳か八歳だろうか？　自分が虐待を受けていたときと同じくらいの年齢だ。彼は落ちてくる雪を見上げ、顔に降ってくるのを感じた。そして思いなおした。きっといくつかのことは秘密のままにしておくほうがいいのかもしれないと。

謝辞

ステファン・フォックス、デレク・マキロップ、サラ・ピンズバラ、デブス・ワーナー、トム・ウィットコム、そして〈ブレイク・フリードマン〉のみんな、フランシス・ビックモアと〈キャノンゲート〉のみんなに感謝したい。それからジョン・ニーブン。彼がいなければ……

ひとつ意図的な誤りがある。グリーンズ・プレイハウスでのデヴィッド・ボウイのコンサートは作中の一月七日ではなく、一月五日に行なわれた。そのほかの誤りは意図したものではない。

訳者あとがき

アラン・パークスのデビュー作『血塗られた一月』（原題 *Bloody January*）をお届けする。本作はスコットランド、グラスゴーを舞台とした〈刑事ハリー・マッコイ〉シリーズの第一作である。

物語は一九七三年一月一日に始まる。グラスゴー市警の部長刑事ハリー・マッコイはバーリニー刑務所に収監されている囚人ハウイー・ネアンから呼び出される。ネアンは明日、市内でローナという少女が殺されるとマッコイに予言する。ネアンの思惑のわからないまま、少女を探すマッコイだったが、翌日の早朝のバスターミナル、マッコイの眼の前で少女は銃で撃たれ、犯人の少年も自らの頭を撃って自殺する。ネアンはなぜ事件を予言できたのか？　マッコイは相棒の新人刑事ワッティーとともにバーリニー刑務所のネアンを再度訪れ、事情を聞こうとするが、彼はシャワー室で喉をかき切られて殺されていた。二日で三つの死体。だが、これはグラスゴーを震撼させる〝血塗られた一月〟事件の幕開けでしかなかった。捜査を進めるマッコイは犯人の少年が庭師として勤めている屋敷を探り出すが、それはマッコイと過去に因縁のあるダンロップ卿の屋敷だった。ダンロップ卿にゆさぶりをかけると、さっそく上層部に圧力がかかり、捜査を妨害される。自らの警官としての地位を脅かされながらも、マッコイは執拗に巨悪を追い詰め、真実に迫る……。

　スコットランドを舞台にした警察小説といえば、イアン・ランキンの〈リーバス警部〉シリーズを思い浮かべる人が多いだろう。また八〇年代のアイルランドを舞台にしたエイドリアン・マッキンティの〈ショーン・ダフィ〉シリーズとの共通点を見る人もいるかもしれない。本作は、これらの作品の系譜を受け継ぐ骨太の警察小説シリーズである。そして本作の魅力は、主人公であるハリー・マッコイの複雑な造形にあると言っていいだろう。彼の性格や特徴をひとことで言い表わすのは難しい。誤解を恐れずに言うとしたら〝悪くて弱い〟だろうか。この相反する側面を備えた、警察小説の主人公らしからぬキャラクターこそが、ストーリーの展開自体をも左右する危うさを物語に与えているのである。

　まず〝悪い〟のほうから見ていこう。彼は捜査の過程で押収したドラッグや覚醒剤(スピード)をなじみの娼婦とともに使用している。さらに少年保護施設時代からの幼なじみである若きギャングのボス、スティーヴィー・クーパーから、協力者として情報提供を受けるとともに、彼にも何かと便宜を図っている。ギャングの力を借りた違法すれすれの捜査や、暴力を用いた強引な捜査を進める彼は、同僚の刑事たちからも浮いた存在である。決して不正や汚職にまみれた悪徳警官ではないのだが、倫理的には問題のある、いつ一線を越えてもおかしくないような危うさを抱えた主人公だ。

〝悪さ〟だけなら、これまでもダーティーな主人公は数多く存在した。本シリーズの主人公の特異な点はその〝弱さ〟にある。まず血が苦手だ。殺人現場で死体を見ると、気を失ってしまいそうになる。それもほとんどいつもで、死体でなくても自分の血を見るだけで気分が悪くなってしまうほどだ。殺人事件を扱う刑事としては致命的ともいえる欠点だ。これは彼が教会の少年保護施設で育ち、何度も虐待を受けてきたことが精神的なトラウマとなっていることによる。そのせいで彼は、血だけでなく、教会の礼拝堂に入るだけでも呼吸が荒くなる。またかつて結婚していたものの、ひとり息子を乳幼児突然死によって失い、妻にも去られるという過去を持っている。そんな過去を振り払おうとするかのようにドラッグや麻薬に手を出し、ギャングや娼婦との関係も断つことができない。そんな情けないほどの意志の弱さを抱え、放っておけない気にもさせる、〝悪くて弱い〟アンチヒーローが、このハリー・マッコイという主人公なのである。

この主人公を支えるのが、上司である警部のマレーであり、相棒として行動をともにする新米刑事のワッティーである。マレーはマッコイが絶対的な信頼を置く父親的な存在である――二作目で実際にマッコイの里親であったことが明かされている――。常に不機嫌で部下を怒鳴り散らしているこわもての上司だ。マッコイに対しても、クーパーとの関係を断つように口を酸っぱくして忠告するなど、口うるさい面もあるが、マッコイのよき理解者である。一方でワッティーは田舎町出身、人好きのする童顔の好青年だ。マレーはそんな刑事見習いのワッティーをマッコイの相棒に指名する。マッコイは、最初は彼を足手まといに感じてつれない態度を取るが、しだいに大切な相棒として信頼するようになる。マッコイが闇ならワッティーは光、正反対のこのコンビが非常にいい味を出している。

表の相棒がワッティーだとすれば、裏の相棒は新興ギャングのボス、スティーヴィー・クーパーだ。少年保護施設時代に神父や職員に虐待を受けていたマッコイを救ってくれたのがクーパーで、ギャングと警官という立場になった今も、マッコイは彼に頭が上がらない。一方、若きギャングのボスとして生き馬の目を抜く世界に身を置くクーパーにとって、唯一本音で語れるのがマッコイだ。クーパーは何かとマッコイに面倒ごとを押しつけてくるが、マッコイ自身も困ったときに最後に頼るのはクーパーなのである。この物語は警察小説であると同時に、マッコイとクーパー、正義と悪のコンビが織りなすバディ小説でもある。このふたりの関係性が物語自体の大きな推進力となっているが、同時に捜査自体も台無しにしてしまいかねない危うさもはらんでいる。読者はその危うさにハラハラしながら物語を読み進めることになるだろう。

シリーズ第一作となる本作は、刑務所の特別房に収監された囚人がある少女の殺人を予言することから始まる。主人公マッコイの眼の前でその少女は銃で撃たれて殺され、犯人である少年も自らを撃って自殺する。衝撃的な展開で始まる本作は、シリーズの幕開けにふさわしく冒頭から読者の眼を引きつけて離さない。上層部の圧力に捜査を妨害されながらも、決してあきらめずに真実を追い求めるマッコイが最後に取る意外な方法こそが、このシリーズの今後を占う大きな意味を持っている。

また本シリーズは、具体的な日付に基づいて展開している。各章のほかにそれぞれの日付が各部を構成するように見出しとして表示されている。読んでいく上でも時系列を容易に追えて、全体の流れが把握しやすいだろう。著者はその実際の時間軸のなかに、デヴィッド・ボウイやロッド・スチュワートのコンサートなど実際のイベントを織り込むことで、当時の状況を生き生きと描いている。舞台となるグラスゴーはスコットランド最大の都市で、クライド川の水運を利用して貿易を中心に栄えてきた街である。第二次大戦後、経済の急激な悪化を受け、一時は隆盛を誇った造船所の閉鎖が相次ぐなど、不況の影響を大きく受けることになる。物語の背景となる一九七三年もこの不況の影響が続いており、街の治安もかなり悪化している。本作のなかでは、庶民の集まるパブやレストランのほかにも、鉄道高架下のパディーズ・マーケットや娼婦のたむろするグリーン・ガーデン、工場跡の廃墟で暮らす最下層のホームレスたちなど、当時のグラスゴーの暗く陰鬱なさまが生々しく描かれている。

著者のアラン・パークスは一九六三年生まれ、音楽業界でミュージックビデオやアートワーク、写真撮影といった仕事に携わってきた。やがてグラスゴーの社会や住宅についての本を書き始め、それがいつのまにか一九七三年を舞台にした犯罪小説である本作『血塗られた一月』になっていったという。その後、いくつかのエージェントに本作を持ち込むなどして好意的な評価を得たのち、最終的にキャノンゲート・ブックスから二〇一七年に本作の刊行に至った。

現時点での著作は次のとおりである（いずれもハリー・マッコイ・シリーズ）。

Bloody January（二〇一七）本作『血塗られた一月』
February's Son（二〇一九）
Bobby March Will Live Forever（二〇二〇）
The April Dead（二〇二一）
May God Forgive（二〇二二）
To Die In June（二〇二三）

二作目の*February's Son*がMWA賞最優秀ペーパーバック賞の最終候補まで残ったほか、三作目の*Bobby March Will Live Forever*がMWA賞最優秀ペーパーバック賞を受賞している——同作はマカヴィティ賞ベストミステリの最終候補作にもなった——。また五作目の*May God Forgive*がCWA賞スティールダガー賞の最終候補作に残る（本稿執筆時点では受賞作は未発表）など、いずれの作品も高い評価を得ている。

作品リストを見るとお気づきになると思うが、作品名には必ず暦月が含まれている。正確に言えば、三作目はBobby Marchという人名、五作目は助動詞のMayなのだが、その遊び心もまた愉しい。三作目はともかく、五作目の邦題をどうするか今の時点から悩ましいところである。順調にいけば十二月まで作品は続くのだろう。愉しみであると同時に主人公ハリー・マッコイの危うさを考えるとシリーズがどう展開していくのか怖くもある。最後まで紹介できるよう頑張って翻訳していきたいと思うので、読者のみなさまもぜひ応援していただきたい。

二〇二三年五月

コールド・コールド・グラウンド

The Cold Cold Ground

エイドリアン・マッキンティ
武藤陽生訳

紛争が日常と化していた80年代北アイルランドで奇怪な事件が発生。死体の右手は切断され、なぜか体内からオペラの楽譜が発見された。刑事ショーンはテロ組織の粛清に偽装した殺人ではないかと疑う。そんな彼のもとに届いた謎の手紙。それは犯人からの挑戦状だった！　刑事〈ショーン・ダフィ〉シリーズ第一弾。

サイレンズ・イン・ザ・ストリート

I Hear the Sirens in the Street

エイドリアン・マッキンティ

武藤陽生訳

フォークランド紛争の余波で治安悪化が懸念される北アイルランドで、切断された死体が発見される。胴体が詰められたスーツケースの出処を探ると、持ち主の軍人も何者かに殺されていた。ふたつの事件の繋がりを追って混沌の渦へと足を踏み入れたショーン警部補に、謎の組織が接触を……大好評のシリーズ第二弾！

ハヤカワ文庫

アイル・ビー・ゴーン

In The Morning I'll Be Gone

エイドリアン・マッキンティ
武藤陽生訳

元刑事ショーンに保安部（MI5）が依頼したのはIRAの大物テロリスト、ダーモットの捜索。ショーンは任務の途中で、ダーモットの親族に取引を迫られる。四年前の娘の死の謎を解けば、彼の居場所を教えるというのだ。だがその現場は完全な〝密室〟だった……刑事〈ショーン・ダフィ〉シリーズ第三弾　解説／島田荘司

ハヤカワ文庫

ガン・ストリート・ガール

Gun Street Girl

エイドリアン・マッキンティ

武藤陽生訳

富豪の夫妻が射殺された。当初は単純な事件かと思われたが、容疑者と目されていた息子が崖下で死体となって発見される。現場には遺書も残されていたが、彼の過去に不審な点を感じたショーンは、部下と真相を追う。だが、事件の関係者がまたも自殺と思しき死を遂げ……刑事〈ショーン・ダフィ〉シリーズ第四弾。

ハヤカワ文庫

訳者略歴　山形大学人文学部経済学科卒，英米文学翻訳家　訳書『評決の代償』ムーア，『フォーリング―墜落―』ニューマン，『喪失の冬を刻む』ワイデン（以上早川書房刊），『ザ・プロフェッサー』『最後の審判』ベイリー他

HM=Hayakawa Mystery
SF=Science Fiction
JA=Japanese Author
NV=Novel
NF=Nonfiction
FT=Fantasy

血塗（ちぬ）られた一月（いちがつ）

〈HM506-1〉

二〇二三年六月二十日　印刷
二〇二三年六月二十五日　発行
（定価はカバーに表示してあります）

著者　アラン・パークス
訳者　吉野弘人（よしのひろと）
発行者　早川浩
発行所　株式会社　早川書房
郵便番号　一〇一 - 〇〇四六
東京都千代田区神田多町二ノ二
電話　〇三 - 三二五二 - 三一一一
振替　〇〇一六〇 - 三 - 四七七九九
https://www.hayakawa-online.co.jp

乱丁・落丁本は小社制作部宛お送り下さい。
送料小社負担にてお取りかえいたします。

印刷・中央精版印刷株式会社　製本・株式会社川島製本所
Printed and bound in Japan
ISBN978-4-15-185501-6 C0197

本書は活字が大きく読みやすい〈トールサイズ〉です。